Traduzione di ELENA SELMI

Traduzione di EUGENIA FRANZONI

ISBN: 978-1989698730

Informazioni di contatto: lorhainneeckhart.le@gmail.com

facebook.com/lorhainneeckhartautriceromance

IL BAMBINO DIMENTICATO

L'eredità dei Friessen

LORHAINNE ECKHART

Traduzione di
ELENA SELMI

Traduzione di
EUGENIA FRANZONI

L'eredità dei Friessen

L'eredità dei Friessen

Una lunga serie di romance familiare contemporaneo. Segui gli uomini forti e sexy della famiglia Friessen nella loro ricerca dell'amore e in tutte le avversità che affrontano per proteggere le loro famiglie.

Il bambino dimenticato (Brad ed Emily)
Un bambino e un matrimonio
L'eroe perduto (Andy, Jed, ed Diana)
La ricerca

L'eredità dei Friessen libri 1 - 4

Il risveglio (Andy ed Laura)

Segreti (Jed ed Diana)
Runaway (Andy and Laura)
Overdue

The Unexpected Storm (Neil and Candy)
The Wedding (Neil and Candy)
The Deadline (Andy and Laura)
The Price to Love (Neil and Candy) (A 2014 Readers'
Favorite Award Winner in Romance)
A Different Kind of Love (Brad and Emily)
A Vow of Love, A Friessen Family Christmas
The Reunion
The Bloodline (Andy & Laura) (A 2016 Readers' Favorite
Award Winner in Romance)
The Promise (Diana & Jed)
The Business Plan (Neil & Candy)
The Decision (Brad & Emily)
First Love (Katy)
Family First
Leave the Light On
In the Moment
In the Family: A Friessen Family Christmas
In the Silence
In the Stars
In the Charm
Unexpected Consequences
It Was Always You
The First Time I Saw You
Welcome to My Arms
Welcome to Boston
I'll Always Love You
Ground Rules
A Reason to Breathe
You Are My Everything
The Homecoming
Stay Away From My Daughter
The Bad Boy
A Place to Call Our Own

The Visitor
All About Devon
Long Past Dawn
How to Heal a Heart
Keep Me In Your Heart

Il bambino dimenticato

— *"Eccellente, non c'è altra parola per definirlo; ti stringe il cuore, te lo scalda, ti stringe lo stomaco, è ben scritto e ben pensato. Lo rileggerei altre mille volte."* — *Maureen*

— *BLACK RAVEN'S REVIEWS* — *"La signora Eckhart ha dato forma a una storia deliziosa, con personaggi accattivanti, abbastanza drammatica da essere degna di un film di Hallmark, e caratterizzata da un amore così incondizionato da durare una vita intera."* — *5 Stelle per Ravens e Lettura Consigliata da AJ!* —

— *"Non mi aspettavo di innamorarmi tanto dei quattro protagonisti, ma "Il bambino dimenticato' è un libro sorprendente, non solo per una fan delle storie d'amore come me, ma anche per un genitore single, che abbia o meno un bambino affetto da autismo."* — *Recensione* — *Adria*

Ne *IL BAMBINO DIMENTICATO*, Brad Friessen non cerca un nuovo amore, ma trova una donna che capovolge il suo amaro mondo solitario e lo tocca come nessun'altra avrebbe potuto.

Emily Nelson esce da un triste matrimonio senza amore e deve ripartire da sola. Risponde a un annuncio per cuoca e babysitter di un bambino di tre anni in un ranch locale. Il proprietario del ranch, Brad Friessen, la assume e la fa trasferire lì insieme a sua figlia. Ma, presto, Emily scopre che c'è qualcosa che proprio non va in quel bambino, mentre l'uomo dal carattere difficile e solitario che l'ha assunta non si accorge del comportamento e del ritardo di suo figlio. Emily fa delle ricerche, finché non incappa in ciò che sospetta siano lievi segnali di autismo. Deve dirglielo, dargli conforto e aiutarlo a venire a patti con questo disordine neurologico, affinché prenda i provvedimenti necessari per garantire a suo figlio l'aiuto di cui ha bisogno.

Quando le loro vite si intrecciano, l'attrazione è inevitabile: fra loro nasce una relazione. Ma, proprio mentre si stanno avvicinando, Crystal, l'ex moglie di Brad, ritorna dopo due anni che aveva abbandonato la famiglia.

Crystal deve avere un piano, in quanto riesce in qualche modo a prendere il sopravvento e a creare un cuneo nel legame emotivo che si è forgiato tra Brad, Emily e i bambini. I livelli a cui Crystal si spinge, le bugie e l'avidità solo per tenersi ciò che crede sia suo, la rendono a dir poco fredda e calcolatrice. Brad combatte per salvare il suo bambino e proteggere la sua attività, e lotta per la sua più grande rinuncia, Emily, e per la domanda che lo tormenta: l'ha persa per sempre?

Capitolo Uno

Qualsiasi donna, prima o poi nella vita, vive sulla propria pelle la frase: ho avuto un'epifania. Beh, questo è proprio ciò che successe in quella particolare mattina di primavera. Gli occhi di Emily Nelson si spalancarono quando una scheggia di luce, appena all'alba, si aprì all'orizzonte; e, per un attimo, ci fu pace. Poi, sbatté le palpebre un paio di volte e la realtà divenne tangibile. Intravide la massa accanto a lei nel loro letto king-size: suo marito, Bob. Emily si spinse indietro i folti capelli scuri e scivolò giù al lato del letto. Venne colta da un subbuglio irritante, un amico indesiderato che le attorcigliava le viscere come se strizzasse un cencio bagnato. Non era rimasto neanche un briciolo di interesse per l'uomo che un tempo aveva amato. Provava più empatia per il vecchietto acido che abitava alla fine della strada.

Quindi cos'è che rendeva quella mattina diversa? Non sapeva come spiegare quel risveglio, quella consapevolezza, che le si dispiegava da qualche parte nel profondo, dove pensava fosse stata chiusa e sigillata da tempo. Trovare un po' di coraggio. Credere in se stessa quanto basta e presto avrebbe vissuto una vita che era la sua, per la prima volta, piena di una pace e una speranza meravigliose. E fu questo che costrinse Emily a scrollarsi di dosso 10 anni di depressione, gettare le sue magre gambe pallide al lato del letto e alzarsi.

Emily, madre e moglie di 35 anni, con un aspetto nella media, scivolò nel brutto accappatoio marrone che suo marito le aveva comprato il Natale precedente. Lui avrebbe voluto darlo a sua madre, ma si era confuso dopo aver incartato i regali, dato che le scatole erano identiche. Alla madre erano toccati i pantaloni in poliestere da vecchia signora con la fascia elastica che avrebbe dovuto ricevere Emily; quindi, in fin dei conti, pensava di averci guadagnato.

Trattenne il respiro quando azzardò un'occhiata a Bob, che disteso russava piano dal suo lato del grande letto; il fatto che stesse ancora dormendo alleviò un poco la sua ansia. Tirò un sospiro di sollievo; non aveva alcun interesse a trascorrere del tempo in una stanza con quell'uomo, non più che con il vecchietto scontroso in fondo alla strada. Forse era per quello che il nodo allo stomaco le si allentò, quando lasciò la stanza e restò in piedi fuori dalla porta di quella della loro figlia. Katy, la sua meravigliosa creatura bionda di due anni, stava dormendo come un angioletto nella camera dall'altra parte del corridoio, nel loro semplice e modesto bungalow rettangolare dove vivevano in affitto. Emily attraversò in punta di piedi l'economica moquette dai colori neutri, della stessa qualità che si vede nella maggior parte delle case in affitto, che mostrava ogni macchia immaginabile, persino dopo anni e anni di lavaggi. Premette la mano sullo stipite della porta della camera di Katy e la chiuse, in modo da evitare che la sentisse così presto. Le cinque di mattina erano il suo momento preferito, quello in cui aveva la testa libera e la vena creativa le scorreva dentro; era il momento ideale per affrontare la realtà e poter prendere le decisioni più difficili con assoluta chiarezza.

Oggi è il gran giorno. Appena scende, glielo dirò. Le si contorse lo stomaco, ma sapeva che era solo paura dell'ignoto. Non poteva più aspettare; doveva essere quel giorno. Era arrivato il momento e lei sapeva di aver già rimandato la decisione per troppo tempo. I segnali erano tutti intorno a lei, erano lì da mesi. Poi, privandola della possibilità di continuare a scervellarsi o di avere dei ripensamenti, il pavimento cigolò sotto ai passi pesanti di Bob, che camminava lungo il corridoio verso di lei. Sentì la pelle raggelarsi e quasi un ronzio nelle orecchie, come se tutto stesse per crollarle sotto ai piedi. Bob, suo marito da dodici anni, la superò con passo strascicato ed entrò in cucina, mentre lei si appoggiava al bancone. La cosa peggiore fu il modo in cui suo marito distolse lo sguardo, come per ignorarla, quasi fosse una donna di nessuna importanza.

"È finita tra noi." Wow, l'aveva detto. Il suo coraggio vacillò, ma incrociò le braccia sul piccolo seno e non esitò, sentendosi enorme nel suo abbigliamento voluminoso, anche se aveva una corporatura esile dalle curve femminili.

Bob si voltò e, per la prima volta dopo mesi, la guardò davvero. I suoi capelli biondo sporco erano pieni di gel e acconciati in modo impeccabile. Il volto pallido era arrossato e i gelidi occhi celesti risultavano così spenti e piccoli sulla sua faccia tonda. Aveva un aspetto ordinario, di altezza e corporatura medie. Non era uno che si notava fra la folla. Lei non provava niente per lui, se non freddezza; qualsiasi amore ci fosse stato, adesso era morto e sepolto da un pezzo.

Il tempo scorreva lento e doloroso; ci volle un'eternità perché il sangue tornasse a pomparle dentro, ruggendole sempre più forte nelle orecchie tra i respiri. Bob si voltò dall'altra parte. Si versò una tazza del caffè che lei aveva appena fatto, ignorandola di nuovo. Aveva imparato molto tempo prima a farla sentire sempre meno sicura di sé, a poco a poco, ogni giorno. Non c'era da stupirsi che Emily dovesse prendere il coraggio a quattro mani per guardare negli occhi un estraneo. Non era stato proprio suo padre ad aver fatto lo stesso a sua madre, del resto?

"Sai che fra noi non c'è più niente da tempo, Bob. Non proviamo più niente l'uno per l'altra. Non parliamo, e Katy sta subendo la tensione di questa casa."

Lui poggiò la tazza sul bancone e diede fiato alla sua delusione. "Non so di cosa t stia parlando. Penso che il problema sia tu. Katy sta bene se non sei nei paraggi." Le sue parole facevano male, anche se Emily sapeva che non erano vere. Perché non si era aspettata quella reazione? Perché la sua mente non concepiva simili giochetti, ecco perché.

"No, Katy non sta bene. Le urli sempre. Non stai mai con lei. Quando sei a casa, resti a fissare la tv 24 ore su 24, 7 giorni su 7. Non fai nulla per aiutarmi."

Gridando, fece un passo verso di lei. "Sai quale credo che sia il vero problema? I soldi! È colpa tua se non abbiamo soldi!"

Perfetto, ci siamo. Si era aspettata un attacco. Era davvero bravo a ritorcerle le cose contro. Quell'uomo che aveva sposato, e che un tempo aveva amato, era diventato un estraneo sgradito. "Penso che si tratti di mancanza di dialogo" ribatté Emily. "L'unico modo per sapere cosa ti succede è origliare mentre parli al telefono. Sai... le conversazioni notturne con tua madre. E, adesso che ci penso, questa è una parte del problema. L'unica relazione che hai è quella con lei. Ed è davvero strano. Non sei più un bambino. Cresci. È irritante che parli con lei di ciò che ti accade nella vita, e non con me. Se tu fossi onesto con te stesso, ammetteresti che non hai mai tentato di avere una relazione con me. Ed io ho ignorato come mi hai trattato per anni."

Emily alzò il palmo della sua mano tremante, incapace di impedire alla sua bocca di vomitare tutto quello che aveva soppresso per così tanto tempo. Continuò: "Hai sempre avuto questo strano rapporto con tua madre. La cosa veramente malata è che mi sono dovuta abbassare ad ascoltare di nascosto le vostre telefonate, per essere informata sulle tue novità. La vacanza che stai pianificando con i tuoi amici, il nuovo lavoro al quale ti stai candidando a Seattle, i corsi che stai seguendo alla scuola serale. Non pensi che io abbia qualche diritto di sapere queste cose, dato che sono tua moglie?"

Bob rovesciò il caffè nel lavandino e il volto gli si indurì in un'espressione che lei non conosceva. "Non è che te lo stessi nascondendo, ma tu sarai certo felice di dichiarare guerra alla mia famiglia. Bastava chiedere."

Emily chiuse gli occhi e si lasciò sfuggire un sospiro pesante. Katy si sarebbe svegliata presto e Bob doveva andare al lavoro. "Non stiamo andando da nessuna parte" disse. "Non ho intenzione di continuare a combattere con te. Voglio solo che te ne vada. Prendi tutto ciò che vuoi."

Lui non le rispose. Invece, afferrò il cappotto e si precipitò come una furia fuori dalla porta, sbattendosela dietro alle spalle abbastanza forte da far tremare le finestre con il doppio vetro. Ma, a quanto pareva, non aveva ancora esaurito il suo scatto d'ira, perché poi si sentirono i ruggiti del motore della loro arrugginita Cavalier a due porte e le gomme che stridevano giù per il vialetto. Nella sua stanza, Katy urlò. Dall'altra parte della strada, le luci della finestra sul davanti della casa degli Hanson si accesero. Ottimo! Adesso avrebbe anche dovuto scusarsi con loro perché Bob li aveva disturbati prima delle sei del mattino con il suo comportamento irresponsabile.

Emily si precipitò nel corridoio per andare a confortare la sua bambina, furiosa con Bob per l'ennesimo casino che aveva creato e che lei avrebbe dovuto sistemare. Anche se, questa volta, non era la stessa cosa. Adesso che era finalmente riuscita a parlare, Emily sentì quel peso opprimente liberarle le spalle e lasciarla con una piacevole sensazione di pace che le scorreva nel corpo, la classica sensazione che si prova quando si sa di aver finalmente fatto la cosa giusta. Anche se non aveva soldi, nessun lavoro, una bambina a carico e nessuna idea di come arrivare a fine mese... restava comunque la cosa giusta. Uno scenario tetro ma, per la prima volta dopo anni, Emily Nelson vedeva il sole infonderle un potente raggio di speranza.

La mattina non era andata come previsto, ed Emily aveva il volto in fiamme quando scese per andare a prendere il giornale. Non l'avevano lanciato sul marciapiede ed era stata costretta a raccattarlo sulla strada, vicino a dove gli Hanson stavano scavando nel loro giardino. Si era scusata il giorno prima e, anche se erano stati gentili nel rispondere, Emily si sentiva ancora in colpa per il comportamento infantile di Bob. Ed era stato il signor Hanson, e non sua moglie, ad averle chiesto che cosa avesse turbato suo marito. Quell'invadenza l'aveva messa all'angolo e l'aveva fatta confessare di aver chiesto a Bob di andarsene. Questo li aveva lasciati accigliati e senza parole, il che non era una buona cosa.

"Salve." Quella mattina non riuscì a dire altro, prima di sfrecciare di nuovo dentro casa. Non stabilì un contatto visivo per evitare di dare ulteriori spiegazioni. Il signor Hanson poteva parlare per ore ed era probabile che avesse diversi consigli da darle in quel momento.

Emily si appoggiò contro la porta chiusa. Una pressione da incubo cominciò a formarsi e a pomparle in petto, sempre più forte, finché il semplice atto di respirare divenne una lotta titanica. Era la sua testa, la sua mente, a darle problemi. Aveva toppato alla grande. Non poteva farcela da sola. Come avrebbe potuto prendersi cura di Katy? E se non fosse riuscita a trovare un lavoro? Invece di concentrarsi sul presente, i suoi pensieri saltavano dal passato al futuro con i se, gli avrei potuto e gli avrei dovuto. *Smettila!* Diede un calcio a un soffice animale di peluche rosa, lo scaraventò dall'altra parte della stanza e batté il mignolo del piede contro l'angolo del tavolo. "Ah, merda." Saltellò su un piede, espirando brusca. Dopo un attimo si avvicinò zoppicando al bancone della cucina.

Avrebbe dovuto iniziare a cercare un lavoro dal giorno prima, subito dopo aver chiesto a Bob di andarsene. Ma non l'aveva fatto per un mucchio di scuse. Katy era stata tutto il giorno di cattivo umore, dopo essersi svegliata così presto a causa della scenata di Bob. Poi aveva dovuto darle da mangiare, farle il bagno e metterla a letto, prima che Bob, ancora malinconico, avesse trascinato il suo culo fuori dalla porta, dicendole di aver trovato un appartamento ammobiliato a Olympia durante la pausa pranzo. Avrebbe traslocato nel fine settimana. Aveva quasi urlato "Alleluia!"

Ma, adesso, quella mattina, Emily stava iniziando a sentire i postumi della scarica di adrenalina; forse era per quello che era di pessimo umore. Borbottò un'imprecazione mentre apriva il giornale umido alla sezione degli annunci. Quelli di lavoro erano pochi quel giorno: il negozio di alimentari, il mercato. Restò colpita da quello scritto in grassetto in fondo alla pagina:

Cercasi: babysitter e cuoca
Le mansioni comprendono l'assistenza quotidiana a un bambino.

. . .

Ce la posso fare. Emily sbatté giù il giornale e controllò Katy, che stava guardando Dora alla TV, rannicchiata nella sua coperta sul divano, poi si allungò alle sue spalle per prendere il cordless. Si fermò, premendosi il telefono sulla fronte, come in preda alla paura di fallire, che cercava di farsi strada dentro di lei e prosciugava tutto il suo ritrovato coraggio. *Dacci un taglio, chiama e basta.* Fece correre il dito sopra all'annuncio e compose il numero. Il cuore le batteva così forte che le faceva male il petto, e le tremava la mano mentre l'adrenalina le scorreva nelle vene. Per liberarsi da quella tensione che cresceva rapida, si mise a camminare avanti e indietro dalla cucina al salotto.

"Pronto." Dall'altra parte della cornetta rimbombò la voce di una donna anziana.

"Buongiorno, chiamo per l'annuncio che avete messo sul giornale, per babysitter e cuoca."

"Oh, sì, deve parlare con Brad. Resti un attimo in linea, vado a chiamarlo." Purtroppo, attendere che Brad arrivasse al telefono permise all'irritante voce nella testa di Emily di insinuarsi e riempirla di dubbi. *Cosa pensi di fare? Non sei qualificata.* Stava sudando ed era tentata di riattaccare, quando udì la profonda voce da baritono dell'uomo.

"Pronto."

Oltre ad essersi mangiata la lingua, aveva la gola talmente secca che minacciava di chiudersi. Ingoiò quel groppo duro e si leccò le labbra. "Buongiorno, mi chiamo Emily Nelson; chiamo per l'annuncio che avete messo sul giornale per una babysitter e cuoca per un bambino." Sussultò quando la sua voce squittì.

"È per mio figlio Trevor, ha tre anni. Gestisco un ranch e ho bisogno di qualcuno che si prenda cura di lui e che prepari anche da mangiare."

"È ancora aperta la posizione?"

"Sì, ma mi serve qualcuno subito. Io devo occuparmi del ranch. Se sei interessata, puoi venire qui?"

Era brusco. Dritto al punto, e questo rendeva le cose più semplici.

"Sono interessata, ma vorrei dirle subito che ho una bambina di due anni che verrà con me al lavoro." L'uomo non disse nulla. In quel nanosecondo, Emily sentì incombere il rifiuto. E quell'orribile voce nella sua testa tornò a farsi sentire: *No, non penso che possa andare. Ho bisogno di qualcuno senza figli.*

Tuttavia, Brad disse: "Riusciresti a venire qui domani mattina alle nove?" Questo non se lo aspettava.

"Alle nove. Nessun problema, ci sarò." Emily si era impegnata per un orario in cui sapeva benissimo che non avrebbe potuto.

Katy aveva una visita prenotata dal pediatra la mattina dopo a quell'ora. Come avrebbe potuto fare entrambe le cose? Quanto era stata stupida e disperata? Avrebbe dovuto dire qualcosa, ma non lo fece. Deglutì e continuò ad annotare l'indirizzo, assieme alle indicazioni principali per raggiungere il ranch, sul retro della bolletta della luce scaduta. Non era lontano dalla città; ci sarebbero forse voluti venti minuti in macchina.

Emily tenne in mano il telefono staccato e se lo batté contro la testa di nuovo. *Che stupida, ti sei dimenticata di chiedere quanto paga e l'orario che dovresti fare... dai, Emily.* Rimise il telefono sotto carica e si rese conto che neanche lui le aveva fatto molte domande. Niente sui suoi titoli di studio, sulla sua esperienza e sulle referenze?

Prese carta e penna e iniziò a scrivere una lista. Doveva essere preparata per il giorno dopo e quindi scarabocchiò un elenco di domande. E, ancora più importante, doveva trovare qualcuno che portasse Katy dal dottore.

PRESTO, LA MATTINA SUCCESSIVA, Emily aprì la porta d'ingresso alla sua spumeggiante amica Gina, una donna vivace e snella, dai corti capelli scuri. Sotto al mantello di lana portava un dolcevita e dei jeans blu. Irruppe dalla porta e abbracciò forte Emily. "Buongiorno, tesoro. Spero che tu abbia un po' di caffè. Ho avuto tempo solo per una tazza veloce, prima di precipitarmi qui."

"Che mi dici di Fred e dei tuoi ragazzi? Sentiranno la tua mancanza, stamani?"

Gina agitò la mano mentre strofinava le scarpe sullo zerbino e iniziò a vagare nella piccola cucina raccolta. "Avresti dovuto vedere lo sguardo perso che avevano stamattina. Non aveva prezzo; mio marito e due ragazzi adolescenti sconvolti perché davvero mi aspettavo che badassero a loro stessi. Ehi, tu, ciao, zuccherino."

Katy in pratica saltò tra le braccia di Gina. La sua amica sapeva come mettersi per terra e giocare con i bambini al loro livello. "Grazie, Gina, per essere venuta. Sono già abbastanza nervosa per questo colloquio, senza dovermi portare dietro una bimba di due anni, e mi sono persino dimenticata la visita dal pediatra. Mi ci sono voluti mesi per fissarla e non volevo dover rimandare con quel tipo..." Emily stava parlando a raffica e se n'era resa conto, quindi decise di chiudere la bocca.

"Non essere nervosa, Em, te la caverai. Devi solo credere in te stessa. Sei stata così coraggiosa. Ti ho osservata da bordo campo in questi ultimi anni, mentre ti stava andando tutto malissimo. Sono davvero stupita di quello che hai fatto, e ti ammiro. È come se ti fossi gettata da un ponte senza il salvagente. Hai questa fede assoluta adesso... tutto andrà al posto giusto. Tienila stretta e vai avanti. Non guardarti indietro." Gina guardò giù il suo piccolo Rolex d'oro, un regalo che suo marito le aveva fatto per il loro anniversario il mese precedente. "Farai meglio ad andare. Hai tempo a sufficienza per schiarirti le idee e goderti il tragitto. Ricordi? Evita la fretta... è quella che ti fa agitare."

Emily abbracciò e baciò sia sua figlia che l'amica, indossò il cappotto di lana marrone e afferrò la borsa e il curriculum scritto a mano. Gina aveva ragione: avere più tempo per trovare la strada le risparmiava un sacco di ansia, come anche stare da sola. Fece un profondo respiro e mise in moto per uscire dal vialetto.

Fitti alberi costeggiavano entrambi i lati della strada, nel tragitto che la portava fuori città. Era un viaggio rilassante. Emily si rese conto che non era mai andata a ovest, nei dieci anni in cui aveva vissuto a Hoquiam. Era cresciuta a Seattle, ed era lì che aveva incontrato Bob. Hoquiam le era sembrato un bel posto dove stabilirsi con lui, dopo che gli era stato offerto un impiego pubblico a Olympia, dieci anni prima. Il tragitto casa-lavoro non era poi così lungo, ed Emily sognava da sempre di vivere in un piccolo paese. Adesso, mentre guidava per quelle strette strade tortuose, incrociando solo poche macchine in quella riservata zona rurale e boscosa della penisola, le tornò alla mente quel suo sogno di bambina.

Posò sul volante le indicazioni scritte in fretta. Superò il granaio rosso sbiadito al miglio 2 della statale e girò a destra sulla strada sterrata, per proseguire fino alla staccionata con su scritto 665 in un verde brillante, inciso nel legno. Un enorme arco di abete, su due solide travi, sovrastava l'ingresso del vialetto fangoso, con inciso nel legno stagionato il nome Echo Springs. Cosa c'era in quel nome che le suscitava dei ricordi e una bramosia nostalgica nella pancia? La storia di imprese familiari, di madri, padri e nonni, che tramandavano il loro patrimonio e la loro terra.

Aveva sentito sussurrare quei potenti cognomi in paese: i Rickson, i Folley. Chi erano gli altri? Venne colta da un palpitare nervoso che cominciò a martellarle il plesso solare mentre guidava sul lungo vialetto non asfaltato. Vecchi abeti, cedri e conifere svettavano su entrambi i lati e convergevano in alto in una fitta chioma, mentre un miscuglio di altri cespugli e alberi era schierato a formare due pareti laterali. Alla fine, il viale si apriva in una grande radura e rivelava una bianca casa di legno a due piani, con una veranda tutto intorno e imponenti travi a sorreggerla. Ricordava un'antica costruzione vittoriana. Emily parcheggiò di fronte alla casa, accanto a una vecchia Ford Escort, a un pick-up blu sporco che doveva aver visto giorni migliori, a una ruspa dalla vernice gialla sfaldata, a un pick-up GMC nero abbastanza nuovo e a un rimorchio pieno di merci misteriose coperte con un telo. *Quante persone vivono qui?* Si chiese fra sé e sé.

Il vento soffiava in una brezza fredda, mentre le nuvole spesse ingombravano ogni piccolo frammento di cielo azzurro. Emily aveva tutto tranne che freddo quando scese dalla sua auto. Aveva le ascelle umide e pregava che il suo deodorante fosse abbastanza forte da nascondere l'odore di sudore. Era il nervosismo, tutto lì. O forse erano le cinque tazze di caffè ad alto numero di ottani, che aveva ingurgitato prima che arrivasse Gina, ad averle acceso i nervi a tal punto che avrebbe potuto saltellare fino alla porta.

Si fermò e inspirò profondamente l'aria pulita. Davanti alla casa, il paesaggio non era stato modificato dall'uomo in nessun modo. Macchie d'erba spuntavano qua e là dalla terra compatta del cortile anteriore. Le aiuole davanti erano disseminate di piante perenni morte; l'edera e le lunghe e spoglie erbacce incolte si arrampicavano sulla casa. *Quanti ettari aveva?* Un grande fienile e altri annessi completavano la proprietà, insieme a ciò che sembrava una distesa chilometrica di terra aperta e una vista spettacolare sulle montagne.

Emily si stirò le dita umide e salì i quattro gradini in legno bianco. Notò che la vernice era scheggiata. Quasi inciampò quando il terzo scalino scricchiolò all'improvviso, cogliendola alla sprovvista. Era molto lontana dalla sua zona di comfort e questo non la aiutava di certo; induceva la sua insicurezza a inviare segnali di SOS e a confondere le sue già instabili emozioni. Era un disastro. Il volto le faceva così male che era certa che il suo sorriso forzato sembrasse più una smorfia. Teneva stretta in mano una busta di carta marrone, con dentro il curriculum e le referenze dei suoi amici. Su gambe traballanti, attraversò l'ampio portico. Sembrava fatto perché la famiglia si riunisse a fine giornata, per ridere insieme e condividere sogni e successi. Qualche famiglia lo faceva. Beh, il tipo da sogno, che Emily bramava con tutta se stessa. Scorse un'altalena in legno, sorretta da catene, all'estremità del portico, accanto a due sedie di vimini poste su ciascun lato di una grande finestra panoramica, e sospirò.

Avrebbe potuto fantasticare a occhi aperti su quella famiglia immaginaria per tutto il giorno, ma, quando arrivò alla classica porta con il telaio in legno, la sua gola secca minacciò di chiudersi. *Beh, ora o mai più.* Quindi lo fece: bussò con un paio di colpi sicuri e fermi. Il cuore le batteva, riecheggiandole con un tonfo nelle orecchie, e sentì dei forti passi pesanti avvicinarsi. Deglutì, e una brillante fiamma scarlatta le fece bruciare il viso.

Voleva nascondersi, in quel secondo di ansia da panico, ma era troppo tardi, perché la porta si spalancò. Emily fece un passo indietro, stringendo la borsetta al petto come uno scudo, e giocherellò con il suo vecchio cappotto di lana, tirandoselo stretto attorno. D'improvviso un uomo alto, dalle spalle larghe, riempì la soglia. Restò senza parole di fronte a quell'uomo dai nebbiosi occhi marroni. Non aveva l'aspetto del bel ragazzo. Aveva piuttosto una forte mascella pronunciata, un volto squadrato che emanava severità e occhi vividi di un'antica saggezza, che lo rendevano, di fatto, l'uomo più bello che avesse mai visto. La sua camicia a quadri di flanella non nascondeva un uomo di media statura; era ben piazzato ed era pronta a scommettere che gli sarebbe stato bene indosso anche solo un sacco di iuta. Quel tipo tirò fuori un paio di occhiali da lettura e la guardò confuso, come se fosse una venditrice porta a porta; ovviamente si chiedeva perché fosse sulla soglia di casa sua. Odiava quella sensazione.

"Ciao, io sono..." E accadde la cosa peggiore che potesse succedere. Giocherellando con la borsa, la rovesciò. Cadde aperta, sparpagliando il contenuto e le monete del borsellino slacciato che vi era dentro, su tutto il pavimento davanti alla porta... insieme a ciò che restava della sua dignità.

Capitolo Tre

Era mortificata, mentre il tintinnio nelle sue orecchie catapultava il suo corpo addormentato in una specie di esperienza extracorporea. Chi era quell'idiota che aveva preso il controllo del suo corpo? Il suo volto bruciò e tornò a tingersi di color cremisi. E lei fece ciò che avrebbe fatto qualsiasi donna che si rispetti: si gettò sulle ginocchia, afferrò le monete, il portafoglio aperto, i cracker, i giocattoli di Katy e l'assorbente incartato che giaceva accanto ai piedi di quel bellissimo sconosciuto, e infilò di nuovo tutto nella borsetta, maledicendo la sua idiozia per non essersi accertata di aver chiuso la lampo. Non era la prima regola in tema di borse?

Si ritrasse nella sua testa e pregò che un giorno, negli anni a venire, si sarebbe guardata indietro e ci avrebbe riso su. Per ora, però, tanto per rendere le cose peggiori il signor Strafigo le si inginocchiò davanti, naso contro naso, e cominciò a raccogliere le monete sparse sul pavimento di legno. Emily alzò gli occhi, incrociò i suoi che ardevano su di lei e desiderò solo fuggire via, scusandosi a profusione, per correre al suo furgone e rilasciare le lacrime che minacciavano di bruciarle un buco in testa. "Mi dispiace così tanto... non posso credere di avere fatto una cosa del genere." Perché la stava aiutando? Non poteva limitarsi a ignorarla? Non disse nulla, mentre le porgeva le monete che aveva raccolto. Emily gettò tutto nella semplice borsetta nera e chiuse la zip, poi balzò in piedi senza guardare e batté la testa contro la sua, cosa che la fece ruzzolare di nuovo giù e atterrare sul didietro.

"Aspetta. Non muoverti. Lascia che ti aiuti. Stai bene?"

Avrebbe potuto andare peggio? Voleva piangere, proprio lì, in quel momento, ma era troppo forte per farlo, vero? Si massaggiò la testa. Quell'uomo possente le tese una delle sue grandi mani ruvide e, con poco sforzo, la tirò su. Era di nuovo lì, da dove era partita: di fronte a quel meraviglioso uomo alto, che teneva le mani nelle tasche anteriori mentre pareva studiarla con un controllo incredibile; nei suoi saggi occhi color whisky non c'era segno di imbarazzo, scintillava solo una strana curiosità.

Senza dubbio, doveva pensare che fosse pazza, una deficiente. Forse le avrebbe chiesto di andarsene. Il solito sorriso forzato le tese la bocca.

"Sono Emily Nelson. Avevo chiamato per il lavoro sul giornale, abbiamo parlato..." Il telefono squillò. Lui si voltò subito e si allontanò.

La lasciò sulla soglia, come se fosse una donna di nessuna importanza, e si affrettò a entrare per dirigersi verso il telefono. Incerta sul da farsi, Emily spostò il peso da un piede all'altro, questa volta poggiando l'ingombrante borsa maledetta sulla spalla. Lui gridò da dietro l'angolo: "Entra, siediti. Perdonami, devo rispondere."

Emily asciugò gli stivali sullo zerbino, prima di toccare il pavimento chiaro di legno duro, e si chiuse la porta alle spalle. L'ampio atrio era decorato con un grande specchio placcato in oro, di certo richiesto da una donna con la passione per le belle cose. Emily si guardò, briosa, riflessa nello specchio dell'ingresso, e vide le macchie bianche, molto probabilmente del latte di Katy, sul bavero del suo vecchio cappotto logoro. I suoi lisci e lunghi capelli color topo erano tirati indietro, nella sua solita coda di cavallo. Non era bella... ma i suoi amici la definivano graziosa, come una Meg Ryan castana e più bassa. Si asciugò ancora la macchia di latte, si arrese, poi superò lo specchio e girò l'angolo, entrando in un ampio soggiorno dai colori naturali, con un camino di pietra sulla parete a est. L'arredamento era squisito: pelle marrone scuro con molto legno... indubbiamente virile, ma il tocco femminile era ovunque: nei quadri incorniciati, negli intagli, nei tappeti floreali e nei cuscini di design, tutti coordinati e disposti con gusto. Guidata dal rimbombo della voce del padrone di casa, attraversò il soggiorno e si trovò di fronte a un grande arco ovale che si apriva in una cucina di campagna dalla forma squadrata. In mezzo c'era un tavolo in rovere massello, con intorno dieci sedie in legno con lo schienale dritto, abbastanza grande per accogliere e nutrire una famiglia numerosa. Ed eccolo lì, che si muoveva avanti e indietro a lunghi passi, con il telefono premuto contro l'orecchio. Non alzò lo sguardo. Piuttosto, si voltò di spalle. I suoi logori stivali neri da cowboy scricchiolavano sul pavimento di legno usurato. Emily fissò il suo forse futuro datore di lavoro, un uomo robusto che trasudava un arrogante maschio alfa da tutti i pori; doveva essere un uomo che sapeva ciò che voleva, rustico e sicuro di sé. *Dagli tregua, Emily.* Disse fra sé e sé. Forse è solo impegnato.

Lui attaccò il telefono e si lasciò sfuggire un sospiro pesante prima di voltarsi verso di lei. Si mise le mani sui fianchi, poi accennò a lei entrando a grandi passi nella stanza. "Sediamoci qui in soggiorno."

Emily lanciò un'occhiata al salotto ordinato e pulito

alle sue spalle. I morbidi cuscini verdi, su ciascuna estremità dell'alto divano color ambra, davano un piacevole tocco di calore che compensava le pareti cariche d'arte. Tutti i dipinti ad olio avevano un motivo western: cowboy solitari, cavalli e murales. Accanto al divano, ma sotto alla grande finestra in vetro, vi era una massiccia scatola in quercia, piena di giocattoli ordinatamente riposti.

Emily superò il grande televisore a schermo piatto per dirigersi verso il divano a tre posti, e notò i comodini ordinati: nulla di prezioso era a portata di bambino. Una coperta afgana marrone e arancio fatta in casa era stata gettata senza riguardo oltre lo schienale del divano; per puro istinto, Emily la piegò e ve la appoggiò sopra. Si voltò, con il retro delle gambe che sfiorava il divano, ma non si sedette.

"Siediti pure." Il padrone di casa aprì il palmo della mano, sempre in modo perfettamente controllato.

"Ah, grazie." Si appollaiò sul bordo del sedile di pelle morbida, di fronte a quell'uomo che era troppo bello da guardare; un uomo che, era evidente, si sentiva del tutto a suo agio.

La fermezza gli serrava la mascella mentre la studiava. Il ticchettio dell'orologio a muro sembrava riecheggiare nel silenzio, ed Emily si agitò. Perché la stava guardando in quel modo? Forse era stato il suo ingresso oltraggioso, e si stava chiedendo quanto fosse eccentrica e se potesse affidarle suo figlio. Sì, doveva essere quello.

Deglutì a fatica. "Sono Emily Nelson. Abbiamo parlato ieri al telefono, per il lavoro."

Lui sbatté le palpebre, poi chiuse quegli occhi squisiti, come se avesse dimenticato la ragione per cui lei era lì. Quando li riaprì, la sua dura espressione di giudizio sembrò essersi un poco attenuata.

Ancora una volta, tese una grande mano e strinse la

sua in una presa salda. Il solo tocco della sua ferma mano callosa e la stretta sicura furono sufficienti a riportare i suoi nervi a quella donna imbarazzata sulla porta. Si chiese come potesse essere lasciarsi accarezzare dalle mani di un uomo del genere. Tirò via la mano, prima che il suo viso diventasse ancora più rosso. Alla fine, lui si presentò: "Mi chiamo Brad Friessen." Emily rimase in silenzio. Lui non aggiunse altro. Doveva essere un vero riflessivo, una persona di poche parole. Poteva capire quel comportamento... ma non capiva lui. Fece scivolare lo sguardo sulla sua mano sinistra: nessuna fede, nessuna linea bianca, nessuna moglie o altro di significativo. O forse era uno di quei tipi arroganti, di quelli che non portano anelli... un donnaiolo. Ne aveva sia l'aspetto che l'atteggiamento. Era il momento di chiedersi chi fosse la donna che aveva risposto al telefono quando aveva chiamato. *Chi era lei?*

"Questo è un ranch dove si lavora parecchio e ho bisogno di una donna che si prenda cura di mio figlio. Sono alla vecchia maniera in tema di valori. I bambini dovrebbero stare a casa, non chiusi in un asilo nido. Sto cercando qualcuno che ci sappia fare in cucina e con i bambini, un ruolo che dovrebbe venire naturale a una donna. Non voglio qualcuno che tenga il telefono all'orecchio per metà della giornata. È un lavoro discreto e con una buona paga: 500$ a settimana, vitto e alloggio, con tutti i pasti inclusi."

Le andò il cuore in gola mentre il fondoschiena le cadeva a terra. Era troppo bello per essere vero.

Voleva piangere. "Ma io... ho una bambina, non pensavo di..."

Gli si indurì il volto e distolse lo sguardo. Per qualche ragione era arrabbiato con lei... o meglio, furioso. Emily non sapeva cosa dire e si lasciò scappare un sospiro pesante. Lui chiuse gli occhi e, con la mano, si strofinò l'accenno di barba che gli era ricresciuta sulla mascella. Poi la guardò di nuovo, con quegli occhi marrone profondo adesso di ghiaccio. Emily comprese che poteva essere un uomo duro.

"Che cosa c'è? Non sono abbastanza soldi per te? Non sopporto i giochetti che fate voi donne." Abbassò la voce, ma le sue parole non si addolcirono. Santo cielo! Che genere di viaggio si era fatto? Era lei, o aveva un problema con l'intero genere femminile? "Signor Friessen…"

"Brad" la interruppe, con il palmo della mano alzato. Doveva essere abituato a fare a modo suo.

"Scusami… Brad. Non è una questione di soldi. La tua offerta è piuttosto generosa. È solo che… ho una bambina piccola e credevo che sarei dovuta venire a lavorare durante il giorno, per poi tornare a casa. Ho un appartamento in affitto in città. Mi sono separata da poco, e Katy vive con me. Ha due anni, quindi vorrei portarmela dietro il giorno mentre lavoro e…" Si rese conto di star balbettando, e lui la interruppe di nuovo.

"Ho bisogno di qualcuno che stia qui tutto il giorno. E c'è la questione del cucinare. Si tratta di tutti e tre i pasti, e la colazione è presto la mattina."

"Brad, sono un po' confusa: mi stai ancora offrendo il lavoro, sapendo che dovrò portarmi dietro la bambina?"

Quell'uomo si appoggiò allo schienale, con un aspetto molto più rilassato di prima; aveva ripreso il controllo e con la mano batteva sulla parte posteriore del divano.

"C'è abbastanza spazio in questa casa; ho un sacco di camere da letto inutilizzate al piano di sopra. È un lavoro impegnativo. Dovrai badare a mio figlio e fare da mangiare per tutti. Ho due braccianti che mangiano qui, beh, a volte. Loro vivono in una piccola casa che ho nella proprietà, dietro al fienile. Ho una donna che viene a pulire due volte alla settimana; quindi dovrai occuparti solo di mantenerla quando lei non c'è. Ancora interessata?"

Emily scivolò in avanti e alzò i palmi delle mani, solo per premerli sulle ginocchia. "Sì, sono interessata. Mi stai offrendo il lavoro? Voglio dire; non mi hai chiesto niente della mia esperienza, delle referenze o della mia fedina penale." Emily rovistò in cerca della busta contenente il foglio delle referenze scritte a mano e lo tirò fuori.

"Avrei bisogno che iniziassi subito." Separò le gambe che teneva accavallate e si allungò per afferrare il foglio, poi vi gettò uno sguardo per scansionare la lista di nomi. Qualche istante dopo, alzò gli occhi verso di lei.

"Sai cucinare?"

"Sì."

"Sei una criminale?"

"No, a meno che non valga la multa per eccesso di velocità che ho preso due anni fa."

"Solo una?" La tensione che aveva guidato l'incontro solo pochi istanti prima era adesso scemata. Quello stuzzicarsi leggero fece esplodere la bolla di preoccupazione che cresceva nella pancia di Emily. Iniziò a respirare con più facilità, anticipando che forse c'era qualcosa di veramente bello proprio dietro l'angolo.

"Devo essere certo che mio figlio abbia la priorità. Se porti tua figlia, riuscirai a cucinare e ad occuparti di lui, senza ignorarlo?"

"Non trascurerei tuo figlio, ma neanche la mia. Posso badare a entrambi senza problemi. Sono una madre. È il mio lavoro." Emily agitò la mano in aria.

Tornò di nuovo silenzioso. Per quanto ci si impegnasse, non riusciva a leggere la sua espressione. A cosa stava pensando? "Potresti iniziare domani?"

Le fischiavano le orecchie e si chiese se l'avesse sentito bene. "Beh sì, nessun problema. Ma non posso trasferirmi così in fretta. Ho un'intera casa da mettere in valigia."

"Che ne dici di venire di giorno fino a quando non avremo definito tutti gli altri dettagli? Così potrai entrare in sintonia con Trevor, e lui con te, finché non riuscirai a trasferirti qui."

"Va bene, domani verrò con Katy. Alle otto e mezza andrebbe bene?"

"Perfetto."

Era tutto sin troppo facile. Brad si batté le mani sulle ginocchia, si alzò e, come per magia, sembrò ancora più alto, come se un enorme peso gli fosse stato tolto dalle spalle. Si ergeva su di lei. Emily gettò uno sguardo alla borsetta e diede un ulteriore strattone alla cerniera per assicurarsi che fosse chiusa, prima di farsela scivolare sulla spalla. La tenne stretta a sé, in piedi davanti a quell'imponente uomo.

"Ho una sensazione positiva, Emily. C'è qualcosa di particolare in te. Credo che questa sistemazione andrà bene per entrambi. Amo il mio ragazzo e voglio solo il meglio per lui."

La scortò verso la porta. "Allora a domani, Brad. E grazie per il lavoro."

Gli urtò la mano quando goffa si girò per stringergliela. Accidenti, era davvero imbranata, quel giorno. Maledisse la sua mancanza di autostima, che a volte le impediva di integrarsi nella società civile. E, tanto per peggiorare le cose, lui la afferrò per le spalle, prima che potesse rovesciare qualcosa, e la condusse oltre la porta. Le andò in fiamme il volto, che tornò di un rosso brillante. Cercò di tenere la testa bassa ma, uscita, fu costretta a guardarlo tenere aperta la porta scorrevole bianca, che era sicura fosse degli anni' '30.

Brad guardò oltre lei, percependo certo il suo disagio, si

infilò una mano in tasca e appoggiò l'altro braccio sullo stipite. Aveva le maniche arrotolate fino ai gomiti, che lasciavano intravedere gli avambracci ben scolpiti e abbronzati. Prima di allontanarsi, tirò la mano fuori dalla tasca e gliela porse.

Emily ci mise la sua e lui la strinse, non troppo forte, ma con fare gentile e amichevole, per sigillare il loro accordo. "Vai piano. E fammi sapere quando puoi trasferirti del tutto; manderò i miei uomini ad aiutarti."

"Wow, grazie." Stava sudando di nuovo... poi si ricordò della donna che aveva risposto al telefono quando aveva chiamato. Meglio chiederglielo subito, così non avrebbe dovuto preoccuparsi e chiedersi tutta la notte perché non glielo avesse domandato. "E la madre di Trevor, era lei ad aver risposto al telefono?" Un'ombra scura scese su di lui e indurì il suo bel viso, trasformandolo nel riflesso di qualcosa di cupo e spiacevole. *C'è un problema.* Gli si contrassero le guance.

"No. Quella era Mary Haske, la vicina di casa che a volte mi aiuta." Il suo tono prese una sfumatura tagliente, e non era per niente carino e amichevole. "La conoscerai. È una vecchia amica di famiglia che conosco da quando ero un ragazzino. La madre di Trevor non vive qui, né lo vede mai."

Dal modo in cui quell'uomo tratteneva la sua furia, sentiva di aver riaperto una ferita non ancora rimarginata, provocata da una donna che gli aveva spezzato il cuore e che aveva fatto qualcosa per cui quell'uomo adesso la odiava. Meglio non farlo incazzare. Aveva colto in pieno l'avvertimento. Sapeva che alcune persone non erano in grado di perdonare; trattenevano l'odio, permettendogli di diventare un avvoltoio sulle loro spalle.

Emily deglutì a fatica e indietreggiò. "Ci vediamo domani."

Capitolo Quattro

Con le mani strette al volante, da sola alla guida, si sentì quasi in una breve vacanza, che troppo di rado aveva avuto modo di concedersi. Questo le diede del tempo per pensare, valutare la sua vita, sognare in grande e fare progetti. E fu proprio ciò che fece dopo quell'insolito colloquio di lavoro. *"Avviserò il padrone di casa, farò i bagagli dopo aver messo a letto Katy e forse potrei essere pronta per il weekend. Sì, sarà semplice."* In un certo senso, quel cambiamento sarebbe stato un sollievo.

Gina doveva essere rimasta incollata alla finestra, quando Emily entrò nel vialetto. Prima ancora che spegnesse il motore, aprì di scatto la porta d'ingresso e balzò fuori con Katy appollaiata su un fianco.

La sua piccola principessa bionda applaudiva e strillava di gioia, con le mani tese verso la madre. I cardini arrugginiti della portiera del furgoncino cigolarono quando Emily la spinse, nello stesso istante in cui Katy le si gettava fra le braccia. Emily inalò il suo dolce profumo di bambina e la tenne stretta, baciandola più volte sulle paffute guanciotte rotonde. "Ho avuto il lavoro, piccola, e iniziamo domani."

"Sì! Oh, sapevo che ce l'avresti fatta." Gina lanciò le sue esili braccia al cielo prima di stringere Emily e Katy in un abbraccio. "Si gela qui fuori, entra. Coraggio, raccontami tutto, voglio i dettagli. Per chi lavorerai?" Gina batté le mani per farla affrettare.

Emily posò il cappotto e le scarpe e portò Katy nel salotto buio, dove c'era il logoro divano verde brillante, che aveva visto giorni migliori. Si lasciò cadere sulla sedia a dondolo con sopra il plaid scozzese e liberò un sospiro; fu un suono di soddisfazione, come se ogni fardello che aveva dentro se ne fosse andato. Mise Katy sulla brutta moquette beige, e lei sgambettò via per andare a prendere la sua bambola dal volto di plastica striato di macchie di inchiostro blu. Emily osservò Katy mettere la bambola nel passeggino giocattolo parcheggiato accanto al camino e cominciare a trainarlo per il salotto. "Dovremo trasferirci al suo ranch."

"Trasferirvi? Perché?" Gina si appollaiò di fronte a Emily sul bordo del divano verde scuro.

"Perché il lavoro consiste nel prendersi cura a tempo pieno del suo giovane figlio. È un padre single e gestisce il ranch da solo. Ha bisogno di qualcuno che stia lì, per preparare la colazione, il pranzo e la cena. È quello che già faccio, in fondo; con la differenza che, adesso, verrò pagata." Emily non riuscì a reprimere un leggero sorrisetto.

"Ha una casa, nella sua proprietà, dove potrete stare?" Gina spinse entrambe le mani sulle ginocchia.

"Staremo in casa sua. È grande e c'è abbastanza spazio." La voce di Emily era un poco incerta. E Gina, proprio perché era lei, non si perdeva mai niente e riusciva a far sentire in imbarazzo chiunque cercasse di nasconderle anche un minimo dettaglio. Socchiuse gli occhi castano scuro e irrigidì la schiena mentre si piegava in avanti.

"Chiamalo un dono che ho da parte di madre, ma,

tesoro mio, sono un'italo-irlandese che non puoi certo fregare. C'è un'infinità di problemi in un accordo di questo tipo e so che c'è qualcosa che non mi stai dicendo. Quindi, faresti meglio a sputare il rospo."

Emily guardò su verso il soffitto di stucco, basso e sporco, e dondolò sulla sedia cigolante. Rispose senza incrociare quegli occhi socchiusi che le bruciavano via un altro strato del suo guscio protettivo. "È l'uomo più attraente che abbia mai incontrato, è arrogante e duro, e mi sono messa in ridicolo da vera maldestra, socialmente inetta e idiota quale sono. E Trevor, che è il figlio, sta crescendo senza la madre nei paraggi. Non so cosa le sia successo, ma per lui è senz'altro un tasto dolente. Uno di cui non è disposto a parlare, e a cui non dà poi troppa importanza... Cosa che sospetto faccia con tutte le donne."

"Oh, capisco." Quando in cucina il bollitore fischiò, Gina si alzò in piedi, girò attorno allo squallido tavolino quadrato da caffè e si fermò. "Emily, tesoro, è meglio che ti assicuri di intraprendere questa cosa con entrambi gli occhi ben aperti. Vedo quello sguardo sognante, che stai cercando in tutti i modi di nascondermi. Non dimenticarti che ti sei appena tolta dai piedi un cretino buono a nulla. Sei vulnerabile; i ragazzi, i predatori che non portano a nulla di buono, lo percepiscono e si approfitteranno di te. Assicurati che resti solo una questione di lavoro. Perché, in questo momento, hai maggior bisogno di conforto, e so che vorresti tanto trovare un vero uomo, ma prima ti occorre del tempo per guarire. Quindi ti conviene dissimulare quegli occhi a cuore e dimenticare che pensi che sia il più bello che tu abbia mai visto, così non potrà approfittarsi di te."

Emily sentì la peluria sul collo ispessirsi come un filo spinato. Come si permetteva Gina di dirle una cosa del genere? E anche se fosse stato vero? Non riusciva a scrollarsi di dosso l'irritazione per il fatto che l'avesse accusata senza peli sulla lingua di essere così oca da cadere ai piedi di quel tipo. Lei aveva buonsenso e capacità di discernimento. Come si era permessa?

"Oh, lascia perdere l'orgoglio ferito." Gina non si era mossa, nonostante il bollitore stesse ancora fischiando in cucina. Emily si aggrappò a un bracciolo della sedia a dondolo e iniziò ad alzarsi.

"Siediti, Em. Da amica, ho tutto il diritto di farti notare delle situazioni potenzialmente pericolose. Gli amici devono guardarsi le spalle a vicenda, soprattutto se vi sono problemi effettivi. Questo tipo arrogante e avvenente è il tuo capo. Devi essere certa di prenderti cura di te stessa. Sembra dirompente, e gli uomini così possono essere dei veri cretini. Vivrai in casa sua. Subentrano nuove regole. Il rispetto reciproco, per cominciare. Ci sarà anche Katy; assicurati che sia una situazione tranquilla per lei."

Gina si chinò e la baciò sulla fronte, poi corse in cucina per mettere a tacere il suono acuto del bollitore. Emily chiuse gli occhi e si dondolò. Quando li aprì, il suo angelo dai luminosi occhi azzurri la stava osservando, come se avesse capito ogni singola parola e fosse consapevole del cambiamento improvviso che stava per accadere.

Emily allungò la mano segnata dal lavoro, con le unghie corte e squadrate e le cuticole strappate, una mano che sapeva non sarebbe mai comparsa in una pubblicità di sapone per piatti Ivory. Erano secche, semplici e funzionali. Ma alla sua dolce Katy non importava. Erano piene d'amore, ed era quello che Katy voleva trovare afferrando le dita di Emily e arrampicandosi sul grembo della madre.

Gina gridò dalla cucina: "Allora, fra quanto facciamo il trasloco?"

Emily non riuscì a impedire alla leggerezza di invadere la sua voce. Sorrise amorevole a sua figlia, che le posò la guancia rosacea contro al seno pieno; le caddero le palpebre, ormai troppo pesanti per tenerle aperte, mentre succhiava il ciuccio. "Appena riesco a fare i bagagli. Brad ci vorrebbe lì tipo già da ieri."

Gina riapparve sotto l'arco, che divideva la cucina dalla piccola stanza soggiorno e sala da pranzo. Si appoggiò al muro bianco dall'aspetto economico accanto al camino e aggrottò la fronte. Incrociò le braccia e un acuto scintillio di luce le fece brillare gli occhi, si sfregò il mento con il pollice e l'indice, avanti e indietro, indicatore che stava formulando dei piani.

"Porterò Katy al lavoro con me domani."

"Va bene, farò qualche telefonata, per convincere qualcuno a venire qui ad aiutarci con il trasloco, ma solo dopo che sarai andata a lavorare domani. Se tutto andrà bene e questa occasione risulta essere la benedizione che meriti, potrai avvisare il padrone di casa domani sera. Non prima."

Era brava ed Emily sapeva che, se ci fosse mai stato un problema, Gina era il tipo di persona che chiunque avrebbe voluto accanto a sistemare le cose. Un'ex segretaria, adesso capo produzione, nonché forza trainante del negozio di occhiali di successo di suo marito; era cosa saggia lasciarle le chiavi in mano e farle gestire tutto. I dettagli noiosi avrebbero sopraffatto Emily, ma non Gina. Lei era quella che interveniva, esaminava e buttava giù un piano percorribile, con varie categorie sottolineate in colori diversi sugli appunti che di certo avrebbe compilato. Sì, non era proprio capace di aspettare.

LA MATTINA SEGUENTE, prima che Bob uscisse, Emily lasciò andare la piccola bomba che aveva ottenuto un lavoro e si sarebbe trasferita. Come si aspettava, lui rispose con parole di fuoco, con le guance che gli avvamparono di un ardente color cremisi e la bocca spalancata per l'evidente shock. Ops, non aveva certo travisato nel leggerlo; si aspettava che lei si buttasse giù e che si accorgesse della cantonata, ma al diavolo lui e le sue aspettative di vederla tornare strisciando. Avrebbe dovuto congelarsi l'inferno, prima che lei tornasse sui suoi passi. No, era quasi libera. E per provarlo, arrivò Gina, proprio appena prima che Emily partisse per il suo primo giorno di lavoro al ranch, con tre pagine di direttive contrassegnate con colori diversi a seconda delle priorità. Era l'elenco delle cose che Emily avrebbe dovuto fare, insieme a numeri e nomi dei contatti, fra i quali l'avvocato per gestire la separazione legale, la compagnia del gas e dell'energia elettrica, la notifica all'ufficio postale del cambio di indirizzo e una pagina di domande sensate da rivolgere a Brad, a cui avrebbe dovuto già pensare ma che, nella sua nebbia di eccitazione, non le erano venute in mente.

Wow! Scorse la checklist, abbracciò Gina e corse nel furgoncino con Katy, incantata dalle capacità organizzative di quella donna.

E, nonostante Gina si fosse offerta ancora una volta di badare a Katy quella mattina, Emily sapeva quanto fosse importante quel giorno. Oggi con sua figlia sarebbe stata la prova del nove, o nuoti o affoghi, come dice il proverbio; avrebbe potuto scoprire quanto sarebbe stato facile. Lo sperava, anzi, lo credeva. *Funzionerà.* Doveva, dato che stava sradicando Katy, per portarla in una casa che non era la sua. I bambini avevano bisogno di stabilità. Emily superò i cancelli dall'aria familiare di Echo Spring e la strada sterrata, appena livellata, con una staccionata a ogni lato, che si snodava fra gli alberi imponenti; sentì un'improvvisa spirale sollevarsi dalla bocca dello stomaco e al di sopra del petto, come se fosse stata lanciata nel futuro, senza avere alcuna possibilità di analizzare o mettere in discussione la sua sanità mentale e tornare indietro.

Ed era una cosa positiva, dato che Brad stava aspettando fuori dalla sua adorabile dimora vittoriana, nello spoglio cortile anteriore. Tutto quel puro potere virile; un metro e novanta di rudezza. Come poteva un uomo apparire così dannatamente bello con indosso una logora giacca marrone da campagna? *Oh, merda.* Senza Katy a tenerla distratta da quei magnifici occhi color whisky che le penetravano l'anima, forse avrebbe inciampato sui suoi stessi piedi.

Emily parcheggiò il furgone e si concentrò sull'estrarre le chiavi e chiudere la cerniera della borsetta. Quando alzò lo sguardo da dietro al finestrino, Brad si sollevò sulle spalle un bambino avvolto in una felpa blu scura con il cappuccio. Camminò superbo verso di lei, con un fare che dava a intendere che era il proprietario di quei terreni e che ne andava fiero. Emily aprì la portiera e cercò di contenere il tremolio della mano. La chiuse sbattendola e corse verso il lato del passeggero per aprire il portellone facendolo scorrere.

"Ce l'hai fatta." Poté sentire il suo profumo di terra, non di legno di sandalo, quando allungò il collo verso l'alto. Il suo sorriso era inebriante e oggi era molto più rilassato e gentile. Forse, se avesse fatto di nuovo lo stronzo, non sarebbe stato tanto attraente e avrebbe potuto rilassarsi anche lei.

"Ce l'abbiamo fatta." Okay, che idiota. Emily si voltò, prima che la sua faccia diventasse più rossa, e si concentrò sul liberare Katy dal seggiolino e prenderla in braccio.

"Allora, chi è questa qui?" La voce di Brad era giocosa, leggera e intrisa di tenerezza. Era un uomo diverso dal giorno prima, e non ignorava Katy; al contrario, si sporse e le fece il solletico sul mento. Urrà, un altro segno di spunta sulla dettagliata lista della spesa di Gina, quella finalizzata a mettere a posto la vita di Emily.

"Questa è mia figlia, Katy. Katy, questo è Brad, l'uomo di cui ti ho parlato." Lei ridacchiò e chiuse quella dolce, piccola e vivace bocca nell'espressione timidissima che assumeva sempre quando incontrava qualche persona nuova. Emily era sicura che fosse solo la prima delle infinite mosse che avrebbe fatto per manipolarlo a suo piacimento. "Mi dispiace, è timida, all'inizio, ma aspetta che prenda confidenza e non starà zitta un attimo."

Brad rise con un tale calore genuino che, per un attimo, Emily si chiese se fosse lo stesso uomo burbero che aveva incontrato il giorno prima. Trevor rimbalzò sulle sue spalle, recitando un "Blib, blib..." finché non lo mise giù. Trotterellò verso l'ampio sentiero di ghiaia che portava ai gradini di accesso.

"È lui Trevor?"

"Sì, lui è il mio ragazzo." Brad si mise le mani in tasca mentre osservava suo figlio.

"Ciao Trevor, sono Emily..." Il bambino non si girò mai a guardarla, né mostrò alcun interesse verso lei o Katy. "Quanti anni ha?" Il volto di Brad riprese il suo tono duro. Non incrociò il suo sguardo.

"Tre." Si schiarì la gola.

Trevor si fermò in mezzo al sentiero ghiaioso e cadde in ginocchio. Iniziò a scavare con le minuscole dita intorno a una roccia. "No, Trevor." Brad fece un balzo e lo tirò su.

"No, no, no." Trevor urlò più e più volte e si dimenò contro Brad. I suoi piccoli pugni gli sferrarono un colpo sul naso.

"Smettila. C'è Emily, ricordi? Ti ho detto che si prenderà cura di te." Ma lui non interruppe il suo gridare. In effetti, cambiò le parole in: "whee, whee, whee", mentre

Brad gli teneva la mano. "Deve essere stanco, tutte queste novità e il fatto che ci sei tu qui lo stanno confondendo" urlò Brad da sopra alla sua spalla tesa.

La sua ansia era tornata, ma era normale, dato quel momento imbarazzante. Quel bambino era sempre stato così?

"Entra Emily, darò a Trevor dei cracker e poi potrai iniziare."

Katy rimase ferma e in silenzio, ancora in braccio alla mamma, e le due guardarono il bambino a distanza di sicurezza. Emily sistemò Katy tra le sue braccia e seguì Brad, teso e a disagio, all'interno.

Com'era diversa la casa quel giorno. Il soggiorno pulito e ordinato che, con quegli eleganti mobili in pelle e i pavimenti in legno massiccio, avrebbe potuto essere esibito in una qualsiasi rivista per la casa e per il giardino, quel giorno era un vero casino. Emily scavalcò giocattoli di plastica, scatole e pezzi di puzzle sparsi da un capo all'altro della stanza, fino alla lontana parete della cucina. C'erano coperte di lana e due teli afghani appoggiati sullo schienale del divano e sparsi sul pavimento; era stata turbolenta quella notte, mattina, o qualsiasi cosa fosse. La cucina non era messa molto meglio. Brad spalancò la porta della bella credenza bianca, quella con il vetro temperato al centro, e afferrò una scatola di cracker al formaggio, con impresso su un fondo rosso vivo un personaggio dei cartoni animati. Katy strinse la presa attorno al collo di Emily, quando il bambino cominciò a gridare più forte.

Emily non riusciva a ignorare i piatti sporchi, le scatole di cereali e le confezioni di cibo che riempivano il lavandino e coprivano ogni angolo del bancone. E l'odore, cos'era quella puzza?

Ruotò su se stessa e dovette staccare il piede dal pavimento appiccicoso. Nonostante sembrasse che quella cucina fosse stata ristrutturata di recente, con elettrodomestici di lusso, scaffali e ciò che sembrava un bel ripiano in ardesia turchese, non ci avrebbe giurato, considerando lo stato in cui si trovava.

Gli occhi di Brad erano su di lei, la osservavano con un cipiglio che acuiva le linee stanche sul contorno. Ebbe la sensazione che si stesse ritraendo, come fanno gli uomini quando pensano che qualcuno li stia giudicando, cosa che non era... Oppure, forse quasi si aspettava che lei alzasse i tacchi e scappasse. "Bene, è meglio iniziare; con i bambini a cui badare, se qualcuno ha intenzione di pranzare, mi ci vorrà un'ora buona, se non due, per pulire questo casino."

Brad arrossì. "Senti, mi dispiace per questo..." Fece un gesto con la mano con cui teneva la scatola dei cracker. "Se è troppo per te, dover pensare alla casa e prenderti cura di entrambi i bambini..." Non finì la frase per il rumore della ghiaia schiacciata sotto al camion pesante che entrava nella proprietà con un breve suono del clacson. Emily guardò lo stretto corridoio che conduceva fuori dalla cucina e verso una porta sul retro. La sagoma di un uomo imponente salì a passo pesante ciò che pensò fossero i gradini sul retro, i cardini della zanzariera stridettero appena prima che la porta interna, con la piccola finestra di vetro coperta da una tendina, venisse spalancata. "Ehi Brad, c'è Dudley con il cibo per il bestiame, ci servi qui fuori." Il grosso uomo fermo sulla soglia, che doveva essere alto un metro e ottanta, indossava una camicia di lana scozzese e un berretto da baseball arancione. Sembrava che fossero passati diversi giorni dall'ultima volta che si era rasato.

Emily si voltò a guardare Brad, che chiuse gli occhi e scosse la testa. "Merda. Scusami, devi cavartela da sola. Devo occuparmi di questo." Le passò Trevor, dopo avergli ficcato una manciata di cracker in bocca. Emily mise giù Katy accanto a lei e la bimba, non sentendosi sicura, afferrò subito i jeans neri della madre, appena sotto al ginocchio.

"Okay, non sono molto..." Brad non le prestò la minima attenzione e le porse Trevor in fretta, insieme alla scatola di cracker. Non le concesse neanche un'occhiata veloce.

"Ci vediamo a pranzo." E poi uscì dal retro, superando i pannelli di rivestimento imbiancati e datati del corridoio e chiudendosi la porta posteriore alle spalle. Emily non ci poteva credere. Restò lì, stringendo a sé quel bambino silenzioso che non mostrava alcun interesse per lei. Avrebbe dovuto avere gli occhi spalancati ed essere forse spaventato da quella sconosciuta che lo teneva in braccio, ma l'unico suo interesse era per la scatola di cracker.

"Mamma." Katy le tirò i jeans, spinse il pollice in bocca e tese le braccia in alto. "Oh, Katy amore, non posso tenere tutti e due." Emily si accucciò e mise Trevor a terra. Quando provò ad alzarsi con la scatola dei cracker, Trevor strillò: "Na, na, na." Porca miseria, aveva un vocione.

"Ci risiamo, non c'è bisogno che ti comporti così. Parla." Emily gli porse la scatola dei cracker. Ancora, non la guardò. Per un attimo, temette che si strozzasse; se li stava ficcando in bocca così veloce. Katy le diede un colpetto alla gamba e indicò la scatola. Beh certo, ne voleva un po' anche lei. "Katy, che ne dici di una banana, invece?" Lasciò cadere la borsa sul tavolo appiccicoso e pieno di cose, e tirò fuori una banana, lasciando nascosta la scatola di cracker al riso biologico di Katy. Tirò a sé una sedia di legno e ci mise sopra la figlia. "Avrei dovuto portare il tuo seggiolone. Sapevo che avrei dimenticato qualcosa." Emily si tolse il cappotto e arrotolò le maniche, esaminò la trasandata cucina rettangolare, piena di cibo lasciato a metà, il lavandino traboccante di tazze, piatti e acqua sporca e viscida. Il grande fornello bianco a propano era coperto di grasso e pieno di pentole sporche. Lanciò uno sguardo tormentato alla porta sul retro, dalla quale era fuggito Brad. *Quindi non è infallibile*; quel pensiero li mise sullo stesso piano.

Capitolo Cinque

Alla fine aveva fatto presto. Guardò l'orologio e vide che ci aveva messo solo due ore a pulire tutte le pentole, caricare la lavastoviglie e farla andare due volte, tutto dopo aver messo a mollo e raschiato via il cibo essiccato. Era proprio necessario sporcare ogni piatto della casa?

Trevor era un'altra storia; non aveva mai visto un bambino così felice di giocare da solo. Katy aveva provato due volte a condividere la sua bambola e aveva persino preso una delle sue macchinine giocattolo per metterglisi accanto sul tappeto. L'aveva ignorata, fino a quando lei non aveva preso la macchinina verde che lui aveva allineato con altre sul tavolino da caffè. Aveva urlato fortissimo, come se fosse stato ferito, e Katy, ovviamente, era scoppiata a piangere e aveva lasciato cadere l'auto. Trevor, senza guardarla, aveva preso la macchinina e l'aveva rimessa al posto di prima, in linea. Tranne ora, aveva fatto di continuo un suono tipo "whop, whop". Emily aveva abbracciato Katy e l'aveva portata in cucina; poi l'aveva messa, con la sua Dolly in braccio, lontano da Trevor.

Emily aveva chiesto a Trevor cosa non andasse e gli aveva detto di non urlare ma di usare le parole. Lui l'aveva ignorata. Doveva parlare con Brad; era strano che un bambino si comportasse in quel modo. Forse soffriva ancora l'abbandono. Ponderò il da farsi, mentre puliva e frugava nella dispensa quasi vuota, in cerca di qualcosa di commestibile con cui sfamare tutti a pranzo.

EMILY STAVA MESCOLANDO la zuppa sul fuoco quando qualcuno bussò alla porta d'ingresso. Spense il gas e si affrettò verso la porta, lanciando un'occhiata a Trevor e Katy che stavano guardando Dora sulla TV a grande schermo; in realtà, Katy era seduta sul divano e guardava il film, mentre Trevor saltellava su entrambi i piedi a pochi centimetri dallo schermo della televisione.

Emily aprì la porta a un ragazzo di bassa statura che portava un cappello marrone.

"Consegna per Brad Friessen."

"È qui fuori sul retro, ha bisogno di una firma?"

"Sì, signora, ma può firmare lei al suo posto se dichiara che lui vive qui e che può darglielo." Il ragazzo masticò con vigore un chewing gum e sorrise. A quanto pare, quello era il suo senso dell'umorismo.

Emily firmò per il pacco e chiuse la porta. Un forte schianto e un rumore come di vetri in frantumi rimbombò dalla cucina.

Oh, merda! Emily lasciò cadere il pacco e attraversò di corsa il logoro pavimento in legno. Katy era in piedi sotto l'arco, con gli occhi sbarrati.

"Mamma, Trevor cattivo." Katy indicò il minuscolo ragazzino dai capelli scuri, con indosso pantaloni di cotone blu e una maglietta a righe; era a piedi nudi e sedeva accanto alla porta del frigorifero aperta, immerso in una pozzanghera arancione e appiccicosa. La barra in plastica, che era in basso al lato del frigo, sporgeva come un pollice parzialmente staccato e penzolava giù verso il pavimento. C'erano barattoli e contenitori sparsi a terra ovunque. Tutto intorno al bambino erano sparsi pezzi di vetro e sottaceti. "Trevor, non muoverti."

"Che diavolo sta succedendo qui dentro?" La porta sul retro cigolò e Brad entrò in cucina, passò accanto a Emily e si chinò a raccogliere il suo bambino bagnato, per toglierlo da in mezzo al caos.

"Resta lì." La sua profonda voce graffiante era acuta mentre lanciava un'occhiataccia a Emily. "Non lo stavi guardando? Come diavolo è successo?"

Trevor cercò di entrare nella pozza di succo d'arancia, agitando le braccia e gridando "da, da, da", ancora e ancora.

"Dannazione, finirai per tagliarti." Brad prese in braccio Trevor e lo mise accanto a Katy, che era in piedi zitta e incerta sulla soglia, con gli occhi pieni di lacrime, e sembrava sul punto di piangere.

"Brad, un fattorino ti ha portato un pacco, ero andata a firmare. Trevor era di fronte alla TV. Ho voltato le spalle per appena un secondo."

Le pareti color crema sembravano vibrare, mentre la tensione ispessiva l'aria. Katy scoppiò in lacrime e Brad si passò irritato fra i capelli le spesse dita callose, da gran lavoratore. Strinse i denti con la sua forte mascella tesa. Il suo pomo d'Adamo andò su e giù, poi sospirò e gettò le mani in aria, mentre Emily prendeva in braccio Katy.

Quell'uomo si lasciò scappare una risata stanca e qualcosa si addolcì, mentre quei magnifici occhi si posavano sui suoi. "Beh, ripuliamo." Si allungò per prendere un rotolo di carta sulla mensola vicino alla porta sul retro.

Strappò alcuni fogli e li lasciò cadere sulla pozzanghera di succo.

Emily baciò Katy sulla testa e le asciugò le lacrime. "Vai a guardare Dora e lasciami pulire questo pasticcio. Vengo io a prenderti." Katy si aggrappò a lei, quando cercò di metterla a sedere sul divano, ma la fece calmare con la sua bambola e scivolò via. Trevor era un'altra storia. Stava facendo un rumore come "whop, whop", mentre dondolava avanti e indietro a pochi centimetri dai pezzi di vetro che Brad si stava affrettando a raccogliere.

"E se prendessi Trevor e andassi a lavarlo?" Emily non aspettò una risposta, ma si chinò davanti al bambino. Stava piagnucolando con i pantaloni intrisi di succo, e ora faceva un rumore diverso, "whee, whee, whee", ancora e ancora, mentre giocava con le dita. "In realtà, Brad, non so dove sia la sua stanza. Se potessi indicarmi la strada per quella e per il bagno, vado a mettergli dei vestiti puliti."

Le ci volle un attimo per rendersi conto che Brad aveva smesso di ripulire e la stava osservando con uno sguardo che sembrava confuso, o forse non aveva capito cosa gli avesse chiesto. Poi, gettò una manciata di carta assorbente zuppa in un sacco nero per la spazzatura e si tirò su in tutta la sua altezza. Fece un cenno verso il fondo della cucina, dove c'erano dei gradini vicino alla porta sul retro.

"Appena in cima a quelle scale, la prima porta a destra è il bagno, la camera di Trevor è lì accanto sulla sinistra." Emily esitò di fronte al bimbo, non per paura, ma per il dubbio di quale potesse essere la sua reazione nei suoi confronti.

Poteva sentire il calore proveniente da suo padre bruciarle la schiena. Chiaramente, era lei al centro dell'attenzione.

"Vieni, Trevor, andiamo a darci una ripulita." Trattenne il respiro, quasi aspettandosi che desse di matto. Non voleva che succedesse davanti a Brad, era già abbastanza nervosa così. Trevor era ancora agitato e piagnucolò quando Emily lo afferrò da sotto alle braccia e lo prese in braccio. Non la guardò, ma le avvolse le piccole braccia grassottelle attorno al collo e le gambe bagnate attorno alla vita. *Ok, fin qui tutto bene.* Emily si fermò sotto all'arco. "Katy, vieni con la mamma."

Salì con fare convinto le scale di legno, con Katy dietro.

Capitolo Sei

Emily fece sedere Trevor sul lungo bancone di marmo scolorito accanto al lavandino del bagno. Katy era appollaiata su un piccolo sgabello vicino al gabinetto. Il bagno era grande e moderno, con una vasca da bagno, un sacco di armadietti e abbastanza spazio per vestirsi. Emily prese un asciugamano bordeaux da uno degli sportelli e aprì il rubinetto finché l'acqua non si riscaldò. Inzuppò la spugna, la strizzò, afferrando la gamba di Trevor ogni volta che si dimenava, e gliela strofinò delicatamente sulle mani e poi sulla faccia. "Okay, Trevor, alzati. Togliamoci di dosso questi vestiti bagnati."

Katy, il suo angelo di due anni dagli occhi luminosi, alzò lo sguardo. Trevor non lo fece; invece, si mise il bordo dell'asciugamano in bocca e iniziò a masticarlo. Quei pallidi occhi azzurri non mostravano alcuna cognizione di lei o di ciò che diceva. Apparivano vitrei, incoscienti. "Cosa c'è che non va, Trevor?" Emily schioccò le dita, ma il bambino non sussultò, tanto meno alzò lo sguardo.

"Alza le braccia." Lo aiutò a mettersi in piedi sul bancone, ma lui, in modo imprevedibile, allungò la mano verso il panno umido che gli aveva tolto di bocca e urlò. Emily gli tolse la maglietta e glielo restituì. Se lo infilò di nuovo in bocca. Contento, per il momento, riprese a succhiarlo, ed Emily si affrettò a lavarlo.

Teneva Trevor appoggiato sul fianco, come una madre, e attraversò il corridoio coperto di moquette, fino a raggiungere la grande camera da letto del bambino, che conteneva un lettino a forma di macchina da corsa e un comodino con un'abat jour a forma di cavallo. C'era anche un alto comò di mogano, a sei cassetti, e uno scaffale giocattolo pieno di automobiline, peluche e libri per bambini. Emily rovistò nei primi due cassetti finché non trovò un'altra camicia a maniche lunghe di cotone blu scuro, con dei pantaloni della tuta abbinati e un paio di calzini. Non ebbe problemi a infilargli la camicia da sopra alla testa e ad aiutarlo a mettersi i pantaloni; era così concentrato a masticare quello straccio. Ma, quando provò a infilargli i calzini di cotone bianco, lui le lanciò il panno addosso ed emise un grido acuto, mentre le spingeva via le mani e le scalciava contro le gambe. "Okay, quindi oggi non ce li metteremo. Li lasceremo perdere, per adesso." Forse era per quello che era scalzo.

Quando Emily ripose i calzini nel cassetto, si calmò e corse a raccogliere il panno per rimetterselo in bocca. "Non ho intenzione di litigare con te. Tieni l'asciugamano, per il momento. Coraggio, Katy, torniamo giù." Questa volta, prese in braccio Katy e tenne Trevor per mano, per scendere le scale e raggiungere la cucina. Trevor non alzò mai lo sguardo, cosa che ci si aspetterebbe da un bambino, magari con un cenno di sorriso o uno sguardo fugace, per instaurare qualcosa con una forma personale di comunicazione non verbale. Era concentrato sulla ringhiera e sulla sua mano, mentre la trascinava lungo ogni scanalatura fino al gradino più basso.

La zanzariera stridette e sbatté contro il telaio di legno. Un uomo tarchiato di media statura, con indosso un cappotto da taglialegna a quadri verde, entrò a grandi passi. I suoi stivali da cowboy erano incrostati di fango. Tirò giù la falda del berretto da baseball nero, da cui fuoriuscivano ciuffi di capelli bruni, e aveva sulle guance rotonde una barba che doveva aver smesso di radere da diversi giorni. "Ehi, capo, che cosa vuoi fare con il fieno di primavera? Vuoi ordinarne più da Harley? Non possiamo aspettare ancora molto. Ne abbiamo solo per un paio di giorni."

"Ah, merda." Brad si guardò alle spalle, ma non si alzò da dove era accucciato con i jeans aderenti, che esibivano due bei glutei sodi, davanti al frigo aperto. Reinserì la sbarra inferiore facendola scattare. Il pavimento era di nuovo pulito e c'era un sacco nero della spazzatura appoggiato alla credenza. Trevor si liberò la mano e corse oltre l'uomo. "Oooovo, ooovo," urlò più e più volte, gesticolando in modo selvaggio verso il frigo.

Brad chiuse lo sportello bianco e lucido, e Trevor lo colpì ancora e ancora.

Brad apparve improvvisamente stanco e si lasciò scappare un sospiro pesante. "Che cosa vuoi? Il succo?" La spessa tensione deformava l'aria in quella grande cucina quadrata. Cercare di capire cosa volesse quel bambino era estenuante, ed Emily si limitò a fissarlo.

Lo straniero, che ora era in piedi accanto a Emily, si mise le grandi mani sporche sui fianchi.

Brad li ignorò entrambi e afferrò Trevor per un braccio. "Vieni qui." Aprì la porta del frigo e Trevor in pratica ci si tuffò dentro per prendere il cartone delle uova. Suo padre lo sollevò con una mano sola e lo tirò fuori dal frigo, chiudendo lo sportello. "Non se ne parla, che ne dici di un biscotto?"

"Brad, il pranzo è quasi pronto. Devo solo riscaldare la zuppa. Era già tutto pronto prima che arrivasse il pacco. Oh, scusami, l'ho lasciato cadere vicino alla porta." Brad mise giù Trevor, che corse di nuovo verso il frigo e cercò di aprirlo, strillando a squarciagola. Quel bambino era fuori controllo. Brad sollevò Trevor e prese una scatola di biscotti al cioccolato dalla credenza. Tombola! Trevor smise di agitarsi e urlare, abbastanza a lungo da infilarsi avido in bocca un biscotto.

"Uh, scusa, almeno è tranquillo e puoi mettere in tavola il pranzo."

Emily serrò le labbra e incrociò le braccia. Si era arreso a quel bambino, tanto per non rinforzare i comportamenti scorretti. Ma non era il momento. Andò in fretta ai fornelli e accese il fuoco, per scaldare la pentola di zuppa.

Brad la ignorò e parlò con quell'uomo tarchiato in cucina. "Emily, quanto ci vorrà prima che il pranzo sia pronto?" Lei non si voltò. "Cinque minuti."

Capitolo Sette

Tre giorni dopo quella prima esperienza infernale, Emily si trasferì da Brad.

Chiuse lo sportello di cristallo dell'armadio della sua nuova camera da letto, quella accanto al bagno principale, che era a sua volta accanto alla camera da letto matrimoniale di Brad, in cima alle scale. Katy si era addormentata sopra il piumone verde irlandese, sul piccolo letto a due piazze, abbracciata alla sua bambola Dora e alla sua copertina blu sbiadita.

Proprio quella mattina, Emily aveva scoperto che quella casa era stata costruita dal nonno di Brad, negli anni' '40. Era su due piani, di poco più di trecento metri quadrati e vantava cinque ampie camere da letto. La stanza di Emily era stata da poco dipinta di un bianco sporco, aveva la moquette beige chiara e una grande vetrata che si affacciava sul recinto dei cavalli e sul pascolo, con un'incantevole vista sulle montagne in lontananza. La stanza di Trevor era dalla parte opposta del corridoio, quella di Katy lì accanto, e restava una grande camera alla fine del corridoio, piena di scatole e arredi.

Quando Emily comunicò ai padroni di casa che si stava trasferendo, nonostante il poco preavviso, le augurarono il meglio. Gina era rimasta fedele alla sua parola: lei, Fred, i loro due figli adolescenti e forse metà vicinato l'avevano aiutata a fare i bagagli e trasferirsi al ranch in tre giorni. Katy sembrava felice e tranquilla, nonostante le tensioni del primo giorno.

Emily attraversò il corridoio per andare nella stanza di sua figlia. Passò la mano sul piumone floreale che copriva il bianco letto da principessa di Katy. La lampada di Winnie the Pooh era poggiata sul comodino scheggiato. Avrebbe voluto sistemarlo molte volte, ma la vita continuava a mettersi in mezzo.

Emily diede un'occhiata a Katy, che sembrava la visione di un angelo assopito. Era stata una mattinata estenuante e, con tutti i cambiamenti della settimana e ora il trasferimento in una nuova casa, non era una sorpresa che, dopo essersi stropicciata gli occhi, Katy fosse gattonata sul letto di Emily e si fosse addormentata. Usò le dita per spostarsi i capelli che le erano scivolati sugli occhi. Non importava quante volte li avesse legati indietro oggi, continuavano a scappare e liberarsi; se li lisciò e li legò ancora una volta in una morbida coda di cavallo. Emise un sospiro pesante, si appoggiò al telaio della porta e una sensazione travolgente la invase, come se le mancasse l'aria. Tutto a causa di quel violento cambiamento, che aveva portato allo sforzo titanico di smontare e imballare un'intera casa, iniziare un nuovo lavoro e trasferirsi nel giro di pochi giorni. La maggior parte degli oggetti personali di Emily, compresi i mobili che Bob non aveva preso, erano stati sistemati in una delle dependance riscaldate adiacenti il fienile.

Lo scalino più alto scricchiolò; Emily si girò così veloce che batté il gomito sullo stipite della porta. "Oh."

"Scusami. Non volevo spaventarti. Ti sei fatta male?"

"No, tutto a posto." Il suo viso doveva essere cremisi, in piedi sulla porta della sua camera da letto. Perché questo la infastidiva? E perché non distoglieva lo sguardo da quegli intensi occhi scuri? Passarono dei secondi prima che Brad si schiarisse la gola.

"Ti stai ambientando bene?" Si infilò le mani nelle tasche anteriori, un uomo che custodiva le sue emozioni con un controllo duro e meccanico. Ma il barlume di preoccupazione che gli schermava gli occhi era sincero. A Emily piaceva pensare di essere in grado di carpire ogni cenno di falsità in una persona, ma non riusciva a leggere quel tipo. Era troppo complicato.

"Penso di sì." Si schiarì la voce.

Il viso di Brad si illuminò quando guardò sopra la sua testa. Si voltò per vedere cosa trovasse così affascinante. "È stata una giornata frenetica per tutti; se tutto va come deve, dormirà un bel po'." Il suo sorriso svanì. Era molto vicino a lei. Il cuore le batteva a mille. Avrebbe potuto sentirlo?

Emily doveva spostarsi, ma lui ostruiva il passaggio. Ingoiò il groppo che aveva in gola e sistemò dietro alle orecchie i ciuffi di capelli che, ancora una volta, le erano sfuggiti dalla coda di cavallo. Abbassò gli occhi a terra, un movimento che la aiutò a placare i nervi. *Cambia argomento.* "Dovrei iniziare a preparare la cena, si sta facendo tardi."

Le accarezzò la spalla con la mano, e lei sentì un tremolio caldo. Brad si ritrasse come se si fosse bruciato, poi indietreggiò, con la mascella indurita, rinfilando le mani nella tasche. "La signora Haske ha riscaldato qualcosa stamani nella pentola a pressione, quando è venuta a prendere Trevor, quindi non ce n'è bisogno. Puoi finire di sistemarti."

Si sentiva la lingua spessa e non si fidava di se stessa per parlare. Annuì.

"Devo andare a prendere Trevor." Brad esitò, come se volesse dire qualcos'altro, ma non lo fece. Si affrettò giù per le scale.

"Brad, quasi dimenticavo... Scusami, hai un minuto?" Rabbrividì, per la sua incapacità di mettere insieme due parole intelligenti. *Ho balbettato?*

Lui si fermò a metà delle scale e si voltò. "Sì, Emily." Come riusciva a farlo? Anche il suo nome suonava come musica alle sue orecchie. Quando non rispose, alzò un sopracciglio per farla muovere. *Okay, parla, ragazza.* "Uhm, ho dato per scontato alcune cose; scusami, ciò che sto cercando di dire è che vorrei chiarire alcuni aspetti."

Brad puntò la mano contro al muro e si raddrizzò; sembrava più teso. Stava davvero facendo un casino.

"Sei qui per prenderti cura di mio figlio e cucinare." Wow, aveva un tono così tagliente che avrebbe voluto smussarlo.

"Oh, lo so. Ma volevo parlarti della spesa e della biancheria. Laverò quella di Trevor. O vuoi che faccia il bucato anche per te? Voglio dire, non abbiamo parlato di tutti questi dettagli. Volevo solo una conferma..." Emily smise di parlare, alla vista della strana espressione sul suo volto. Brad tirò giù la mano, distolse lo sguardo e ridacchiò mentre risaliva le scale. Emily non sapeva cosa fare, così indietreggiò finché non sbatté contro al muro.

"Ragazza, mi stupisci, e pochissime persone ci riescono. No, posso fare da solo il mio bucato, ma grazie. Tu pensa ad accudire i bambini e a cucinare, e io ti darò i soldi per fare la spesa. Se non ti dispiace fare il bucato di Trevor, lo apprezzerei davvero. Ti può andare bene?"

"Va benissimo, grazie."

"La signora Haske viene un paio di volte alla settimana per fare le pulizie. Se hai bisogno di aiuto per qualcosa, basta chiedere. Scusa se me la sono presa. Okay?"

"Okay." Gli sorrise per l'incoraggiamento.

"Devo andare" disse, scendendo rapido le scale.

Anche se la casa era calda, Emily incrociò le braccia e tremò, sola nel silenzio, ascoltando il rumore familiare dei suoi passi, lo scatto della porta e il motore del furgone.

Capitolo Otto

Subito dopo colazione, Emily corse fuori dalla porta con Katy, Trevor e una lista della spesa lunga un chilometro.

Brad, fedele alle sue parole, gli aveva dato soldi in quantità. Emily ci mise poco a raggiungere il negozio e sia Katy che Trevor si comportarono meglio che mai. Soltanto stare in fila più di cinque minuti divenne un problema: Trevor voleva uscire dal carrello e provò ad arrampicarsi fuori. Quando Emily cercò di farlo sedere, si mise a urlare. Dunque, lo tirò su per metterlo a terra, ma lui cercò di strisciare sotto il carrello e sedersi sul ripiano in basso. Emily lo afferrò per le gambe e lui urlò agitando le braccia. Poi, lanciò una scarpa, colpendo il cassiere dritto in mezzo alla fronte con un tonfo penetrante: fu uno dei momenti più imbarazzanti e orribili da parecchio tempo. Lo scontroso cassiere diventò ostile e chiamò la sicurezza. Non si presentò una sola guardia, ma due uomini fuori forma, di mezza età e dall'espressione severa, che sembravano aspiranti poliziotti. Mentre Emily lottava per calmare Trevor, che le si agitava tra le braccia, e Katy le tirava la manica piagnucolando, una delle guardie le lanciò un severo ammonimento di tenere d'occhio il suo bambino. Non lo fece in modo gentile, portandola in disparte; glielo disse davanti a tutti gli altri clienti. Ed Emily doveva ancora pagare.

Quando ebbe caricato tutta la spesa nel furgone, con Trevor e Katy legati nei loro seggiolini, entrambi a sgranocchiare i cracker che aveva loro ammucchiato in grembo, le stavano tremando le viscere. Si preoccupava che, di fatto, la sua foto fosse adesso impressa nel negozio, su ogni cassa, con una scritta a grosse lettere che diceva "ATTENZIONE A QUESTA CLIENTE".

Quando Emily arrivò a casa, Mary Haske era già lì. Mentre lei trascinava dentro la spesa, Mary sistemò i bambini davanti alla televisione. Era una robusta donna di una settantina d'anni dai capelli grigi, indossava lenti bifocali e aveva un sorriso di nonna che le riscaldava il cuore.

Mentre Emily metteva a posto la spesa, Trevor strillò con una voce che assomigliava molto a quella di Arthur, il programma a fumetti che gridava dal televisore. Quando sbirciò da dietro l'angolo, lui saltellava e ondeggiava davanti alla TV. Katy era rannicchiata con la sua copertina sul divano.

"Ti va una tazza di tè, mia cara?" Mary riempì una teiera a fiori gialla con dell'acqua calda. "Vieni a sederti."

"Grazie."

La donna sistemò il latte e lo zucchero su un vassoio e li portò sul tavolo da cucina in quercia che era stato appena pulito. "Siediti, finché puoi. Trascorrerai la maggior parte della giornata in piedi, ti conviene approfittarti di questo poco tempo libero."

Emily accettò la tazza di tè caldo, ma agitò la mano per rifiutare il latte e lo zucchero. "Signora Haske..."

"Mary, per favore, insisto. Il caro Brad, sia benedetto,

pare che non riesca a fare a meno dei formalismi. Mi chiama così da quando ha imparato a parlare."

Emily si sciolse di fronte al genuino affetto di madre che dimostrava quella donna. "Mary, Brad mi ha detto che vivi in fondo alla strada e che ti conosce da tutta la vita."

"Sua madre ed io siamo amiche di lunga data, ho visto quel ragazzo con il pannolino indosso. Siamo una piccola comunità, qui. Lo scoprirai. Tra vicini ci aiutiamo. Vivo in fondo alla strada, in un piccolo lotto di dieci acri; è tutto ciò che resta dei 50 acri che Herman ha venduto al papà di Brad. Ho passato qui tutta la mia vita matrimoniale; il mio Herman, che la sua anima riposi in pace, e io siamo stati sposati per cinquant'anni, finché non è morto, qualche anno fa. Mi ha portata qui dalla grande città di Spokane. Ero una ragazza di città che non sapeva nulla di agricoltura, né di cosa implichi vivere delle cose della terra. Era un uomo paziente e io ho versato un mare di lacrime; ho fatto le valigie per andarmene più volte di quante ne possa contare. Ero una cosetta giovane e sciocca." Mary sorrise in modo caloroso.

Emily si girò sulla sedia, per poter vedere i bambini. A dire il vero, le faceva male lo stomaco all'idea di cos'altro avrebbe combinato Trevor. "Oh, stanno bene. Il tuo angioletto, lì, sembra piuttosto a suo agio."

"Sì, è una brava bambina."

Mary avvolse le mani attorno alla tazza, come volesse scaldarsele. Ci guardò dentro, come per dire qualcosa, ma non riuscì a trovare le parole.

"Brad è davvero speciale per me. Possiede tantissima terra qui, Emily, quasi cinquecento acri. Suo padre iniziò a comprare terreni da queste parti quando le famiglie vennero avvicinate dagli imprenditori. Non voleva che il tutto si riducesse a piccoli fazzoletti e qualche elegantone di città trasferitosi in campagna. E Brad è rimasto fedele alle idee di suo padre. È un contadino, lavora la terra, alleva bestiame e coltiva fieno, ha mucche da latte ed è uno dei pochi qui intorno che è rimasto lontano da tutti quegli antibiotici e ormoni della crescita. È portato per gli affari. È stato intelligente quando gli agricoltori più piccoli erano in crisi, e si è ingrandito finché non è diventato il principale produttore lattiero-caseario da questo lato della penisola. Quello che voglio dirti è che non è bravo a occuparsi della casa. Sono contenta che ti abbia assunta."

"Grazie, lo sono anch'io." Risero entrambe, ma la franchezza di Mary riguardo a Brad le diede una visione più profonda della fallibilità di quell'uomo difficile.

"Ora, questo non dovrei dirtelo, ma Brad e i suoi due fratelli erano una comitiva un po' agitata quando erano ragazzi. Una sera lo sceriffo si presentò con tutti loro tre sui sedili posteriori della sua auto. Suo padre si arrabbiò moltissimo. Dopo di ciò, adottò un'educazione molto rigida. Disse che se avevano tutto quel tempo libero per mettersi nei guai, beh, avrebbe trovato modi più produttivi per incanalare quell'energia. E accidenti se lo fece! Tutto il lavoro sporco dell'azienda lo sbrigarono i suoi figli, per tutta l'estate. Non ebbe bisogno di assumere nessuno, quell'anno." Risero entrambe per il quadro che aveva descritto.

"Emily, sai, Brad ha avuto un bel da fare per trovare qualcuno per questo lavoro. È stato terribile. Le donne fanno domanda, vengono, lavorano qualche giorno, vedono Trevor e una delle sue marachelle e se ne vanno. E riesco a vedere lo stesso sguardo nei tuoi occhi."

Emily incrociò quegli occhi saggi e vitrei che erano dritti su di lei. "C'è qualcosa che non va in quel bambino. Oggi al negozio non sapevo cosa fare. È diventato una bestia. Ha tirato una scarpa, colpito il cassiere, e hanno chiamato la sicurezza..." Si prese il viso fra le mani mentre le si contorceva lo stomaco, al rivivere quel terribile momento.

Mary le afferrò l'avambraccio. "Brad avrebbe dovuto essere schietto con te. Ho assistito ad alcune scene. L'ho portato al supermercato, e ha fatto la pipì nel mezzo del reparto dei generi alimentari. Ci sono dei colori, come l'arancione e il giallo, che se li vede inizia a gridare a più non posso. Persino l'odore di certi detersivi per il bucato può mandarlo in tilt. Non so cosa dirti, Emily. Non so niente di queste cose. Ai miei tempi, lo avremmo colpito forte sul fondoschiena per vedere di raddrizzarlo."

Lo sguardo d'intesa con cui Mary la stava fissando confermava il suo sospetto su quella donna astuta. "Brad non sa se Trevor ha qualcosa che non va, vero?"

Mary alzò in aria le mani. "Ho cresciuto cinque ragazzini, alcuni bambini sono iperattivi. Ma Trevor non è del tutto normale. Brad forse lo sa, in fondo, ma è un po' di tempo che fa fatica anche solo ad andare avanti."

Emily non riuscì a desistere dalla tentazione, nonostante sapesse che non aveva alcun diritto di chiederlo. "E la madre di Trevor, che cosa le è successo, lei non li aiuta?"

"No, quella ragazza, Crystal, era egoista. Un bambino non si adattava al suo stile di vita. La cosa migliore che sia mai capitata a Brad è stato il giorno in cui è partita. L'ha ferito nel profondo e l'ha cambiato dal giorno alla notte."

Le prudevano le mani, ma non sapeva come chiederle come lo avesse cambiato. *Com'era prima?* Quelle domande rimasero inespresse, chiuse dentro di lei.

Mary finì il suo tè, poi si alzò e sciacquò la tazza nel lavandino appena lavato, prima di metterla in lavastoviglie. "Tieni Brad fuori dalla cucina. È il cuoco peggiore che esista e non avrebbe idea di come mettere insieme un pasto adeguato."

Emily lo aveva già capito. Il primo giorno, quando

aveva guardato nelle credenze, in frigo e nel congelatore, non aveva visto altro che cibi preconfezionati, precotti e scatolette. Facili, ma del tutto privi di valore nutrizionale. Tranne la sola ancora di salvezza: i due congelatori nella veranda sul retro pieni di carne di vitello prodotta nella fattoria.

Mary si trattenne lì con lei per un paio d'ore e le mostrò com'erano organizzate le cose in quella casa. Il pollaio sul retro, dove poteva raccogliere le uova; di norma se ne occupava uno dei braccianti assunti ma, nel caso avessero avuto da fare, avrebbe saputo come muoversi.

Emily tenne Trevor in braccio mentre attraversavano la scuderia con venti stalle, aree di sgambo individuali, una baia di lavaggio con l'acqua calda, un fienile separato, una pista all'aperto per i cavalli, un pollaio per gli uccelli da carne e una sala da mungitura. C'erano diversi altri annessi; Emily non aveva idea di che cosa fossero. Nel campo sembravano pascolare centinaia di bovini, con i vitelli che seguivano le loro madri. Il cielo sembrava più blu, più grande; e così era anche per la foresta incontaminata e le pittoresche montagne sullo sfondo. Era rinfrescante, ma significava anche tanta responsabilità sulle spalle di un uomo solo. Forse era per questo che Mary l'aveva portata in giro, per darle un'idea dall'esterno di quanto fosse complicato Brad come uomo. Sapeva di aver sfiorato solo la superficie della sua vita e delle sue responsabilità.

Katy faceva le bizze e voleva essere presa in braccio. Trevor gemeva con un suono simile a "whee, whee", pronto a trasformarsi in una bomba nucleare, quindi, Mary ed Emily si affrettarono a tornare a casa. Il tempo era volato. E, anche se Mary aveva dato a Emily molte informazioni, aveva mandato all'aria i suoi piani. Non che ne avesse ancora fatti, ma aveva una bella bozza e l'unica cosa che la salvava era che gli uomini erano andati in città a pranzo.

Adesso, mentre l'orologio da cucina appeso al muro vicino al tavolo si avvicinava a segnare le quattro, si mise al lavoro di corsa, grata che i piccoli fossero di nuovo sotto alle loro copertine, impegnati a guardare Treehouse, un canale per bambini, sul grande schermo della TV.

Emily prese, da uno dei grandi congelatori vicino alla veranda sul retro, i due chili di hamburger incartati dal macellaio e cominciò a rosolarli in una grande padella. Prese poi i maccheroni e i pomodori in scatola e si affrettò ad apparecchiare la tavola, in attesa che la carne fosse abbastanza cotta per aggiungere gli altri ingredienti.

Proprio mentre metteva tutto insieme, sentì dei passi, le voci profonde degli uomini che ridevano e scherzavano e qualcuno entrare dalla porta sul retro. Si guardò sopra la spalla proprio mentre Brad entrava in cucina da solo, si fermava di scatto e faceva una smorfia con le labbra, in un modo scherzoso che non aveva mai visto prima. Emily abbassò lo sguardo per vedere cosa ci fosse di così divertente e per poco non inciampò sul grosso sacco nero della spazzatura appoggiato accanto al frigorifero. Mentre preparava la cena, la pulizia del frigorifero era in qualche modo rientrata nella sua lista di cose da fare.

"Wow, non hai perso tempo a mettere un po' in ordine questa trascuratissima cucina."

Emily si scaldò. Era così insicura quando si muoveva attorno a Brad. Poteva cambiare in un attimo. Aveva bisogno di distrarsi, quindi si voltò di nuovo verso la stufa. Ma lui non capì l'antifona; al contrario, percepì il suo calore mentre le si avvicinava da dietro. Agitata, si chiese se avesse esagerato. "Ho svuotato il frigo, non sono sicura da quanto tempo fosse lì quella roba, ma non penso fosse commestibile. E, se per te fa lo stesso, preferisco buttarla che provarci." Trovò il coraggio di voltarsi, guardarlo e imporre di fermarsi alla mano tremante con cui impugnava il cucchiaio.

Con uno scintillio negli occhi, Brad glielo tolse e lo posò accanto al fornello. "Per sicurezza, nel caso in cui decidessi di colpirmi in testa per il casino in cui ti ho lasciata."

Uhm, chi diamine era quel ragazzo?

"Ad ogni modo, forse hai ragione, Mac ci ha dato una mano; temo che non siamo un granché in cucina. E anche i ragazzi mangiano spesso qui. Te l'avevo già detto?"

"Sì. Non sono sicura di aver preparato abbastanza roba stasera. Quanto mangiano?" Le sudavano i palmi.

"Rilassati, stasera non vengono; stanno andando in città proprio adesso."

Emily era sollevata, almeno quella era rinviata; forse ci sarebbero stati degli avanzi per il pranzo. "Uhm, volevo parlarti di una cosa che è successa oggi al negozio."

"Ti ho dato abbastanza soldi?" Si accigliò.

"Sì, sì, certo. Non si tratta di quello." Oh, cavolo, come poteva dirglielo? "Quando..." Un tonfo, come se qualcosa di pesante si fosse schiantato contro il pavimento, fece correre Brad in salotto, ed Emily lo seguì subito dietro.

Il vaso del falangio che era sul tavolo all'ingresso era rovesciato su un fianco con tutto il terriccio che usciva. Trevor era scalzo, ci ballava in mezzo e aveva in mano una manciata di terra che stava per infilarsi in bocca. Brad lo strattonò e lo sollevò da terra. "Oh, piccolo stronzetto." Emily si coprì la bocca, timorosa della crescente rabbia di Brad, ma lui scosse la testa e serrò le labbra mentre si voltava verso di lei.

"Scusa, mi è scappato. Non è un buon punto dove mettere una pianta, Emily; hai una bambina di due anni, mi meraviglio che tu l'abbia messa così in basso."

Adesso era colpa sua? *Oh, no, non credo proprio.* Incrociò le braccia al petto e fece un passo avanti. "Non sono stata io a metterla lì. E Katy non tirerebbe mai una pianta giù dal tavolo. È stata una giornata davvero impegnativa; non ho avuto il tempo di fare il giro della casa e vedere se è a prova di bambino, rimuovendo qualunque cosa Trevor possa afferrare e tirare giù."

Le guance di Brad si tinsero di un rosa tenue. Aveva toccato un nervo scoperto. "Okay, scusami" disse lui. "Vado a lavarlo. Puoi spazzare tu?"

"Sì. Poi la cena è pronta." Si voltò, orgogliosa di aver detto ciò che pensava. Quando ebbe finito di sistemare, Brad aveva pulito, cambiato e rimesso Trevor in soggiorno, accanto alla scatola dei suoi giocattoli, dove Katy si intratteneva con le sue bambole.

"Mmm, che buon odore" disse Brad, mentre si dirigeva verso la porta sul retro, dove un appendipanni con una mezza dozzina di ganci copriva il muro imbiancato; ci sistemò il suo cappotto marrone da fienile.

Emily mise la cena sul tavolo. Quando alzò lo sguardo, Brad la stava fissando con una tale dolcezza che le fece salire uno sciame di bollicine nella pancia, come una lattina di gazzosa quando la si apre per la prima volta. Brad si schiarì la gola e piegò la testa verso il sacco nero pieno di spazzatura, poi arricciò il naso avvicinandosi a quell'oggetto puzzolente. "Sarà meglio che lo porti fuori. Vieni, ti faccio vedere dove la puoi buttare, sul retro."

Brad legò insieme le due estremità del sacco nero e lo sollevò, come se pesasse quanto una piuma. Emily lo seguì verso la veranda sul retro, ma si fermarono entrambi sulla soglia del salotto. Trevor era immerso nel suo mondo, scalzo e di nuovo senza pantaloni; guidava le macchinine su una striscia di stoffa sul tavolino da caffè, accarezzandola e ripetendo lo stesso identico motivo.

"Oh, guarda, sta giocando con la tua Katy." Emily non guardò Brad; vedeva solo Katy che giocava con la sua Dolly, stringeva la copertina e si sfregava gli occhi. Stavano solo condividendo lo spazio. Quando si soffermò su Brad, lui stava sorridendo in un modo che Emily non era sicura fosse gioia.

"È meglio sbrigarci, sta arrivando l'ora delle streghe e potrebbe capitare qualcos'altro."

L'orologio della cucina segnava le cinque. Emily seguì rapida Brad nella veranda sul retro, dove lui lasciò cadere la busta in uno dei grandi bidoni neri, in fila al lato della casa. "Assicurati di chiudere bene il coperchio, in modo che orsi e procioni non possano accedervi. È un casino che non voglio ritrovarmi a pulire al mattino."

Era stato secco. Era cambiato da sorridente a serio, si era trasformato in un uomo tutto affari, in così poco tempo che Emily sentì scivolare via quel caldo bagliore sciocco e perfetto che si era creato prima. "Sarà fatto."

Fece un gesto verso la porta, "La cena è pronta?"

"Lascia che prenda i bambini e potremo mangiare."

Tornarono indietro, tra piagnucolii, salti e ticchettio di piccoli piedi che correvano sul pavimento di legno.

"L'ora delle streghe, eh?" Le labbra gli si contrassero mentre guardava Emily. "Vado a lavarmi."

L'uomo più imprevedibile del mondo andò di sopra; quanto era diverso da Bob. Quella seccatura di Bob era nella lista a colori di Gina, insieme a tutte le cose di cui occuparsi per rimettere a posto la sua vita. Emily sospirò. "Katy, Trevor, a cena."

Capitolo Dieci

Emily non aveva sollevato la questione del problema di Trevor al supermercato. Qualche giorno dopo, ancora si rimproverava per averlo omesso. Ma, ogni volta che guardava Brad, si rendeva conto che aveva qualche paura nascosta e che semplicemente non voleva saperne. Guardò Trevor. Provò a giocare con lui, ma c'era qualcosa che non andava. Quando batté la testa sull'angolo del muro, abbastanza forte da farsi venire un bernoccolo piuttosto grande, non fece altro che passarci una mano e tornare alle sue macchinine. Nel loro ultimo viaggio al supermercato, aveva cominciato a far scorrere la mano sul nastro trasportatore della cassa; Emily non era riuscita a farlo smettere. Per delle sciocchezze, si gettava a terra, scalciava e strillava. Piccole cose, quali scostarlo dal televisore o spostare una delle macchinine mentre le metteva in fila.

Se qualcuno di nuovo veniva in casa, gli si arrampicava in grembo e poi si avvinghiava alle loro gambe. Brad aveva dovuto tirarlo via da una ragazza gentile, che era venuta con dei fogli di lavoro da firmare. Era stato imbarazzante, e Brad si era scusato in ogni modo, dopo aver sgridato Trevor.

Emily si mise a fare delle ricerche su Internet mentre i bambini dormivano, o meglio mentre Trevor dormiva. C'erano dei momenti, dei giorni, in cui proprio non voleva farlo. Cercò i suoi sintomi, e le cose che vennero fuori più in evidenza furono avvelenamento da mercurio e autismo.

Emily doveva trovare il coraggio di sedersi con Brad e parlarne. Trevor aveva bisogno di aiuto e lei era preoccupata ogni volta che entrava in un negozio con lui; temeva che gli venisse una crisi in pubblico, o che urlasse e si agitasse. L'unica cosa che poteva fare in quei casi era prenderlo in braccio e tornare al furgone con Katy, cercando di ignorare i duri sguardi critici da parte degli estranei. Aveva fatto del male al bambino, o era solo una pessima madre? Non lo dicevano ad alta voce, non avevano bisogno di farlo.

Capitolo Undici

Era uno stronzo! Una spina nel fianco, che aveva cominciato a infettarsi. Perché diavolo quell'idiota non tirava fuori le palle e non si comportava in modo corretto? Era più probabile che un asino volasse, piuttosto che quel cretino, con cui purtroppo era ancora sposata, decidesse di diventare un uomo responsabile. Questa era la miglior descrizione delle pratiche della separazione da Bob. Aveva lasciato che si occupasse di tutto lei, e fin qui nessuna sorpresa, era quello che aveva fatto durante tutto il matrimonio. Tutte le telefonate, l'affitto e le bollette a cui aveva cominciato a opporsi erano stati responsabilità sua. Come le aveva detto il suo nuovo avvocato, Peter Murphy, era amareggiato. Persino il meschino rifiuto di riconoscere a Emily una qualsiasi parte della restituzione della caparra, che il proprietario era disponibile a rimborsare, nonostante il breve preavviso, dato che la casa era già stata affittata da un'altra famiglia. Anche se Bob non stava pagando l'assegno completo per la bambina e neanche gli alimenti per Emily, si era rifiutato di pulire e di occuparsi di staccare le forniture, nonostante pretendesse tutti i soldi. Che capolavoro. Si sentono storie di altre donne su quanto cattivi si rivelino i loro ex quando la coppia si lascia. Emily non riusciva a capirlo, non poteva accettare il fatto che si fosse svegliata e avesse realizzato che colui che un tempo amava, e pensava di conoscere, si era trasformato in un mostro. Quindi, per accelerare il tutto, aveva girato l'intero assegno a Bob, rifiutandosi di continuare a discutere su altri dettagli; nonostante Gina le avesse detto di non farlo. Ma Emily non voleva litigare, erano energie sprecate. Aveva già troppa carne al fuoco, fra cui la cura di un bambino imprevedibile che per giunta non era suo.

Il suo avvocato, Peter, un uomo basso e calvo, con gli occhiali rotondi e il sovramorso, aveva depositato i documenti necessari per la separazione legale e l'affidamento di Katy. Bob non aveva assunto nessuno, stava solo facendo l'idiota. La visita, che Emily era felice avesse accettato, era a fine settimana alterni.

Un martedì, durante la terza settimana di lavoro di Emily, Katy e Trevor erano seduti al tavolo che mangiavano i loro panini al burro di mandorle, quando squillò il telefono. Brad passava dalla porta sul retro in quello stesso istante, e prese il ricevitore dal muro.

"Pronto... sì, è proprio qui. È per te, Em."

Le passò il vecchio telefono dal cavo lungo. "Pronto, sono Emily."

"Emily, non ci vorrà molto tempo, ma devo togliermi un sassolino dalla scarpa." Di tutti i momenti, la madre di Bob doveva chiamare proprio in quello. Chi le aveva dato il numero? Emily chiuse gli occhi, chiedendosi se l'universo sarebbe stato gentile in quel momento e avrebbe fatto saltare la linea telefonica. Brad poggiò la sua giacca scura sullo schienale della sedia, riempì due piccole ciotole di zuppa di pollo per i bambini dalla pentola al centro del tavolo. "Ah, Nina, non è un buon momento. È ora di pranzo. Posso richiamarti dopo?"

"No, Emily. Prometto che non ci vorrà molto. Mi hai delusa così tanto. Non hai cercato di tenere unito il matrimonio e sarà Katy a pagare il prezzo di questa tua crisi di mezza età. Bob ha lavorato tanto per te e tu non hai mai apprezzato niente di tutto ciò che ha fatto."

Nina aveva una di quelle voci alte e stridule che rimbombano attraverso il telefono; il classico tipo che tutti nella stanza potevano sentire. Emily provò vergogna quando Brad alzò lo sguardo. Gli avrebbe fatto pensare male di lei? Beh, di certo non faceva una bella impressione.

"Senti, Nina, è fuori luogo che tu chiami qui. Il mio rapporto con tuo figlio non ti riguarda."

"Come osi parlarmi in questo modo?"

Trevor iniziò a battere un cucchiaio e a ripetere: "Oovo, oovo, oovo", ancora e ancora. Katy, che aveva finito di giocherellare col suo sandwich, si era innervosita e cercava di scendere dalla sedia.

"Devo andare."

"Emily, non ho finito."

Brad si chinò su Trevor, con il suo sguardo duro e difficile fisso su di lei. Poi fece ruotare la mano nell'aria, per chiuderla a pugno. Quindi, Emily si voltò, abbassando la voce tremante: "No, hai finito, e ti sto chiedendo di non chiamare più qui." La sua mano tremava quando riattaccò. Premette la fronte contro al muro e fece un respiro profondo prima di voltarsi. Fece un salto. Brad era proprio dietro di lei. Non lo aveva sentito avvicinarsi. Era pazzo.

"Uhm, Brad era..."

"Ne parleremo dopo pranzo."

Ogni nervo del suo corpo si irrigidì. Le si contorse lo stomaco. Si sforzò di ricoprire il ruolo di mamma, sedendosi, dando da mangiare ai bambini e pulendo dopo che

Trevor ebbe rovesciato la sua zuppa. Il pranzo fu lungo e imbarazzante, e lei non riuscì a buttare giù neanche un boccone.

Dopo pranzo, lavò i piatti, mettendoci più tempo del solito. Brad doveva averlo notato, dato che comparve accanto a lei e si versò una tazza di caffè dalla caffettiera piena accanto ai fornelli.

"Mettiamo un cartone per i bambini, dobbiamo parlare. Caffè?"

Lei alzò lo sguardo su una faccia che non lasciava trapelare niente. "D'accordo." *Oh, merda, eccoci qui.*

Emily mise un DVD; un film di Winnie the Pooh che Trevor amava e avrebbe guardato per ore. Katy, avvolta nella sua copertina, si mise il pollice in bocca; era probabile che si addormentasse prima di arrivare a metà.

Emily tornò in cucina. Brad era seduto a capotavola, con una tazza di caffè. Una seconda tazza a fiori blu, uguale, era di fronte alla sedia accanto alla sua.

Le lacrime le bruciavano negli occhi. Batté forte le palpebre, rifiutandosi di permettere che cadessero. Avrebbe voluto prendersi a calci per quella reazione piagnucolosa. Non era il tipo di donna che piangeva per qualsiasi sciocchezza. Lei era più forte di così.

Gli si addolcì il volto mentre lei si sedeva. Non riusciva a guardarlo. Le tremavano le mani, dunque se le mise in grembo.

"Che succede?" La sua voce era gentile.

"Mi dispiace così tanto" sussurrò, guardando negli occhi un uomo così traboccante di forza e passione, che trasmetteva con lo sguardo. Brad concentrò su di lei tutta la sua attenzione. "Di cosa ti dispiace? Hai fatto qualcosa di sbagliato?"

Emily sbatté le palpebre. "In realtà no, non ho fatto niente. Quella al telefono era la mia, presto ex, suocera."

"Non hai un buon rapporto con lei?"

"No. In pratica mi incolpa di aver messo fine al mio matrimonio con Bob."

"Il tuo ex... lui sa che sei qui?"

"Sì, lo sa. Ascolta, Brad, non abbiamo mai parlato della mia vita privata, ma posso assicurarti che non ci condizionerà. Sono piuttosto certa che non chiamerà più."

"Emily, ti ha importunata qui, a casa mia. E questo è affar mio. Se dovesse richiamare e darti di nuovo fastidio, me la vedrò io." Allungò la mano a sfiorare la sua; era un tocco così tenero e pieno di sostegno che Emily avrebbe giurato che il suo cuore avesse saltato un battito.

"Farò presto domanda di divorzio. Non ha la spina dorsale per causare problemi. Per lui è più facile farmi gestire tutto. È un cocco di mamma; si è dimenticato di tagliare il cordone ombelicale, come si può notare dalla telefonata." Provò a sminuire il suo dolore ma chiuse gli occhi quando lui sussultò a quello sconforto.

"Mi dispiace, Em. Se dovessi avere bisogno di aiuto con lui, fammi sapere. Ora devo tornare al lavoro."

Annuì, temendo che la sua voce potesse spezzarsi se avesse risposto. Si alzò in piedi quando lo fece anche lui e si allungò per prendere la sua tazza e liberare il tavolo. Ma lui la fermò, toccandole dolce il braccio. Fu tutto quello che serviva per farle scendere le lacrime; erano troppe per mantenere il controllo. Brad fece una cosa inaspettata: le mise la mano sulla spalla e la tirò fra le sue braccia forti. Braccia che era sicura avrebbero fatto da cuscinetto e l'avrebbero protetta da ogni colpo basso che la realtà potesse dispensarle. Una sensazione preoccupante, dato che lavorava per lui. "Mi dispiace così tanto. Non volevo crollare."

Doveva aver percepito il suo imbarazzo, perché lasciò cadere le braccia. Fece un passo indietro e spinse la sedia con lo stivale. "Ti stai tenendo dentro troppo dolore. Parti dall'inizio e raccontami tutto." Scostò una sedia dal tavolo per lei. "Siediti." Tirò indietro la sua per averla di fronte una volta seduta.

"Guarda, è solo un idiota. È egocentrico e non pensa a nessuno se non a se stesso. Sono solo arrabbiata perché non me ne sono resa conto. Andava a lavorare, portava a casa lo stipendio. Io dovevo occuparmi di tutto il resto, pagare le bollette e prendermi cura di Katy e della casa. Se c'era qualcosa da riparare, ero io a farlo. Si rifiutava di concedermi una pausa; se non mi portavo dietro Katy, era diventata una guerra anche andare un attimo al negozio a comprare qualcosa da mangiare quando era a casa. Non c'era alcuna relazione tra noi. Voglio dire, lavorava a Olympia e faceva il pendolare, e la prima cosa che faceva quasi ogni sera appena tornava a casa era chiamare sua madre. Mi dava fastidio ma, man mano che la distanza tra noi cresceva, ho iniziato a vederlo com'era in realtà: uno sconosciuto che non amavo più. Provavo risentimento e la tensione fra noi è aumentata, fino al punto di non riuscire più a stare seduti insieme nella stessa stanza. Non c'era tranquillità, nessuna comunicazione e sua madre era il terzo incomodo nel nostro matrimonio. Condivideva con lei qualsiasi cosa succedesse nella sua vita, con le loro telefonate serali. È così che ho scoperto come stavano le cose: sentendo quello che diceva al telefono."

Brad si sporse in avanti e mise la mano sul tavolo accanto a Emily. "Ascoltami, nessun vero uomo scaricherebbe tutto il peso sulle spalle di una donna. È una vera cazzata, Em. Sembra un bambino, non un uomo adulto. Sta sostenendo la tua Katy, ti manda dei soldi?"

Le avvampò il viso. "Sì, qualcosa."

"Ci sono linee guida minime per il mantenimento dei figli; le sta rispettando?"

Non riusciva a guardarlo negli occhi. Aveva chiesto davvero poco. "No."

"No? Non hai un avvocato?"

"Ne ho uno, che mi ha già spiegato come fargliela pagare. Ma voglio che tutto questo finisca, nel modo più veloce possibile. Posso sembrare sciocca, ma non può permettersi granché." Quello che aveva certo omesso era che forse si era comprato una nuova macchina o una nuova console per i giochi. Era molto più spendaccione di lei.

Brad aggrottò le sopracciglia e si chinò verso di lei. "È uno stronzo, ecco cos'è."

"Non è tutto. Ho fatto un po' di ricerche online ultimamente, su alcuni sintomi insoliti nei bambini. Ho letto di una madre il cui bambino ha urlato, gridato e agitato le braccia durante una recita di Natale, e che non ha potuto far altro che portarlo fuori. Non giocava con gli altri bambini. I rumori e i profumi lo spingevano a convulsioni incontrollabili. Aveva un comportamento strano e non parlava con le altre persone."

"Stai facendo un ottimo lavoro, Em. Se hai bisogno di aiuto o c'è qualche problema con il tuo ex, o con sua madre, vieni da me, capito? Conosco i tipi come lui e so come metterli al loro posto." Picchiettò sulla tavola con le dita.

Non aveva sentito niente di ciò che aveva detto? Forse era stata troppo vaga. Ma poi, lui allungò una mano e le fece scivolare le dita sulla guancia; dopodiché si ritrasse, come se fosse stato sorpreso a fare qualcosa che non avrebbe dovuto. Brad saltò su dalla sedia in modo così veloce che Emily ebbe paura che si sarebbe rovesciata. Ma le diede una spinta, chiudendo le mani a pugno. Poi, prese il cappotto dalla sedia e la guardò. "Dicevo sul serio, Em. Sono un uomo di parola."

Un uomo difficile uscì dalla porta. Uno che nascondeva i suoi sentimenti, i suoi pensieri. Un uomo con il quale avrebbe dovuto fare attenzione, tenere entrambi gli occhi aperti. Quell'uomo aveva la capacità di annebbiare il suo buonsenso. Ma un pensiero la sorprese in quel momento, mentre ascoltava la ghiaia scricchiolargli sotto ai piedi: come sarebbe stato essere amata e protetta da un uomo come Brad?

Capitolo Dodici

Emily ne era certa: Brad era convinto che non ci fosse niente di sbagliato in Trevor. Dopo l'assaggio che gli aveva dato di alcune delle ricerche che aveva fatto su sintomi simili a quelli di suo figlio, avrebbe dovuto ravvedersi. Quanto doveva essere più esplicita, quando era ovvio che qualcosa non andava in quel bambino? Avrebbe dovuto riconoscere anche lui le somiglianze, no?

Da quello che aveva letto sui sintomi, stabilire una routine era essenziale. Non occorreva un astrofisico per capire come la giornata di Trevor dovesse essere strutturata. Ignorava Katy, anche se non deliberatamente. Scivolava nel suo mondo per fare le cose più strane. Riordinava utensili, scatole e lattine, nella dispensa, più e più volte. Giocava con il lettore DVD, inserendo ed estraendo i film all'infinito. Sapeva che anche Brad se n'era accorto. Aveva notato un'espressione stranita comparirgli in volto quando pensava non lo stesse guardando.

Emily aveva cominciato a notare degli schemi. Una crisi terribile arrivò dopo aver consumato una grande vaschetta di gelato; un'altra, perché non poteva indossare i suoi pantaloni blu, che erano sporchi, lo vide gettarsi sul pavimento, tirare calci, urlare e agitare le braccia. Aveva fatto delle ricerche sull'alimentazione e aveva letto i consigli. Molti suggerivano che non potevano digerire il glutine e i latticini, e che entrambi avevano un enorme impatto sul comportamento.

Era il momento di parlare con Brad. Non aveva fatto pressioni, ma come si fa a parlare con un genitore che ha i paraocchi? Si sarebbe arrabbiato, ma sarebbe di certo stato peggio se non gli avesse detto nulla.

Emily aspettò di essersi fatta il bagno e di aver messo i bambini a letto. Fece un respiro profondo e, d'improvviso, sentì un peso di cento chili premerle sul petto. Si fermò in penombra e ascoltò. La tenue luce della abat-jour di Trevor brillava sul muro in cima alle scale. Riusciva a vedere Brad sulla veranda anteriore, appoggiato contro al robusto palo bianco. Lui stava sempre fuori. Da quel poco che sapeva di lui, non era felice se non stava all'esterno. Adesso che il sole stava tramontando, il cielo era colorato di un arancione e un rosa brillanti; era il panorama perfetto prima di coricarsi. La porta scricchiolò quando Emily la spinse per aprirla; si posò sulle spalle il maglione marrone che aveva preso dall'attaccapanni. L'aria era fresca, a quell'ora della sera.

"Hai tempo di parlare con me?"

Le rivolse un sorriso caloroso. "Ho sempre tempo per te, Emily."

"Possiamo sederci?" Strinse il maglione tra i pugni. Come poteva essere sudata? Non faceva così caldo.

"Certo."

Emily scelse la seconda sedia di vimini con i fiori blu brillante. Non aveva bisogno di alzare gli occhi per sapere se le si sarebbe seduto accanto, sulla sedia uguale, e che avrebbe avuto tutta la sua attenzione.

"Non stai bene. È successo qualcosa?"

Obbligo o verità. Basta temporeggiare.

"Non so come dirlo, quindi lo dirò e basta."

Quell'uomo poteva cambiare in un attimo. Tutto il calore e il supporto scivolarono via, sostituiti da qualcosa di cupo e pronto a sbottare. Il cambiamento repentino la fece spaventare.

"Quindi hai deciso di andartene" disse. "Avrei dovuto saperlo. Perché?"

Rimase a bocca aperta. Quell'uomo traeva conclusioni più rapido di quanto cambiasse canale alla TV. "Non me ne sto andando, da dove ti è venuta quest'idea?"

Alzò le mani, socchiudendo gli occhi. "Allora cos'è? Il tuo ex di nuovo?"

"No, niente del genere. Brad, sai quanto tempo ho passato con Trevor?"

Si rilassò un poco e si appoggiò allo schienale della sedia, ma lei percepiva ancora quanto quell'uomo si sentisse più sotto torchio di una bobina d'acciaio. "Mmm, mmm."

"Okay, devo dirlo. Sai che non finisci mai di stargli dietro perché fa sempre qualcosa, come rovesciare una pianta e giocare nel terriccio, o aggrapparsi a quella signora come una sanguisuga umana?"

Lui agitò una mano per aria per respingere le sue parole. "Dai, Emily, è solo un bambino che fa cose da bambino. Non devi preoccuparti. Le femmine sono diverse, sono più gestibili; chiedi a mia madre."

Davvero non si rendeva conto che c'era qualcosa di sbagliato. "Trevor non parla, evita il contatto visivo, si perde nel suo mondo e usa un vocabolario che in totale conterrà cinquanta parole. Fa dei capricci allucinanti, si butta in terra, scalcia e urla. E io non so mai cos'è che lo possa far scattare. Può essere un cibo sbagliato, qualcosa che viene spostato o un estraneo che viene a farci visita. Andare al supermercato è un incubo e i miei livelli d'ansia vanno alle stelle, perché anticipo ciò che farà. Ha fatto pipì sul pavimento nel mezzo del reparto alimentare; ha avuto una crisi alla cassa e faceva scorrere le dita sul nastro trasportatore dove si mette il cibo per poi pagare. I commessi si arrabbiano. Se lo prendo per mano per farlo fermare, potrebbe urlare. Dipende dalla giornata, da quello che ha mangiato e da ciò che è successo prima di arrivare al negozio. Non so mai cosa lo farà esplodere." Brad chinò la testa e si picchiettò le labbra con l'indice. Emily continuò: "Non ci puoi ragionare. E il modo in cui guarda fisso; non sembra che capisca. Sta da solo e non vuole giocare con Katy, non importa quanto ci si provi. Si allontana se lei invade il suo spazio. Accendo il televisore; lui lo adora. È come se lo risucchiasse ma, ciò nonostante, non riesce a stare fermo. Sta lì davanti. Salta, grida e ridacchia, assorto nell'arcobaleno di colori che lampeggia sopra lo schermo. Scommetto che se hai mai portato Trevor a una riunione di famiglia o a un grande evento sociale, sarà stato un incubo. Il suo comportamento non è normale. Le persone si straniscono perché non sanno cosa fare. Sono piuttosto sicura che si faccia prendere dall'ansia di chi lo circonda. Ci sono problemi di sicurezza, con lui, che vanno oltre quelli di un normale bambino di tre anni. Quando siamo in città, ho sempre paura che si getti in mezzo alla strada. Non è consapevole delle macchine, del traffico o persino delle persone che ha intorno. La scorsa settimana ha toccato i fornelli caldi e si è bruciato il dito. Non ha pianto; non ha avuto nessuna reazione. Brad, ho iniziato a fare delle ricerche sui suoi sintomi. Internet è pieno di informazioni e ho trovato che questi sono i sintomi dell'autismo."

Brad si alzò e si mise a camminare, passandosi le dita tra i capelli.

Emily proseguì. "I bambini autistici non sono tutti uguali, hanno sintomi diversi. Ho letto della terapia a cui sottoporli, che deve essere su misura per ogni singolo bambino."

Anche in penombra, Emily colse l'avvampare delle sue guance. Brad non stava solo camminando avanti e indietro per il nervosismo; poteva avvertire l'adrenalina riempire lo spazio che c'era fra loro. "Ho bisogno d'aria."

"Brad, aspetta!"

"No, Em, vattene." Continuò ad andare, giù per le scale e verso il granaio. Poteva quasi sentire la rabbia bruciargli le viscere.

Lo sapeva. Era riuscita a farglielo capire. Ora iniziava il vero lavoro.

Capitolo Tredici

I numeri rosso acceso lampeggiarono; la sveglia indicava le 4:39 del mattino. Il gallo cantò. Emily sentì un fruscio provenire dal piano di sotto, scivolò giù dal letto e indossò la vestaglia marrone che teneva lì in fondo. Guidata dalla luce notturna del corridoio, andò in punta di piedi verso le scale.

Una sagoma di luce trapelava dalla cucina.

Emily strinse il corrimano di cedro, scendendo a piedi nudi giù per le scale. Brad teneva in mano la brocca di vetro della macchinetta del caffè e cercava le cialde nella dispensa. Puzzava di alcol e indossava la stessa camicia marrone a quadri della sera prima. La barba scura gli copriva le guance e il mento. I capelli corti erano appiccicati e spettinati. Gli toccò la mano e gli prese con dolcezza la caraffa. Lui fissava dritto davanti a sé, poi si voltò sconfitto; camminò come un morto vivente verso il tavolo e si fece cadere sulla sedia. I suoi pesanti stivali da lavoro sporgevano dal tavolo, erano ricoperti di fango; aveva lasciato una scia dalla porta sul retro fino in cucina.

Emily infilò la cialda nel buco, versò l'acqua nella brocca e azionò la macchinetta. Che cosa poteva dire per farlo riprendere da quel turbamento? Quando ci fu abbastanza caffè nel contenitore, lo versò in due tazzine, aggiungendovi latte e zucchero. Brad non sollevò mai lo sguardo mentre lei gli metteva davanti la tazza. Emily scostò la sedia accanto alla sua, si sedette e si avvicinò al tavolo. Guardò il suo caffè, in cerca di una qualche risposta miracolosa, ma non ce n'era nessuna.

Brad non si mosse, né si allungò per afferrare la tazza. Era chino in avanti e aveva le braccia appoggiate sul tavolo. Gli tremavano le labbra. Uno strato lucido gli copriva le minuscole linee rosse che gli facevano sembrare gli occhi graffiati dalla carta vetrata. Aveva dormito? Non credeva. Era ubriaco? Era molto probabile, in un tentativo disperato di anestetizzare il dolore. I suoi occhi marrone scuro si posarono su di lei, con un'espressione persa e impotente.

"Trevor è autistico?"

Emily si chinò in avanti e gli coprì il pugno con la mano. "Mi dispiace così tanto. Non sapevo come dirtelo ma, da quello che ho letto, ne ha tutti i sintomi."

"È colpa mia, ho sbagliato qualcosa?"

"Oh, santo cielo Brad, no. Non si sa cosa lo provochi, ma i numeri stanno schizzando alle stelle. Da quanto leggo, a un bambino ogni centocinquanta viene diagnosticato l'autismo e il numero cresce ancora tra i maschi. Su cinque bambini autistici, quattro sono maschi. È un'epidemia, non dipende da qualcosa che hai fatto."

"E ora... cosa succede?"

"Dobbiamo portarlo a fargli fare una diagnosi. Ed è necessario intervenire subito, con una terapia precoce. Ho scambiato delle e-mail con un gruppo locale di genitori che ho trovato su Internet. Mi hanno mandato un sacco di informazioni, quindi sappiamo da dove cominciare."

"Non so cosa fare." Brad era solo e si stava affidando a lei.

"Uno di questi genitori, una madre del gruppo di supporto mamme, con cui mi sono messa in contatto via e-mail, ha assunto una consulente specializzata in disturbi neurologici, che ha una laurea in psicologia e il BCBA per bambini e adulti con autismo. È di qui vicino, di appena fuori Olympia, e ha un'esperienza comprovata. Non conosco tutti i dettagli di ciò che fa nello specifico, solo le informazioni di base. Ma è un inizio."

La osservò da vicino, riprendendosi dalla sbronza mentre ascoltava.

"Collabora con le scuole, organizzando un programma a casa e a scuola. Fissa degli obiettivi, crea programmi per la formazione, la socializzazione, l'interazione con i compagni, il linguaggio e il comportamento. Determina le strategie e modifica ciò che non va. Questi bambini devono lavorare sodo ma, da quello che ho letto, fanno dei progressi reali con la terapia giusta."

"Un gruppo di mamme, eh? Beh, che ne pensi? Donne che si prendono davvero cura dei loro figli."

Questa volta, quando la guardò, qualcosa dentro di lui si tirò indietro. Quella sensazione che si prova quando qualcuno ha bisogno di distanza. Buttò giù il resto del caffè, che era da tempo diventato freddo, e allontanò la sedia. "Devo occuparmi delle bestie e dare da mangiare ai cavalli. Ci vediamo a colazione." Con ciò, andò verso la porta sul retro, sfilò il giaccone dall'appendiabiti e uscì a grandi passi nell'oscurità e nella fredda mattina, mentre il gallo cantava.

Emily rimase dov'era, chiedendosi di sua moglie: la

donna che se n'era andata, il dolore che aveva causato e il ragazzino che aveva abbandonato. Brad lo nascondeva bene, ma quella mattina aveva visto il danno che aveva fatto, come un cratere nella sua anima.

Capitolo Quattordici

Emily adorava passare il tempo a cucinare, mentre Brad aveva bisogno dei suoi animali e di stare all'aperto. La cucina dava equilibrio ai suoi pensieri e alle sue emozioni, e lucidità e pace alla sua mente. Inoltre, era davvero una gran brava cuoca. E non si trattava di ego. Amava preparare dei buoni pasti per i suoi cari e, per la prima volta da quando riusciva a ricordare, si sentiva davvero utile.

Quando quella mattina arrivò Mary Haske per pulire, aveva con sé due sacchetti da freezer di more e disse che Brad amava molto le torte. Cosa fece quindi Emily? Colse il suggerimento e decise di seguirlo, preparando non una ma due torte alle more, insieme all'arrosto marinato per cena. Anche il solo profumo le fece venire l'acquolina in bocca.

Era stata una settimana massacrante. Brad aveva fissato un appuntamento con il medico, lunedì dopo la colazione, e aveva iniziato il lungo ed estenuante percorso per ottenere una diagnosi di autismo. Emily aveva contattato il gruppo delle mamme e gli aveva fornito i nominativi di un terapeuta del posto e di uno psicologo privato di Olympia. Brad aveva fatto l'impossibile. In due giorni, era riuscito in qualche modo a trovare un patologo del linguaggio e un terapista occupazionale, per lavorare con Trevor al ranch una volta alla settimana.

Emily sorrise come una scolaretta stupida, al solo pensiero di Brad e di quanto fosse dedicato come padre. Il calore le crebbe nella pancia fino a farle male. *Oh, è una pessima idea, ragazza.* E sapeva perché. Era il suo capo. Viveva sotto al suo tetto. Ma lui non la trattava affatto come una dipendente. Le parlava più come un'amica.

Avevano creato una routine serale che assomigliava a quella di una coppia sposata o convivente. Metteva a letto i bambini, raggiungeva Brad fuori sotto al portico, o in soggiorno, e parlavano della loro giornata e dei loro sogni.

Brad aveva intenzione di allargare il ranch, di comprare la terra circostante la sua proprietà, anche se era già uno dei più grandi produttori di latte della zona, e allevare bestiame da carne.

Amava ascoltare la sua voce sicura, temprata dal whisky, quando si rintanava nel suo ufficio, accanto al salotto, e faceva chiamate per organizzare il trasporto di cento capi di bestiame. Poi un ordine di mangime, poi l'agente immobiliare, un uomo corpulento dalla testa pelata di nome Chuck, per fare un'offerta su un pezzo di proprietà di venti acri di fronte a quella di Mary Haske.

La sera prima, Brad le aveva detto che il terreno di quella proprietà era davvero buono e l'acqua pura, pulita e abbondante. Aveva anche accennato che stava aspettando il giorno in cui Mary avrebbe messo in vendita la sua proprietà. Quando fosse successo, lui avrebbe fatto in modo di accaparrarsela. Era un piccolo lotto, ma il marito di Mary era stato furbo quando aveva venduto la maggior parte della sua terra; si era tenuto il miglior pezzo di quella parte della penisola, con i diritti d'acqua sul torrente che scorreva fino alla proprietà di Brad.

Emily tirò fuori l'insalata dal frigo. Chiuse lo sportello e quasi le cadde la ciotola. Trevor era in piedi in mezzo alla cucina, scalzo, con niente indosso se non un pannolino usa e getta cadente, e si stropicciava gli occhi. "Oh, Trevor, non ti avevo visto." Sentiva il pesante odore di ammoniaca provenire dal suo pannolino sporco. Lo tirò su e, appena iniziò a salire le scale, lui, d'istinto, le mise le braccia al collo. A metà strada, la zanzariera sbatté.

"Si mangia?" La voce profonda e morbida di Brad le strattonò il cuore come se una corda vi si fosse avvolta intorno. Riscese, portandosi dietro suo figlio.

"Perdinci, c'è un ottimo profumo." Cliff e Mac camminavano a grandi passi dietro a Brad, fiutando con i nasi in su.

"Sì, è tutto pronto. Devo solo cambiare Trevor e svegliare Katy." Emily non sarebbe riuscita a cancellarsi il sorriso dal viso, anche se lo avesse voluto.

"Ti serve aiuto?" urlò Brad alle sue spalle, mentre lei si avviava su per le scale.

"Tira fuori dal frigo la salsa per l'insalata, tutto il resto è pronto."

"Va bene."

Emily tolse il pannolino a Trevor e lo gettò nella spazzatura; lo aiutò a indossare la biancheria intima da bambino grande, un paio di pantaloni blu e la maglietta di Buzz Lightyear, lasciandolo a piedi nudi. Katy gironzolava nel bagno, si abbassò il pannolino asciutto e si sedette sul water. Le femmine imparavano quasi tutto da sole. "Il pranzo è pronto. Chi ha fame?"

"Io, mamma." Katy si tirò su i pantaloni della tuta rosa

e tirò lo sciacquone; Emily mise uno sgabello davanti al lavandino e la aiutò a lavarsi le mani.

Tornò in cucina con i bambini. Cliff e Mac erano già seduti a tavola e si erano avventati sul pane fresco e sul burro. Brad tagliò l'arrosto, mentre Emily metteva Trevor su una sedia e Katy sul seggiolone, impiattava il cibo dei bambini e lo tagliava a pezzettini. Poi, mise un cucchiaio in mano a Trevor, aiutandolo a stringere l'impugnatura. Ancora non era capace a usare il cucchiaio o la forchetta, preferiva mangiare con le mani, ma Emily era inflessibile, e lavorava con lui a ogni pasto. Nel breve periodo in cui era stata lì, Trevor era passato dal lanciare il cucchiaio e urlare, all'usarlo per tre o quattro bocconi prima di lasciarlo cadere. Emily lo ricompensava per ogni piccolo passo in avanti con un complimento e un orsetto gommoso.

Oggi, era come se avesse superato un ostacolo. Aveva afferrato il cucchiaio, senza fare confusione o piagnucolare. Emily lanciò un'occhiata a Brad. "L'hai visto?"

"Ottimo lavoro, Em."

Ma poi Emily guardò verso Trevor, che adesso usava l'altra mano per muoverla sul tavolo come suonasse un pianoforte. Ecco i suoi progressi, un passo avanti e un altro indietro. Brad strinse lo schienale della sedia vuota accanto a sé e la allontanò dal tavolo.

"Siediti, Em."

Ogni volta che parlava, la sua profonda e strascicata voce roca era come musica, e la faceva sciogliere. Emily si sedette, più che consapevole di quella vicinanza, e, ogni volta che gli passava una ciotola o un piatto di cibo e le loro dita si sfioravano, diventava una stupida adolescente. E ogni volta che alzava gli occhi, lui la guardava in modo intimo.

Trevor lanciò il cucchiaio dall'altra parte del tavolo, rompendo l'incantesimo con un suono metallico che lo fece approdare accanto al piatto di Cliff. Almeno non lo aveva colpito. La settimana precedente, aveva preso in pieno Mac su una tempia. Poi, spiaccicò le patate e i broccoli fra le dita minuscole, ficcandosene una manciata in bocca.

"No." Emily balzò in piedi e si sporse sul tavolo, afferrando la posata.

"Va tutto bene Emily; non l'ha fatto apposta" disse Cliff con la sua voce roca da fumatore, seguita da una risata nervosa.

"In realtà non va tutto bene, Cliff. Trevor non può imparare se non ci stiamo attenti." Emily pulì la mano di Trevor dal cibo con un canovaccio e gli rimise in mano il cucchiaio. "Riprova" gli disse, raccogliendo un pezzo di patata e liberandogli la mano. Con lui si era sempre su una lama di un rasoio. Lo si poteva toccare solo per poco, prima che desse di matto.

Trevor raccolse da solo un altro pezzo di carne e se lo mise in bocca. "Bel lavoro, Trevor. Mangia." Quando Emily lanciò un'occhiata a Brad, stava già finendo il suo piatto; tranguiò l'ultimo sorso di caffè e si scostò dal tavolo, di nuovo distratto. Quell'uomo era un tale mistero: cambiava da caldo a freddo, era difficile e complesso.

"Ottimo pranzo, Emily. Cliff, Mac, avrò bisogno del vostro aiuto, non appena avrete finito, per spostare i cavalli. Non gingillatevi troppo."

Sarebbe stata una sciocca se non avesse colto il fastidio che trapelava dalle sue parole taglienti. Che diavolo era successo? Le si strinse il cuore, quando se ne andò dalla porta sul retro senza neanche guardare nella sua direzione. Mac lucidò il piatto e Cliff buttò giù il caffè; entrambi si allontanarono dal tavolo, facendo un cenno di ringraziamento mentre correvano dietro al loro capo. Brad, che un attimo prima scherzava ed era premuroso, era cambiato in meno di uno schiocco di dita, capovolgendo il suo mondo e lasciandola confusa, a chiedersi se avesse fatto qualcosa. Emily spinse via il suo piatto. Beh, qualsiasi cosa fosse, Emily era certa che il tempo passato a pulire il letame lo avrebbe distolto dalle sue preoccupazioni. O almeno, lo sperava.

Capitolo Quindici

"Vi serve una stanza in più, che sia tranquilla, per la terapia. Una in cui mettere tutti gli strumenti che vi fornisce l'insegnante e i giochi da usare solo per quello" disse Pam, una donna alta e magra, madre di un ragazzo autistico di quattordici anni. Era venuta in auto fino da Olympia.

"Abbiamo un sacco di stanze, qui." Brad era stato educato, e forse quella donna a capo del gruppo dei genitori locale lo aveva un po' rincuorato. Aveva già fissato un appuntamento con la sua consulente, perché venisse a visitare Trevor, valutasse la situazione e stabilisse un programma. Era una persona che si dava da fare e avrebbe fatto girare la testa a chiunque per ciò che riusciva a organizzare in cinque minuti.

"Brad, cosa ne pensi della stanza alla fine del corridoio di sopra? Quella piena di scatole e mobili." Un'ombra scura gli cadde sul viso, sbarrò gli occhi e li posò su Emily con una severità che non aveva mai visto prima.

Qualche giorno prima, Emily ci aveva fatto una capatina e si era imbattuta in alcuni abiti da donna all'ultima moda, ammucchiati in alto nell'armadio. Una cassa di cedro nascosta in un angolo era piena di vestiti per bambini. "Scusami, se preferisci che quella stanza non venga usata, sono sicura che troveremo un altro modo..."

La interruppe. "No. Usate quella. La farò sgomberare da Mac." Si zittì e mise da parte la rabbia che, ci avrebbe giurato, aveva tirato fuori la sua piccola brutta testa. Forse l'aveva solo immaginato.

Pam li stava guardando in un modo che faceva capire che anche lei aveva percepito un problema. Ma, a suo merito, abbassò gli occhi e iniziò a scarabocchiare appunti sul blocco a spirale. "Quando verrà la consulente, vi consiglio di essere organizzati. Inoltre, preparatevi ad avere qui qualche terapista. Tamara inizierà il percorso educativo dopo aver visitato Trevor."

"Non abbiamo ancora una diagnosi di autismo. Non è un po' prematuro?" Brad incrociò le braccia; il suo volto era solo affari.

"Se aspetti di aver fatto tutti i passaggi necessari a far diagnosticare tuo figlio, avrai sprecato tempo prezioso per la terapia. La chiave è l'intervento precoce. Prima Trevor inizia, maggiori saranno le possibilità di avere un risultato positivo. Se è un problema di soldi..."

"No, inizieremo. I soldi non sono un problema, se è ciò che è meglio per il mio ragazzo. Pagherò. Non mi interessa quanto costa." E così fecero. Per le due ore successive, Emily prese appunti, distrasse i bambini e iniziò a implementare tutti i suggerimenti di Pam per aiutare Trevor.

Capitolo Sedici

La dolce melodia di Faith Hill che cantava *Let me let go* destò Emily dal suo sonno. Si rigirò e spense rapida la radiosveglia, poi calciò via il morbido piumone. Emily era una persona mattiniera ma, per qualche motivo, quel giorno, si sarebbe tirata la trapunta fin sopra ai capelli e si sarebbe immersa di nuovo nel sonno. Non lo fece, anche se il pensiero di esporsi al gelo mattutino le fece arricciare le dita dei piedi e spazzò via l'ultimo dei suoi sogni da favola: il suo cavaliere che al galoppo su un cavallo bianco la veniva a prendere e la portava via.

Indossò la vestaglia sopra al pesante pigiama di flanella e sgattaiolò in bagno per una doccia veloce. Dopo la doccia, superò in silenzio la porta chiusa di Brad, legando i capelli umidi in una coda di cavallo, con indosso le scarpe da ginnastica, i blue jeans e una felpa color rosso chiaro, per scendere in punta di piedi al piano di sotto. Avviò il riscaldamento e sentì la caldaia fare la sua parte. Il pavimento scricchiolò sopra di lei: Brad si era svegliato. Mise il caffè sul fuoco non appena sentì l'acqua scorrere al piano di sopra. A Brad piaceva portarsi il caffè fuori, mentre andava a dare da mangiare agli animali.

Si mise al lavoro per preparare la colazione: mise la farina d'avena in un'enorme pentola sui fornelli, poi si affrettò verso la veranda sul retro e tirò fuori del pane per fare i toast da uno dei due congelatori. Appena Emily iniziava a cucinare, Cliff e Mac arrivavano come parenti alla lontana che si imbucano a ogni pasto. Brad scese le scale con passo pesante e i palmi di Emily cominciarono a sudare.

"Buongiorno." Emily si costrinse ad alzare lo sguardo e a fissarlo negli occhi assonnati, che sarebbe stato un sogno vedere appena svegli. Brad si schiarì la gola e lei scattò fuori dal suo stordimento, sbattendo le palpebre mentre arrossiva. Abbassò gli occhi e afferrò il cucchiaio di legno. *Guarda altrove.* Forse avrebbe dovuto andarsene. Brad la superò e prese una tazza dalla credenza, poi le passò dall'altro lato per prendere la caraffa di caffè che aveva appena finito di preparare. "Posso versartene un po'?"

Accidenti, perché aveva un odore così buono? Le si muoveva intorno, nel suo spazio personale, e la sua fottuta lingua si rifiutava di muoversi. Su, rispondigli. "Sì."

Brad non si mosse e, quando alzò gli occhi, le fece l'occhiolino. E, maledizione, lei divenne fucsia. Non riusciva a scuotersi di dosso l'idea delle rose, del lume di candela e di un bell'uomo che le faceva le coccole. Era quello l'effetto che aveva su di lei. Se ne rendeva conto? Forse era per quello che sembrava così divertito. Riprendendo i sensi, lo colpì con un dito sulle costole per rompere quell'incantesimo che le aveva fatto. "Dov'è il mio caffè?"

Brad non rispose. Sorrise in modo sexy, mostrando il suo dente anteriore scheggiato, che avrebbe gettato un'ombra sul fascino di chiunque, ma non sul suo. Su di lui, aggiungeva un velo di mistero, e stuzzicava l'interesse a scoprire qualcosa in più. Brad ruppe l'incantesimo afferrando un'altra tazza. "Hai dormito bene?" Come avrebbe mai potuto una donna allontanarsi dalla profonda carezza vellutata della sua voce?

"Sì. Stamani mi sono resa conto che Katy dorme tutta la notte da quando ci siamo trasferite qui. Da quando viviamo in questa casa, non si è svegliata neanche una volta."

"Si sveglia spesso?"

"Uh-huh, da quando è nata. Potrei contare su una mano il numero di volte in cui ha dormito una notte filata." Brad restò immobile. Avrebbe dovuto passargli sotto al braccio per superarlo.

"Hai degli occhi bellissimi, Em."

Presa alla sprovvista, il calore le invase la faccia e, questa volta, lui si girò dall'altra parte, come se si stesse divertendo. "Vado a dare da mangiare agli animali." Non si fermò finché non ebbe raggiunto la porta. Fece una sosta abbastanza lunga da buttar giù il resto del caffè, posò la tazza su uno scaffale, afferrò il cappotto e uscì.

Che diavolo faceva?

Capitolo Diciassette

Mary Haske arrivò dopo colazione, appese la sua giacca leggera nell'armadietto del corridoio e restò in tenuta perfetta per pulire.

Brad era appena uscito per dare da mangiare ai cavalli. Emily sentì il trattore dirigersi verso il recinto da quindici acri, pieno di alberi e prato, con un torrente e i venticinque cavalli di Brad; un vero e proprio paradiso, dove gli animali potevano vivere vicino alla natura, con abbastanza spazio per correre.

"Emily, perché non fai una pausa? Vai a farti una passeggiata in questa bellissima proprietà. Trevor e il tuo piccolo angelo staranno qui con me. Li baderò io."

Emily gettò la spugna che aveva usato per pulire il bancone. Amava quella proprietà, gli animali e i cavalli. "Sai cosa? Lo farò. Grazie."

Prese un cappotto dall'attaccapanni e Mary la cacciò dalla porta sul retro. Era a metà strada nel campo, con le mani infilate in tasca, quando sentì Brad urlare. Si affrettò verso la linea della recinzione. Un gruppo d'alberi circondava il trattore e diversi cavalli sembrarono riunirsi intorno a un punto.

"Va tutto bene?" urlò.

"Rusty si è rotto una gamba." Rusty era un incrocio fra un appaloosa e un quarter horse, aveva circa vent'anni ed era il cavallo di Brad, quello che montava sempre. Emily corse verso il cancello.

"Emily, prendi un paio di cavezze e vieni qui. Chiudi il cancello quando sei entrata." Lei sfilò tre cavezze con le longhine attaccate dai ganci lì vicino e scivolò dentro, attraversando la pista fangosa, le pozzanghere e la macchia umida con ai piedi le scarpe nuove da ginnastica, bianche.

Brad era dall'altra parte del trattore; c'era una balla di fieno tra i denti della pala, in attesa di cadere nella grande mangiatoia. I cavalli circondavano Brad e Rusty, in piedi in un piccolo gruppo di cespugli con alcuni piccoli rami sporgenti. Più si avvicinava, più poteva scorgere il sangue che filtrava da un taglio appena sotto l'anca. Brad gridò al piccolo arabo scuro che non voleva allontanarsi da Rusty.

Emily dovette farsi largo tra i cavalli. "Ecco, ne ho prese tre." Brad prese la capezza blu e la mise all'arabo.

"Em, ho bisogno che tu mi tenga Smoky." Le porse la longhina. "Devi solo portarlo via e tenerlo lontano finché non ti avviso. Devo guardare meglio." Brad parlò in modo rassicurante e fece correre la sua mano verso il basso, sul fianco del cavallo. Il sangue gli ricoprì la mano e l'animale emise un suono di dolore che fece rabbrividire Emily.

"Quanto è grave?" Smoky strattonò la longhina e agitò la sua estremità; Emily dovette tirarla un paio di volte per reggerlo.

Brad chinò la testa e si tolse il cappello posando amorevolmente la mano sulla schiena di Rusty. "Molto grave. Dovrò abbatterlo."

Diventò uno di quei momenti in cui il dolore attorno a

lei era tale da frantumarle il cuore in mille pezzi. A Brad tremava la mano mentre tirava fuori il cellulare.

"Ho bisogno di parlare con il dottor Vander, sono Brad Friessen... Che diavolo significa? No, è un'emergenza. Non c'è nessuno a sostituirlo...? Va bene, mi dia il suo numero." Brad chiuse la chiamata. Non guardò in faccia Emily. Lei poteva vedere che stava cercando di non crollare, come fanno gli uomini determinati a essere forti. Premette energico alcuni numeri. "Sono Brad Friessen; la segretaria del dottor Vander mi ha dato il suo numero. Devo abbattere il mio cavallo; ha una brutta frattura alla zampa posteriore, appena sopra al ginocchio. No, è bloccato in un cespuglio. Tre ore? Non ho intenzione di aspettare e lasciare che soffra per tutto quel tempo. Sì, d'accordo, grazie comunque." Riattaccò e strinse il telefono, scuotendo il pugno per aria.

Quando si rivolse a Emily, non la guardò dritto in faccia. Fissava un punto da una parte, ma non le sfuggì il velo di lacrime che gli copriva gli occhi. "Il mio veterinario è in vacanza e quello più vicino è a una visita a Olympia e non potrebbe arrivare prima di tre ore. Dovrò abbatterlo da solo."

Emily non sapeva cosa intendesse, ma immaginò che invece Smoky l'avesse capito. Tirò di nuovo, e questa volta si liberò e quasi se la trascinò dietro. Tornò di nuovo accanto a Rusty e gli strofinò il naso su e giù per il collo come a confortarlo.

Brad si allontanò da Rusty. Tolse la longhina a Smoky per non farlo inciampare. "Lascia che si salutino."

Questa volta, quando Brad si avvicinò, poté vedere l'agonia che provava per quello che doveva fare. Aveva sentito storie di abbattimenti di animali, ma non aveva mai subito una perdita simile. "Brad, sei sicuro che la sua zampa non possa guarire? Non potresti aspettare che il veterinario arrivi? Non c'è niente che possiamo fare per lui?"

Brad si passò una mano tra i capelli e strinse le labbra in una linea sottile. Poi si rimise in testa il cappello nero da cowboy. "No Emily, non c'è niente da fare. La sua zampa posteriore è rotta, appena sopra il ginocchio, e lo squarcio è dovuto a un ramo che lo ha attraversato. Fosse stato un cavallo giovane, forse la chirurgia avrebbe messo le cose a posto, ma è troppo vecchio. Non sarebbe giusto per lui, e poi ha perso troppo sangue. Sarebbe crudele farlo soffrire." Superò Emily. "Dovrai tenere Smoky quando lo abbatto."

"Dove stai andando?"

Brad non si voltò. "A prendere la pistola."

Capitolo Diciotto

Come si poteva reagire alla realtà di ciò che stava per accadere? Emily salì sul trattore, mentre Brad si affrettava a tornare verso casa. I cavalli avevano capito qualcosa. Smoky era naso a naso, e poi fianco a fianco con Rusty, come per fargli coraggio. E Rusty abbassò la testa, come consapevole che il suo tempo era quasi scaduto. Gli altri cavalli restarono nei pressi; erano circa una dozzina e circondavano Rusty e Smoky, a formare un cerchio di protezione. Era magnifico, ipnotico e straziante osservare quella processione. Si chiamavano l'un l'altro, nitrivano e sbuffavano. Ma non aveva idea di cosa stessero pensando.

Quando Brad tornò di fretta, aveva Cliff dietro, con il logoro cappello di feltro basso a coprirgli gli occhi e la giacca scozzese abbottonata fino in cima. Rimise la longhina a Smoky. Il cavallo si opponeva a Cliff mentre lo allontanava da Rusty.

"Emily, non guardare" urlò Brad.

Lei abbassò la testa e chiuse gli occhi, con le lacrime che le scorrevano sulle guance. Quando il colpo esplose, fece un salto e si coprì la bocca, ma non riuscì a trattenere un gemito. Guardò Brad, da dietro una pellicola di lacrime; era in piedi su Rusty, il suo adorato cavallo, accasciato sul cespuglio. Smoky si impennò e nitrì; fu davvero straziante. Gli altri cavalli scuotevano la coda ma non fecero altro; alcuni di loro presero un boccone di fieno dalla pala del trattore. Ma il silenzio tra gli alberi, il cespuglio e il prato, dava l'impressione che la terra stesse guidando verso casa uno spirito gentile e piangendo la perdita di un'anima così nobile e leale.

Brad abbassò la pistola, lasciandosela ciondolare al fianco. Chiuse in un pugno l'altra mano e se la portò alla bocca. Gli tremavano le labbra, mentre con la manica del cappotto si asciugava una lacrima.

Emily scese dal trattore, e Brad le fu proprio dietro. Il volto gli si colmò di un dolore incommensurabile. "Ho bisogno che aiuti Cliff dopo che avrò messo il fieno nell'alimentatore. Dovrai tenere indietro i cavalli mentre scavo una buca per seppellire Rusty."

Le si formò un groppo in gola e non riuscì a dire nulla. Poté solo annuire. Brad si arrampicò e avviò il trattore; il rumore del potente motore diesel sovrastò tutto. Emily indietreggiò, mentre Brad guidò per una decina di metri fino alla mangiatoia e vi lasciò cadere il fieno. Fece marcia indietro. I cavalli erano così abituati al trattore che ci girarono intorno per raggiungere la mangiatoia, fatta eccezione per Smoky, una cavalla baia e un percheron bianco, che erano attorno a Rusty.

"Emily, tieni Smoky mentre prendo questi altri due!" gridò Brad, mentre Mac entrava di corsa nel cancello. Smoky strattonava la longhina. Emily lo portò più lontano. Cliff aveva messo le cavezze e le longhine agli altri due cavalli e li aveva tirati indietro. Brad si avvicinò e usò la parte anteriore della pala per scavare una buca accanto a Rusty. Mac prese il percheron. Il sangue ricopriva il terreno intorno al punto in cui il cavallo giaceva immobile. Emily immerse la faccia nel collo di Smoky, che ora era quieto al suo fianco. Fu terribile osservare Brad spingere il cavallo nella buca e seppellirlo. Sapeva che faceva parte della vita, in una fattoria con gli animali, ma non aveva mai vissuto una perdita del genere. Come potevano allevatori e contadini affrontare tutto questo con tanta calma? Aveva sempre comprato la carne al supermercato, avvolta in confezioni di plastica. Non si vedevano le mucche o i polli che ancora camminavano, prima di essere uccisi.

Brad le sfiorò il braccio. "Emily, grazie per l'aiuto. Torna a casa. Qui abbiamo finito."

Tolse la cavezza a Smoky. Il cavallo si diresse verso la tomba e restò lì in piedi. Gli altri cavalli mangiarono, poi perlustrarono la zona e si soffermarono accanto alla tomba. Brad tornò sul trattore con un salto e urlò ordini a Cliff. Emily corse fuori dal cancello, con le lacrime che le rigavano il volto. Non si fermò finché non ebbe raggiunto la casa. La vita andava avanti; non avevano il tempo di piangere. Emily si fermò sullo scalino sul retro e si voltò. Il trattore, Cliff, Mac e Brad erano già andati oltre.

Capitolo Diciannove

"Guardami, Trevor." Emily fece un cenno con la mano verso la piccola sedia di fronte al tavolo apparecchiato nella nuova stanza della terapia al piano di sopra, la quinta camera da letto in fondo al corridoio, quella più grande.

Quando Trevor non reagì e continuò a gironzolare per la stanza a piedi nudi, borbottando sottovoce qualche frase del cartone di Barney, Emily gli toccò dolce un braccio e lo guidò verso la sedia. "Siediti." E si sedette, ma poi cominciò a dondolare da una parte all'altra ribaltando la sedia, che per fortuna batté su una moquette spessa, attenuando il rumore.

Trevor era giù di corda, ed era così dal suo appuntamento di quella mattina con Jane, la patologa del linguaggio dai corti ricci rossi. Dal momento in cui era entrata nel soggiorno e si era seduta sul divano di pelle scura, Trevor aveva dato prova della sua routine di monello, arrampicandosi sui mobili, sulle sedie, camminando a quattro zampe sul pavimento e fischiando come un elefante, oppure era un cane, oggi? Non ne era sicura.

Altri due, un uomo e una donna, avevano accompagnato Jane, sempre come parte della squadra diagnostica, per fare una diagnosi ufficiale a Trevor. Uno era uno stagista, un uomo con capelli scuri e barba corta, che avrebbe dovuto farlo sembrare più vecchio e più distinto, ma proprio non ci riusciva. Sembrava un ventenne in erba. L'altra donna era una terapista occupazionale, estremamente magra, con i capelli cortissimi e precocemente grigi. Anche lei faceva da osservatrice. Appena dopo essersi presentati, quando Brad ed Emily si erano seduti agli angoli opposti del salotto, era andato tutto a rotoli. La terapista occupazionale aveva accettato il caffè che Emily le aveva offerto e si era seduta in silenzio sul divano, con aria timida e un po' nervosa. Trevor le era balzato sulle spalle da dietro al divano, poi le era rotolato accanto e aveva cercato di arrampicarsi sulle sue ginocchia. Le era caduto di mano il caffè, che era finito sul tavolino coperto da opuscoli e documenti sull'autismo, ora zuppi. Almeno la tazza non si era rotta. Emily si era precipitata in cucina e aveva preso uno strofinaccio accanto al lavandino, affrettandosi a tornare indietro per asciugare la pozzanghera che, dal tavolo, gocciolava sul pavimento. Brad, con il volto duro e rosso per l'imbarazzo, era intervenuto e aveva tirato via Trevor.

Trevor aveva piagnucolato e aveva tirato calci a suo padre. Lui aveva tanto stretto le labbra che gli erano diventate una sottile linea bianca. Lo stomaco di Emily si era annodato alla vista dell'evidente stress che provava Brad.

Jane era rimasta appollaiata sul bordo del divano in pelle. Aveva drizzato la schiena, lasciato cadere la borsa a terra accanto ai suoi piedi e appoggiato entrambe le mani sulle ginocchia coperte dai jeans. "Metti giù Trevor, non stava facendo del male a nessuno, e forse il papà dovrebbe uscire per poterlo valutare senza interferenze."

Brad era rimasto immobile ed Emily aveva spalancato la bocca, accovacciata sulle ginocchia con in mano l'asciugamano inzuppato, che ora le gocciolava sui jeans blu sbiaditi. Beh, bisognava dargliene atto, Brad non aveva detto niente. Ma il fuoco di scintille nei suoi burrascosi occhi magnetici le aveva già detto tutto: stava per esplodere. Emily si alzò in piedi. Doveva dire qualcosa, qualsiasi cosa, in sua difesa.

Lui la guardò, con lo stesso sguardo duro come l'acciaio che aveva rivolto a Jane. "No." E, ovviamente, le si strinse il cuore al suo rimprovero pieno di dolore. Solo adesso capiva di aver oltrepassato il limite; non si sarebbe fatto difendere da una donna. Brad mise Trevor a terra accanto a Emily, sollevò entrambe le mani in segno di resa e uscì brusco dalla cucina, fuori dalla porta sul retro, sbattendola così forte che le luci della stanza lampeggiarono. La sensazione di rabbia che si trascinava dietro riempì l'aria di un evidente fetore, facendo saltare i nervi a Emily.

Trevor si ritrasse e balzò indietro verso l'imbarazzata terapista occupazionale, che era diventata una calamita per lui. La sua postura era cambiata; non sapeva cosa aspettarsi da quel bambino. E, accidenti, neanche Emily lo sapeva, mentre fissava come una scolaretta in imbarazzo quei tre allampanati professionisti. Trevor era un magnete; captava l'ansia di chiunque, Emily compresa. E Katy, che adesso le tirava la maglietta marrone, cominciò a piagnucolare finché non la prese in braccio.

Le due ore in cui Jane e i suoi scagnozzi rimasero lì sembrarono otto. Quando alla fine se ne andarono, Emily era talmente tesa che sentiva i muscoli e le ossa cederle per la stanchezza. Il pranzo fu patetico: ognuno si preparò il suo panino, e Brad non si fece neanche vedere.

Appena Trevor si fu svegliato dal suo sonnellino di fine mattina, Emily lavorò con lui su alcune abilità ricettive di base, ma adesso aveva smesso di dondolarsi ed era scivolato giù dalla sedia sul pavimento, come fosse una bambola di pezza. Emily lo sollevò e lo fece sedere sulla sedia, stringendogli forte gli avambracci per impedirgli di scivolare via. "Ottimo lavoro, Trevor, sei seduto! Ti sei guadagnato questo con cui giocare." Gli porse il metro a cui era tanto affezionato; lo tirava fuori e poi lo lasciava andare, per farlo sfrecciare ad avvolgersi, più e più volte.

La terapista occupazionale, che quella mattina si era unita a Jane come membro del team, aveva infine insinuato che la terapia Lovaas ABA, quella data dal nuovo consulente, avrebbe in realtà danneggiato Trevor. A suo avviso doveva essere lasciato solo, si sarebbe sviluppato con i suoi tempi e avrebbe stretto amicizie come meglio credeva. Era stato positivo che Brad se ne fosse andato.

Emily si era infuriata e aveva preso a calci un animale di pezza scagliandolo di qua e di là per il pavimento una volta che erano usciti dalla porta. Perché quei professionisti del settore non potevano iniziare a lavorare insieme? Quando si sarebbero dati una mossa con un programma e avrebbero compreso il miglior risultato per Trevor e per tutti i bambini autistici... Avrebbero dovuto lasciare il loro ego sulla porta.

La testa le scoppiava mentre guardava Trevor, che ora correva avanti e indietro per la stanza sulle ginocchia. Era una giornata che incarnava perfettamente il detto "un passo avanti e tre indietro." E dov'era Brad?

Capitolo Venti

I piatti della cena erano puliti e al loro posto. Emily aveva sfregato bene il tavolo e il bancone della cucina. Il sole era arrivato sotto l'orizzonte e illuminava il cielo di una bellissima sfumatura rosa e arancio. Emily si mise in ascolto ai piedi delle scale per eventuali fruscii che provenissero dalle camere dei bambini. Niente. Ottimo, dormivano un sonno profondo.

La cena era stata tesa e silenziosa, anche se Emily aveva cucinato il piatto preferito di Brad, le costolette di maiale. Per lei, era stato solo un piccolo sforzo per alleviare un minimo le umiliazioni che aveva subito quella mattina. Brad le aveva solo piluccate. Dopo circa dieci minuti, aveva spinto via il piatto, si era alzato da tavola senza guardarsi indietro e aveva fatto una cosa mai accaduta prima: lasciare del cibo.

Camminando verso la porta sul retro, si era fermato prima di aprirla. "Ho del lavoro da fare. Grazie per la cena, Em."

"Prego."

E se n'era andato.

Emily uscì sulla veranda. L'aria gelida della notte le si infilava sotto il maglione marrone chiaro che aveva poggiato sulle spalle. Sedette sull'altalena in legno e si dondolò avanti e indietro. Alzò il mento in direzione dello scricchiolare della ghiaia. Solo il passo di Brad suonava così sicuro di sé e deciso. Emily riconobbe la sua figura quando si fermò appena davanti ai gradini.

"È una bella serata; i bambini dormono?"

"Nelle loro camere non volava neanche una mosca. Non gli ci è voluto molto. Vieni qui con me." Accennò alla sedia accanto a sé. Lui guardò dritto verso la porta di accesso. *Vuole scappare, è in imbarazzo.* "Per favore, Brad."

Si tolse il logoro cappello da cowboy e giocò con la tesa, in un modo così insolito per un uomo tanto sicuro e controllato. "Okay, Em." Le si avvicinò. Invece di sedersi, poggiò un piede sulla sedia accanto a lei, mise l'avambraccio sul ginocchio e strofinò il cappello contro la gamba, come per scuotere via la polvere.

Emily fece un profondo respiro per calmarsi e si sfilò l'elastico che le legava i capelli, lasciando che i suoi ondulati riccioli castani le cadessero sulle spalle. Era romantico, in un certo senso. Quando alzò lo sguardo, la luna aveva creato un cerchio di luce attorno a loro. Brad allungò una mano e le toccò una ciocca di capelli, accarezzandola delicato tra il pollice e l'indice. Poi le sollevò il mento. Le si bloccò il respiro, da qualche parte attorno al duro groppo che le ostruiva la gola. Il cuore le batteva forte; era così vicino, adesso. Brad si chinò, colmando l'imbarazzante spazio fra loro, e catturò le sue labbra in un tenero e dolce bacio, con il suo caldo respiro. Le fece scivolare la mano dietro la nuca fino alla spalla, e la tirò su finché non rimase in piedi davanti a lui. Le scivolò con le mani giù per la schiena e cinse le braccia a stringerla in un abbraccio, mentre le percorreva le labbra con la lingua per trovare accesso. Con un sussulto, lei aprì la bocca per concederglielo. Brad rese il bacio più profondo e la tirò stretta a sé. Scivolò più giù con le mani a stringerle il sedere; una mossa possessiva, audace, mentre il suo desiderio premeva forte contro di lei, poi lasciò cadere le braccia e indietreggiò, un passo, poi due, interrompendo quel bacio che usciva da ogni schema; senza fiato, entrambi con il respiro pesante, come se avessero appena corso una maratona.

"Mi dispiace, Em. Volevo farlo da così tanto tempo."

Lei fece un passo in avanti per raggiungerlo e gli accarezzò la guancia. "Per favore, non fermarti."

Era così alto. La sua testa a malapena gli arrivava alle spalle. Questo non le impedì però di allungarsi e tentare di abbassargli la testa verso di lei, ma lui non si piegò.

"Sei sicura, Em? È questo che vuoi?"

I suoi occhi color whisky sembravano d'ambra, al chiaro di luna. Le si fermarono le parole in gola, come intrappolate da qualcosa di denso e appiccicoso. Emily deglutì quella massa dura. Il suo invito doveva essere chiaro, perché Brad le infilò le dita tra i capelli, le strinse la nuca mentre la attirava a sé e reclamava la sua bocca, come ne fosse in diritto e fosse la sua donna; un atteggiamento possessivo che Emily non aveva mai sperimentato. Il suo intenso bacio profondo le fece perdere ogni barlume di sanità mentale e le ridusse le ginocchia in poltiglia. Brad doveva averla sentita scivolargli via e le strinse le braccia in vita, tenendola forte contro di sé.

Gli si aggrappò in modo incontrollato alla camicia, e le sue mani non volevano smettere di tremare. Le si appannò la mente. Non riusciva a pensare ad altro che a quanto fosse grande il suo bisogno di lui, un bisogno soffocato da così tanto tempo che aveva perso il controllo della situazione. Un leggero mugolio risuonò da qualche parte dentro di lei, nel profondo. Brad le premeva contro ogni duro centimetro di se stesso. *Oh santo cielo, quanto voleva che continuasse, quanto voleva lui.* C'era qualcosa in quell'uomo, e oh sì che era uomo, che la faceva gridare e gioire mentre la sua lingua ballava con quella di lei. Oh, quanto era bravo a baciare. Forse era per quello che la sua mente permetteva a dubbi cupi di intrufolarsi, facendole chiedere come potesse davvero volerla. *Sei solo una fase, una distrazione del momento. Zitta, smettila di pensare così tanto*, disse fra sé e sé; *divertiti e non iniziare a cercare problemi.*

Brad interruppe il bacio e si chinò, le aprì il pesante maglione e le diede teneri baci giù per il collo, lungo la fila di bottoni marroni sopra al suo seno. Poi ci passò sopra la mano e premette dolce, mentre tracciava il tenero contorno del suo capezzolo da sopra alla camicetta di cotone. Non interruppe la sua dolce tortura, e le coccolò e sorresse i seni, facendole scorrere il pollice contro la parte inferiore. Si tirò indietro, allungò la mano verso il basso e la unì alla sua per guidarla dentro casa, e chiudere la porta e la serratura alle loro spalle. Le strinse la mano e guardò in basso verso di lei con quei potenti occhi color whisky colmi di calore e desiderio, fermandosi e pronunciando una domanda aperta che lei capiva benissimo: "Sei sicura che è quello che vuoi? Dimmelo adesso, prima che tutto questo vada troppo oltre."

"Sì, ti voglio." Aveva la voce roca e piena di desiderio.

Senza aggiungere altro, la guidò su per le scale. Lo scricchiolio a ogni scalino accelerava il battito del suo cuore e minacciava di bloccarle del tutto il normale respiro. Non sapeva come gestire una cosa del genere, perché, con Brad, non c'era dubbio: era lui al comando. Il suo intero essere lo indicava. Era il manifesto della definizione più pura di forte maschio alfa. Si era chiesta se gli uomini come lui non si fossero di fatto estinti da molto tempo; ora era così grata che fosse lì con lei, che la stesse portando in camera sua, chiudendosi dietro la porta.

Capitolo Ventuno

Brad spinse la sua grande mano da lavoratore contro la porta e guardò Emily da sotto le palpebre pesanti.

Lo sguardo interrogativo non era più lì; ora, quello che la studiava era un predatore; era dannatamente certo che non le avrebbe permesso di uscire da quella stanza, ma non la spaventava. Si sentiva, al contrario, desiderata e speciale, in quella grande e maestosa camera da letto matrimoniale piena di dipinti ad olio a soggetto western, arredi in mogano e un grande letto a baldacchino, rifatto con cura e coperto da un piumino a fiori che sussurrava l'invito sensuale che Emily desiderava da tanto.

Ipnotizzata, Emily guardò verso il letto e si avvicinò, toccando il morbido piumone di cotone e assorbendo l'immensità di quel passo. Il braccio di Brad le scivolò attorno alla vita e la tirò ancora dentro al suo intenso calore. Non avrebbe potuto girarsi, anche se avesse voluto. Gli appoggiò la nuca sulla spalla e riuscì a sentire ogni muscolo ben formato del suo petto contro la sua schiena. Lui le accarezzò dolcemente la spalla, scivolandole sotto alla camicetta con la mano ruvida e facendole andare in fiamme la pelle. Le sollevò i lunghi capelli castani e li tenne in alto, scoprendo la sua pelle di seta, mentre con i denti le dava dei teneri morsetti lungo il collo a ogni dolce bacio. Emily inclinò la testa all'indietro; era un dono per dargli un migliore accesso.

Brad le mise i capelli sopra l'altra spalla, poi le accarezzò il contorno dei seni con la punta delle dita, mentre con l'altra mano le sbottonava lento e abile la camicetta, un bottone alla volta. La sua erezione dura, che le premeva contro da dietro, la rendeva debole. Era così erotico, con la sua altezza e la sua forza. La passione amplificata la lasciava in attesa, la faceva sentire esposta e, allo stesso tempo, al sicuro. Lui non si fermò, né ebbe nessuna esitazione nell'aprirle senza difficoltà la maglietta e tirarle su il reggiseno per scoprirle i seni, come se l'avesse fatto mille volte. Poi la guidò lungo una scia sensuale, tirando appena qui e facendola girare lì, le massaggiò i capezzoli con il pollice, prima uno e poi l'altro. Era deliziata dal suo caldo respiro sul collo e sulle spalle, seguito dalla sua lingua stuzzicante che le attraversava la spalla nuda. La stava facendo diventare matta e lo tirò per il braccio ancorato attorno alla sua vita, ma non riuscì a smuoverlo o farlo andare più veloce. Era lui a decidere cosa fare e a che ritmo, ed era proprio da lui. Le sbottonò i jeans, tirò giù la cerniera e creò un piacere tanto doloroso, facendo scivolare la mano tra i suoi riccioli femminili, massaggiandola e reclamando il suo premio quando le fece scivolare un dito dentro. Si sentì gemere e salire in cielo, e perse ogni parvenza di controllo mentre lui iniziava a muoversi e accarezzarla, dentro e fuori. Gli strinse forte il braccio, persa in un intenso e ardente desiderio; non desiderava altro se non che lui le si immergesse dentro, duro e profondo. "Per favore. Ti voglio dentro di me. Adesso, per favore, Brad." Senza vergogna, implorò, senza fiato, scuotendo la testa da un lato all'altro, contro il suo petto.

Lo sentì soffocarle una risatina contro la nuca. "Pazienza, Em, goditi il momento."

Le sfilò la camicia e il reggiseno e, alla fine, la fece voltare a guardarlo. Lei allungò una mano per aprirgli i bottoni della camicia, ma le sue dita erano goffe e tremavano per il bisogno. Lui la fermò, coprendole le mani con le sue, mentre gli era davanti, spogliata fino alla cintola. I suoi seni erano nudi e pronti perché ci si divertisse; anche dopo aver allattato Katy, erano rimasti sodi e belli pieni.

Brad fece un passo indietro e i suoi occhi assunsero una pigra tonalità da ubriaco; si slacciò i bottoni, si tolse la camicia e la gettò in un mucchio sul pavimento. Il suo petto e le sue spalle, nudi, erano ancora più belli da guardare che vestiti. Ricordava una statua greca: pettorali definiti, addominali scolpiti con i peli marrone chiaro del petto che gli tracciavano un percorso di riccioli giù verso l'ombelico, prima di scomparire nella cintura dei jeans. Avrebbe potuto andare meglio? Assolutamente no. O, almeno, Emily non riusciva a immaginare come. Brad le sollevò il mento con un dito per farle incontrare il suo ampio sorriso da Stregatto: "Presto."

"Presto." Le poggiò una mano sulla nuca e rivendicò ancora la sua bocca. Più profondo questa volta, mentre la sua lingua si univa a quella di lei. Le sollevò una gamba e gliela fece appoggiare sul suo fianco, ancorandola mentre la attirava a sé e la sfregava con la sua lunga e spessa erezione, che le spingeva contro. Emily allungò la mano verso di lui, armeggiando con i bottoni dei suoi jeans, mentre lottava contro quel materiale stretto e teso.

Brad le abbassò la gamba e si aprì i jeans, senza mai smettere di accarezzarle la coscia con l'altra mano, palpandola dolce fino a dove confluiva con l'altra, al centro.

La fece stendere sul piumone a fiori. In piedi davanti a lei, si affrettò a spogliarla delle scarpe da ginnastica e dei calzini, sfilandole i jeans e la biancheria intima con un unico movimento rapido. Ora gli giaceva nuda davanti. Sentiva il calore dei suoi occhi penetrarle ogni centimetro del corpo. Stava studiando il suo ventre piatto, le poche smagliature, le cosce sode e i riccioli scuri che le coprivano il nucleo. Lei, d'istinto, divaricò le gambe; lo voleva, adesso. Ma, quando si mosse verso di lei, le afferrò le ginocchia e le allargò, tenendola ferma in modo che non potesse muoversi. Si chinò e la baciò dove si apriva. Il calore cocente e la scossa la elettrizzarono. Emily alzò le mani a coprirsi la bocca, mordendosi il labbro carnoso per soffocare il grido che esplodeva. Le separò le labbra con le dita e sentì la lingua scivolarle dentro.

"Oh, mio Dio." Se stesse sussurrando o urlando, non lo sapeva. Brad era un uomo che manteneva sempre il controllo. Lei era del tutto alla sua mercé. Una situazione che non aveva mai sperimentato con un uomo prima d'ora: perdere il controllo, quasi scivolare fuori durante una corsa sfrenata sulle montagne russe. Allungò la mano e gli afferrò i corti capelli castani. Per puro istinto, lei spostò i fianchi, desiderando che adesso si immergesse duro e profondo dentro di lei. Brad la tenne giù e le diede un colpo secco e improvviso, che le esplose dentro. Dentro di lei corse un'intensità ardente che la fece vorticare e piegare, fino a farle credere di andare in frantumi. Soffocando il suo grido, scosse la testa da una parte all'altra.

Sentì di nuovo qualcosa, in un posto molto lontano; era un grido diverso, non il suo. Emily vagò alla deriva tra i pezzi e i bocconi della realtà cosciente, lontana dall'abisso celeste in cui galleggiava. La consapevolezza raffreddò le sue cosce tremanti e flosce; non era affatto sazia, aveva bisogno di lui.

Le si gonfiò il petto mentre si sforzava di riprendere fiato e lo sentì di nuovo. Un bambino che piangeva: Katy.

Brad la liberò e imprecò sottovoce mentre indietreggiava, passandosi le dita fra i capelli. Il desiderio gli accendeva un fuoco amaro negli occhi. Non avrebbe trovato sollievo.

Emily voleva imprecare e piangere per il momento perso, ma la sua bambina era più importante, veniva prima dei suoi bisogni. Si girò e scivolò giù dal letto su gambe traballanti. Si infilò la camicetta e i jeans, e abbassò gli occhi sul tappeto azzurro. La realtà può essere crudele, come una secchiata d'acqua gelida, incerta. *E adesso?* Si tenne chiusa la camicetta e corse verso la porta, la spalancò e si precipitò nel corridoio. Katy era seduta al centro del suo letto matrimoniale, si stropicciava gli occhi, stringeva la copertina blu e piagnucolava. Dalla camera di Trevor, neanche un suono; ma se non avesse fatto calmare Katy in fretta, si sarebbe presto svegliato anche lui e non sarebbe stata una buona cosa. Emily strinse Katy tra le braccia e le lavò via le lacrime con un bacio, sollevandola insieme alla copertina e cullandola, mentre camminava in punta di piedi nel corridoio verso la sua stanza. "Shh, piccola mia. La mamma è qui con te. Shh."

Katy le appoggiò la testa sulla spalla. Con i suoi piccoli pugni, le afferrò la camicetta aperta e i suoi singhiozzi iniziarono a placarsi. Emily camminò in cerchio e si voltò verso la porta. Brad si avvicinò, di nuovo vestito. Aveva un'espressione diversa sul volto. Quasi strana, una che non aveva mai visto prima.

"Sta bene?" La sua voce era roca, ma piena di preoccupazione.

Lei sussurrò: "Sì. Credo che abbia solo fatto un brutto sogno, dovrebbe riaddormentarsi fra poco." Lui non disse niente e non si mosse. "Sei una brava madre, Em. Buonanotte. Ci vediamo domani mattina."

Le doleva lo stomaco per quell'orribile desiderio insoddisfatto. Per quella sera aveva finito con Brad. Desiderava ardentemente il suo tocco, ma non poteva farlo tornare indietro. Il pesante nodo alla gola le faceva male. Tenne sua figlia in braccio nell'oscurità e ascoltò il leggero scatto della sua porta. Strinse gli occhi, triste per la perdita mentre canticchiava sottovoce, finché il respiro di Katy si calmò e capì che si era riaddormentata.

Invece di rimettere Katy nel suo lettino, Emily la sistemò nel suo e osservò il suo angelico volto placido. Si tolse la camicetta e realizzò di aver lasciato il reggiseno, gli slip, i calzini, le scarpe e il maglione sparpagliati sul pavimento della camera di Brad. Trasalì quando assimilò la fredda realtà: forse lui ci aveva ripensato. Per prima cosa, il giorno dopo, avrebbe recuperato le sue cose, piena di vergogna.

Capitolo Ventidue

Una piccola mano diede un colpetto a Emily, ma lei si rimboccò il caldo piumone sopra al mento, nel suo bozzolo di tepore.

Si sforzò di aprire gli occhi assonnati, in cerca dell'orologio sul comodino; i numeri rossi segnavano le 6:10 del mattino. Per un attimo, le sembrò che il cuore le fosse cresciuto di due taglie in petto. Si alzò di soprassalto, gettando le coperte, e saltò giù dal letto. Come poteva non essersi svegliata? Imprecò sottovoce per la propria stupidità; nel suo stato di autocommiserazione, si era scordata di accendere la sveglia. *Sei un'idiota.* Non ci aveva mai fatto affidamento comunque, di solito si svegliava alle 5 del mattino. Ma la sera prima, beh... che cosa poteva dire? Per non parlare del saltare senza problemi oltre le barriere della moralità.

Emily si mise i jeans del giorno prima e prese una camicetta pulita dal suo comò a cinque cassetti. Perché Brad non mi ha svegliata?

Si tirò indietro i capelli arruffati e notò che la porta era stata chiusa. E, ammucchiati sulla sedia piena di roba accanto alla porta, c'erano le scarpe, il maglione e la biancheria intima che aveva lasciato sparpagliati sul pavimento della sua camera da letto. Gemette, mentre si premeva le mani su entrambe le calde guance.

"Mamma, fame." Katy rimbalzò sul letto nel suo pigiama rosa con le coccinelle.

"Ok, lo so Katy. Fammi solo finire."

Si passò una spazzola tra i capelli, strattonando i grovigli un po' più forte del necessario. Poi, li raccolse all'indietro e, dopo pochi minuti, era giù con Katy. La lasciò cadere sul divano con la sua copertina e accese il televisore. "Guarda *La casa sull'albero*; io preparo la colazione."

Sfrecciò dietro l'angolo in cucina e sbatté contro un solido muro: il petto di un uomo. Brad le strinse le spalle ed Emily sentì le guance avvamparle quando guardò quegli occhi misteriosi, che sembravano brillare alla luce del giorno. "Mi dispiace. Non mi sono svegliata, io..."

Le accarezzò le spalle con un fare familiare. "Non preoccuparti, Em. Non ti ho svegliata perché ho pensato che avessi bisogno di dormire. Il caffè è già pronto. Torneremo fra una mezz'ora. È abbastanza tempo per riuscire a preparare qualcosa?"

Era gentile, no, generoso. Ed Emily era una perfetta idiota agitata e balbettava, senza riuscire a usare la lingua. "No... cioè, voglio dire, sì, va bene. Grazie. Scusa." Fece una smorfia e strinse gli occhi. Ma, quando li aprì, non si era mosso, anche se aveva lasciato cadere giù la mano e non la stava più toccando.

Brad la guardò con quel magico bagliore luccicante, di uno sguardo a cui non sfugge niente, e le ridusse in poltiglia le viscere. Non aveva idea di ciò a cui stava pensando. Si era forse pentito di ciò che c'era stato fra loro? Quello sarebbe stato il peggio. Avrebbe voluto chiederglielo, ma aveva paura di quale potesse essere la sua risposta.

Brad le passò il dorso della mano sulla guancia, poi fece una pausa, la scrutò, lasciò cadere la mano e si allontanò a grandi passi. Era un uomo con un obiettivo.

Fu istintivo mettersi la mano dove l'aveva toccata.

"Mamma, fame."

Coraggio ragazza, torna alla realtà. "Ah, Katy. Dammi solo un minuto." Si precipitò al frigorifero e tirò fuori due dozzine di uova, poi chiuse con il piede lo sportello alle sue spalle. A tempo di record, aveva preparato uova strapazzate e pane tostato. Stava giusto mettendo seduta Katy, quando Brad, Cliff e Mac irruppero dalla porta sul retro, sbattendo gli stivali pieni di fango e discutendo dell'ultimo ordine di cibo per il bestiame.

"Buongiorno, Emily" disse Mac, e Cliff annuì, mentre tiravano indietro le sedie facendole strisciare in terra e prendevano posto. *Versa il caffè. Fai un respiro profondo. Ci siamo.*

Capitolo Ventitré

Quella folle mattina la passò immersa nella nebbia dei suoi pensieri. Ora Katy stava facendo il suo pisolino pomeridiano, e Trevor invece non dormiva.

Così, mentre Emily sorseggiava una tazza di tè, Trevor faceva correre le macchinine sul centrino bordato del tavolino basso vicino al divano, avanti e indietro, ripetendo lo stesso cerchio più e più volte.

Le facevano male i piedi e non riusciva a scrollarsi di dosso il senso di disagio. Brad l'aveva persino presa da parte dopo pranzo, prima di andarsene con i ragazzi, e aveva bisbigliato con il suo accento sexy: "Parleremo stasera."

E, santo cielo, quando lei lo aveva guardato negli occhi, il calore e il significato erano stati chiari. Forse la sera precedente aveva voluto dire qualcosa anche per lui, e questo la fece illuminare di un sorriso sereno. "Va bene." Lui aveva indugiato per un attimo in più, in modo che il calore che voleva trasmetterle le arrivasse in testa, per quanto fosse preoccupata e testarda.

La porta d'ingresso cigolò e sbatté. Emily sobbalzò, rovesciando qualche goccia del suo tè caldo sul legno di quercia graffiato. *Merda.* Si affrettò a girare l'angolo quando udì il tenue scricchiolio di passi sconosciuti. La paura le risalì la gola e minacciò di soffocare qualsiasi suono. Scivolò al di là dell'angolo per afferrare Trevor e rimase immobile. Il tempo cominciò ad andare al rallentatore: tutto era fermo e i suoi sensi erano amplificati di un centinaio di volte rispetto al normale. Una donna alta, bionda, dalle gambe lunghissime, che poteva essere uscita da una rivista di moda, entrò a grandi passi in soggiorno. Dietro di lei, c'erano due voluminose valigie rosse appoggiate alla porta. Era senza dubbio la donna più bella che Emily avesse mai visto. Formosa, sottile, con tutte le curve al posto giusto; aveva un corpo per cui un tempo Emily avrebbe dato il suo braccio destro. I suoi splendidi occhi azzurri dalla forma felina acquisirono una tonalità gelida quando si posarono fissi su di lei. Si tolse il suo costoso cappotto di pelle bianca e lo gettò con noncuranza sulla poltrona. Il suo attillato maglione marrone e i pantaloni di velluto dello stesso colore le avvolgevano il corpo come una seconda pelle, elegantissima. Emily si concentrò sulle sopracciglia dalla forma perfetta, da istituto di bellezza, che non avevano la stessa identica tonalità dei capelli biondo fulvo. Il trucco era un'opera d'arte fatta con destrezza. Non c'era gara con quella bellezza, con quella donna che Emily d'istinto sapeva fosse Crystal, la moglie di Brad.

"Chi sei tu, e perché sei in casa mia?" Le sue parole erano taglienti, crudeli, e fecero sentire Emily un'intrusa. La bella bionda la scrutò da capo a piedi e poi distolse lo sguardo, ignorandola.

"Mi chiamo Emily. Brad mi ha assunta per occuparmi di Trevor e..."

La donna la interruppe con un gesto impaziente della mano. Mostrando le unghie meticolosamente curate, tinte di un rosso vivace, e il grande anello dal diamante squadrato incastonato in una montatura d'oro bianco che portava sull'anulare.

"Allora, dov'è il ragazzo?" chiese senza particolare interesse; una principessa di ghiaccio che non aveva intenzione di sciogliersi. Emily non riuscì a trovare una risposta intelligente, aprì la bocca e poi la chiuse. Cercò Trevor, che guardava lo spazio fra lei e quella donna, mentre teneva la macchina in mano e la scuoteva da un lato all'altro emettendo il suo solito rumore: "whop, whop". Emily si precipitò verso di lui e si chinò giù, reindirizzandolo alla sua fila di macchine. "Gioca con le tue auto, brum brum, parcheggia qui." Si voltò; la donna di ghiaccio non si era mossa. Non sembrava molto propensa ad avvicinarsi. "Fallo smettere con quel rumore terribile; vado a sistemare i miei bagagli. Vorrei una tazza di caffè. Portamela quando è pronta, cara."

Emily drizzò la schiena come un bastone. Che incredibile sfacciata. Davvero, non lavorava per lei e voleva dirglielo. Ma non lo fece e la donna non si trattenne in attesa di una sua risposta. Salì le scale con una valigia in mano, verso la camera di Brad.

Emily ingoiò il groppo che le si era incastrato in gola e il cuore le faceva male come se stesse passando per un tritacarne. Restò a osservarla incredula e avrebbe giurato che il pavimento si fosse ammorbidito sotto ai suoi piedi. Le ci volle un attimo per rendersi conto che Trevor stava urlando. Si voltò nel momento in cui fece volare una macchinina nella stanza, strillando senza sosta: "da, da, da, da". Emily si diede una buona lavata di capo e concentrò tutte le attenzioni che le erano rimaste su Trevor, per tentare di calmarlo.

Si precipitò alla televisione, accese su un cartone di *Peter Pan*, che era uno dei suoi preferiti, e lo tenne vicino finché la musica di apertura non ebbe riempito la stanza. Il bambino si fermò, si allontanò da Emily e si posizionò a pochi centimetri dallo schermo della TV, dondolando avanti e indietro. Dov'era Brad? Le pulsava la testa, facendole pressione contro la base del cranio. La tensione che pervadeva la stanza le si era riversata sulle spalle e sul collo, al punto che avrebbe giurato che i muscoli le si sarebbero presto spezzati. Camminò senza meta e fece il giro della cucina. Katy stava ancora dormendo; non poteva sgattaiolare via per cercare Brad. Compose il suo numero di telefono, ma continuava a partire la segreteria. "Brad, sono Emily. Per favore, chiamami, è davvero importante."

Emily si torse le mani. Poi, costretta a rinnegare il suo ego, cedette e preparò il caffè. Cosa avrebbe fatto Brad? Che cosa sarebbe successo? Che ne sarebbe stato di loro due? Guardò in su verso il soffitto e alzò le mani in aria. Che tempismo incredibile!

La macchinetta del caffè fischiò ed Emily osservò la bevanda scura, come una vipera pronta a colpire. Sollevò la caffettiera e riempì una tazza a fiori rosa, anche se i muscoli delle sue braccia si stavano ribellando per quello che stava facendo. *Non farlo. Non sei una serva. Non lasciare che ti tratti così, gettalo nel lavandino e ignorala. Non lasciare che ti tratti così... basta.* Ma non ascoltò, inghiottì il pesante groppo doloroso pieno di orgoglio fino a scoppiare e salì le scale, mentre il suo cuore si spezzava ancora di più. Bussò piano alla porta chiusa di Brad e aspettò che l'odiosa donna dall'altro lato la facesse entrare.

"Avanti." Quell'invito era leggero e spensierato, con una voce che puzzava di sicurezza. Emily aprì la porta. Non cercò con lo sguardo quell'intrusa maleducata; piuttosto, i suoi occhi erano incollati al grande letto a baldacchino dove, meno di ventiquattr'ore prima, lei era stata distesa, nuda, per Brad. Il piumone a fiori non era stato riordinato con cura, ma era ammassato nel mezzo del letto, su cui c'era una grande valigia rossa spalancata e vestiti sparsi dappertutto.

Crystal si schiarì la voce, secca. Emily sollevò la testa di scatto e si versò qualche goccia di caffè sui jeans logori.

"Ecco il tuo caffè." Allungò la tazza e abbassò gli occhi sul pavimento.

"Dove sono la panna e lo zucchero?"

Cercava in tutti i modi di evitare il contatto visivo. "Non mi hai detto di volerli."

"Oh, sì, l'ho fatto. Panna e un cucchiaino di zucchero, non quel terribile dolcificante artificiale. Assicurati di ricordarlo per il futuro, finché lavorerai qui in casa mia." Emily colse che quell'avvertimento non aveva niente a che fare con il caffè.

Con le spalle curve, scivolò giù per le scale, con quella spregevole tazza in mano; era sicura di sentire la ruota della fortuna fermarsi e fare retromarcia.... dal bene al male. Il panico e la preoccupazione iniziarono a farsi strada nella sua testa, mentre si chiedeva che cosa tutto ciò significasse per Brad, per lei e per i bambini.

Capitolo Ventiquattro

Il resto del pomeriggio fu un vero incubo. Era predestinato a esserlo, ma si rivelò peggio di quanto Emily avesse immaginato. Una spessa aria di tensione riempiva ogni stanza della casa. Trevor piagnucolava, urlava e ripeteva all'infinito la stessa battuta del film, quella in cui Wendy, scambiata per un uccello, viene colpita. Si girò sul sedere in mezzo al pavimento della cucina e sbatté le mani quando Emily gli fece smettere di spingere i giocattoli dentro e fuori dalla stufa.

Katy si svegliò dal suo sonnellino piangendo, e gemette aggrappandosi ai blue jeans schizzati di cibo di Emily, con il pollice in bocca. E, a peggiorare il tutto, Crystal non stava ferma di sopra ma invadeva tutti gli spazi di Emily. Rovistò nel suo armadio e poi in quello di Katy, andando in giro per ogni stanza della casa. Si mise infine nell'ufficio di Brad, seduta sulla sua profonda sedia imbottita girevole, con i tacchi dei suoi stivali alla moda poggiati sulla scrivania. Il suo sorriso ricordò a Emily l'espressione di un gatto che ha rubato tutto il latte. Un'ora dopo, Crystal tornò a ritirarsi nella camera di Brad.

Alle tre e mezza, mentre Emily era rannicchiata in un angolo del salotto con Trevor e Katy che costruivano una villetta a schiera con i Lego, Brad irruppe in casa. *Evviva, è arrivata la cavalleria.* Voleva saltare su in piedi e gettare le braccia al collo del suo ragazzo, quello che sapeva avrebbe cacciato quella donna orribile via da lì. Ma il bagliore minaccioso che gli illuminava il volto e che avrebbe potuto infiammare un fienile intero la fece accovacciare giù con i bambini. Non aveva alcuna intenzione di diventare il capro espiatorio della sua ira.

"È qui?" urlò.

Katy in pratica saltò sulle ginocchia di Emily. Trevor non alzò mai lo sguardo.

Emily voleva che lui fosse il suo cavaliere dall'armatura scintillante, venuto a informarsi su come stesse. Ma aveva i paraocchi. "È nella tua camera da letto."

"Porta fuori i bambini, adesso."

Beh, di certo non era un segnale positivo. Brad si precipitò su per le scale, facendo due scalini alla volta; sbatté la porta così forte che le finestre del soggiorno tremarono, rompendo ogni speranza di una risoluzione pacifica e calma. Emily balzò in piedi e mise cappotti e cappelli a Trevor e Katy. Sentì un brivido terribile salirle su per la schiena, come succede quando si è consapevoli che c'è un intruso. Sussultò; Cliff indugiava fuori dalla porta e la guardava in modo strano. Si tirò su di scatto il colletto del cappotto e rabbrividì. Lui non disse niente e infilò le mani nelle tasche dei jeans sporchi, poi girò i tacchi e si dileguò a grandi passi.

Brad stava urlando così forte che avrebbe giurato che i muri stessero tremando. Emily aveva preso in braccio Katy, per mano Trevor, e li aveva portati fuori verso il fienile, per lasciarli giocare su una pila di fieno. Era passata più di un'ora ed Emily si intrufolò nell'ingresso, adesso silenzioso.

Si aspettava, anzi, sperava, che Crystal se ne fosse andata e quell'incubo fosse finito. Quando aprì l'armadio dell'atrio, la porta scricchiolò e così fecero anche gli assi del pavimento del piano di sopra. Rabbia e tensione aleggiavano nell'aria, vibravano attraverso le pareti, il pavimento e l'arredamento; erano i suoni tipici che seguono il dilagare di una battaglia.

Il cuore le andava a mille mentre, in punta di piedi, svoltava l'angolo; solo che era davvero impossibile tenere in silenzio quei bimbi stanchi e affamati. "Coraggio, sediamoci... che ne dite di *Winnie the Pooh*?" I titoli di testa comparvero sullo schermo quando Crystal scese le scale saltellando, con il rumore dei tacchi alti dei suoi stivali che picchiettavano contro al legno duro. Si fermò ai piedi delle scale. Spalancò la bocca alla vista dei bambini appollaiati sul divano di pelle.

Quella donna era una minaccia. Incrociò le braccia sul petto, in un gesto invadente, maleducato e ignorante che sembrava di sfida. Beh Emily non aveva la minima intenzione di abboccare. Che cosa si aspettava quella donna... che lei e i bambini scomparissero? *Notizie dell'ultima ora: non succederà mai.* Andò in cucina per iniziare a preparare la cena e fece del suo meglio per ignorarla. Il ticchettio che seguì quella mossa era inequivocabile. Emily aprì il frigo e si guardò sopra la spalla. Non poté fare a meno di notare quanto Crystal sembrasse un pesce fuor d'acqua in quella cucina. Aveva le braccia incrociate e ispezionava l'intera stanza con qualcosa che ricordava il disprezzo. "Lei è tua figlia?"

Emily strinse i pugni e chiuse il frigo. *Concentrati sulla cena. Dimenticati che è qui.* Ma era davvero impossibile, dato che sentiva le fiamme dell'inferno bruciarle una voragine sulla schiena. Spalancò di nuovo il frigo; le tremavano le mani mentre sollevava la pentola dello spezzatino di pollo e la metteva sul fornello per riscaldarlo. Poi, tirò fuori i condimenti per l'insalata.

Quella donna non si era mossa, e adesso batteva la punta del piede sul pavimento come per ricordare a Emily che stava attendendo una risposta.

Emily si lasciò sfuggire un sospiro leggero. "Katy va d'accordo con Trevor." Non alzò lo sguardo e mescolò lo stufato, lottando contro l'impulso di piangere. Mentre lei preparava l'insalata e apparecchiava la tavola, Crystal le gironzolava intorno, costringendola a schivarla. Girava attorno al tavolo come a contare i posti. Ah, forse voleva verificare che ci fosse posto per lei. Beh, non c'era e non ci sarebbe stato finché Brad non le avesse detto di fare diversamente. Che diavolo ci stava facendo quella donna ancora lì, comunque? Perché non l'aveva mandata via?

Emily aveva un centinaio di domande in serbo per Brad. Guardò l'orologio. Le faceva male lo stomaco dall'imbarazzo. Dov'era finito? "Scusami" disse con la mascella serrata, mentre cercava di mettere una pentola di stufato caldo sul tavolo. Proprio in quel momento, sentì gli uomini entrare.

Emily non si rese conto che si stava torcendo le mani, e neanche dell'orologio del giudizio che le mordicchiava la nuca. Nessuno rivolse una parola a Crystal. Brad si fermò, la guardò e poi andò a sedersi al suo posto. Emily sentì il cuore caderle alle ginocchia. Come un robot, andò in salotto e spense il televisore.

"Katy, Trevor, la cena è pronta." Emily quasi inciampò sul nulla; Crystal si era seduta al suo posto, accanto a Brad. Mac e Cliff si sedettero impacciati e distolsero gli occhi. Brad non la guardava. Aveva il volto tinto di rosa e le guance contratte. Che diavolo stava succedendo? Emily deglutì la roccia dura che aveva conficcata in gola e obbligò a retrocedere le lacrime che minacciavano di scavarle un buco nella testa. Mise Trevor accanto a Crystal e Katy al suo posto. Poi, con il viso in fiamme, afferrò un altro piatto e le posate dalla credenza, e si diresse verso la porta sul retro per prendere una sedia in più. Nessuno si offrì di aiutarla e sbatté le palpebre per ricacciare indietro quelle odiose lacrime. Fu solo quando ebbe sollevato quella dannata sedia che ne avvertì un'altra graffiare il pavimento e poi dei passi. Sapeva chi era, ma era troppo arrabbiata e ferita, in quel momento, per sentirsi sollevata.

"La porto io, Em. Lascia." Si sforzò di non crollare, ma una lacrima maledetta le scivolò via, poi un'altra.

"Perché?" Fu l'unica cosa che riuscì a chiedergli.

Lui chiuse gli occhi. Forse era più semplice che vedere quanto l'avesse ferita. "Mangiamo, Em. Voglio solo cenare in pace."

Che tipo di risposta era? Senza parole, lasciò andare la sedia dallo schienale dritto. Si asciugò le lacrime e lo seguì. Mise la sua sedia accanto a Katy e iniziò a impiattare la cena. Ma sapeva che invece che mangiare il cibo, si sarebbe mangiata il cuore.

Capitolo Venticinque

Trevor e Katy piagnucolarono per tutta la cena: non gli piaceva lo stufato, battevano i cucchiai sul piatto, Katy giocava con il suo, mentre Trevor strillava "no, no, no, roba, bla," gettando pezzi di sedano e carote sul tavolo.

Katy tese le braccia verso Emily. "Mamma, su." Emily se la mise in grembo e tentò di darle da mangiare dal suo piatto, ma lei serrò le labbra... non c'era niente da fare. Non poteva biasimarla, neanche Emily riusciva a buttare giù un solo boccone. Per qualche ragione, stasera sapeva di segatura; le si attaccava alla gola e le faceva brontolare lo stomaco per la nausea.

Trevor riprese a fare il suo rumore, "whop, whop," dondolando sulla sedia. Alzò il cucchiaio pieno e lo agitò avanti e indietro, facendo atterrare gli schizzi sulla camicia bianca di sartoria di Crystal. La tensione fece ispessire l'aria. Sguardi d'imbarazzo e occhiate infuriate. Non c'era da stupirsi che i bambini fossero straniti, erano intuitivi per natura. Forse non sapevano tutti i dettagli, ma di certo si erano resi conto che l'equilibrio del loro ambiente era adesso minacciato.

Crystal lasciò cadere la forchetta con un tonfo: "Toglilo di mezzo." Quel brusco rifiuto era crudele. Non aveva alcuna compassione per il suo bambino. Non lo guardava neanche; infatti, si chinò dall'altra parte, come se qualsiasi cosa avesse, avrebbe potuto in qualche modo contagiarla.

Quella donna perfida strinse le labbra carnose, che Emily avrebbe giurato fossero frutto di botox, e afferrò un tovagliolo di carta per pulire il sugo che le si era spiaccicato sulla camicetta di pizzo. Quanto erano illogiche le priorità di quella donna? Emily fissò Brad, fiduciosa che a quel punto l'avrebbe cacciata. Lui lasciò cadere la forchetta e si passò le mani callose sul volto. Spinse via il piatto e allungò gli avambracci sul tavolo. Digrignò i denti. Tutti i sentimenti filtravano dai suoi duri occhi marroni quando fece un cenno con la testa verso Emily e agitò la mano perché se ne andasse. Il cuore le cadde fino alle dita dei piedi, bruciandole come se il tappeto le fosse stato strappato da sotto. E quelle lacrime tanto temute iniziarono a bruciarle agli angoli degli occhi. Sbattendo le palpebre con ferocia, Emily prese Katy in braccio e Trevor per mano. Portò entrambi di sopra per fare loro un bagno caldo. Si accoccolò con loro nel letto di Trevor e lesse diverse storie per farli rilassare. Aveva appena iniziato *Squitto lo scoiattolo* quando sentì fugaci passi leggeri salire le scale e poi il fruscio della porta di Brad che si chiudeva. Katy afferrò la camicetta di Emily e si mise un pollice in bocca. Emily chiuse il libro e si lasciò sfuggire un sospiro pesante. "Penso che sia abbastanza per stasera." Mise Trevor sotto alle coperte e portò Katy nella sua stanza per metterla a letto.

Si fermò per un momento in cima alle scale, prima di inghiottire il suo orgoglio e scivolare al piano di sotto; la tensione le cresceva alla bocca dello stomaco ad ogni passo. In cosa si stava infilando? Non saperlo la stava facendo uscire di testa e ciò che vide la fece inciampare a pochi passi dall'arco. La tavola era adesso sparecchiata e Brad stava mettendo gli avanzi della cena in frigo.

Si guardò alle spalle e gesticolò goffo verso il piatto ancora pieno sul bancone. "Non hai avuto il tempo di mangiare. Quindi, ho lasciato il tuo piatto fuori."

Emily guardò il cibo, e avrebbe voluto urlargli contro. Ma non le sarebbe mai uscito niente di bocca. Quindi abbassò gli occhi al pavimento.

"Mi dispiace, Em, oggi... So che questo deve essere difficile per te." Fece qualche passo impacciato verso di lei, prima di infilarsi le mani nelle tasche anteriori. *Oh, ci siamo... la vile ritirata.* Il naso le stava colando di nuovo e le lacrime erano tornate a offuscarle gli occhi, ma obbligò le sue labbra tremanti a sorridere e si passò il dorso della mano sulle narici.

Brad si acciglò.

"Grazie, non ho molta fame." Aveva la voce spezzata e, se non avesse fatto qualcosa per tenere impegnate le mani e la mente, sarebbe impazzita. Dunque, tirò fuori la pellicola dal cassetto di mezzo e coprì il piatto con precisione. Camminò intorno a Brad con gli occhi bassi e mise il piatto in frigorifero. Poi, ripensandoci, ricordò a sé stessa che non importava cosa, lei non era maleducata né vendicativa. Si lasciò andare a un sospiro leggero e si costrinse ad alzare lo sguardo. "Grazie per aver pulito. So che è il mio lavoro."

Brad le passò la mano lungo il braccio. "Buonanotte, Em, andrò a dormire nella stanza degli ospiti sul retro del fienile. Quindi, sai dove sono se hai bisogno di qualcosa."

Si appoggiò contro al bancone e restò a fissarlo. Avrebbe voluto dire qualcosa di intelligente. Che diavolo stava accadendo? Ma lui distolse lo sguardo, e il muro di pietra che aveva visto il primo giorno tornò a ergergli una fortezza intorno. Non gli avrebbe cavato fuori una parola.

Non era corretto, né verso di lei né verso i bambini. Avrebbe dovuto saperlo. E forse lo sapeva, ma distolse lo sguardo e se ne andò senza dire altro.

Il pavimento scricchiolò. Emily sussultò. Crystal era appena fuori dalla cucina, con quegli occhi azzurri e gelidi colmi di una meschinità che Emily non ricordava di aver mai visto prima. Era molto bella, ma quella freddezza contaminava il suo aspetto da reginetta, facendola apparire una stronza insensibile. Cosa poteva aver mai visto Brad in lei? Era stata dietro l'angolo in agguato a spiarli?

Crystal incrociò le braccia sopra i seni pieni. "Dobbiamo stabilire alcune regole fondamentali. Tu, tua figlia e Trevor potrete iniziare a mangiare prima. E assicurati che i bambini mi stiano fuori dai piedi. Non capisco perché Brad abbia assunto una persona con un bambino. E, per essere chiari, Trevor è mio figlio. Sarò io a decidere cos'è meglio per lui. Tutto ciò che vuoi fare con lui deve prima passare dalla mia approvazione. Ci siamo intesi?" Non provò neanche ad addolcire la voce; si limitò a impartire gli ordini agitando la mano in modo pesante.

Emily ne aveva abbastanza. "Fermati un attimo; io non lavoro per te. Sono stata assunta da Brad. Quindi, fino a quando Brad non mi dirà il contrario, io lavoro per *lui*, non per *te*."

Crystal fece un superbo passo in avanti, mentre agitava i lucenti capelli biondi sulla spalla. Era più alta di Emily di qualche centimetro, e usava la sua altezza per guardarla dall'alto verso il basso con un sorriso diabolico che fece correre a Emily un brivido su per la spina dorsale.

"Lascia che mi spieghi meglio. Brad è mio marito e tu devi stare lontana da lui. Per quanto riguarda quella terapia che hai iniziato, verrà interrotta sul momento. Puoi occuparti di Trevor e farlo stare tranquillo, ma non lo esporrai più a quel genere di crudeltà. Ho sentito parlare delle persone come te. Persone che sono così ossessive che non vedono i danni a lungo termine che arrecano emotivamente. Ed è questo che stai facendo a mio figlio."

Emily restò a bocca aperta. Perché Brad non gliene aveva parlato? Invece, se ne era andato come un codardo. "Crystal, non so dove l'hai sentito. Ma non è vero. Trevor ha un potenziale enorme, come puoi abbandonarlo così? Ho fatto molte ricerche su questa terapia ed è migliorato tantissimo da quando abbiamo iniziato." Crystal si chinò e scoprì i denti. "Non me ne frega un cazzo di quello che hai letto, né del lavaggio del cervello che hai fatto a Brad. Trevor è mio figlio, non il tuo!"

Quella donna era una iena ed Emily non avrebbe vinto. Crystal fece per andarsene, ma poi si voltò indietro e fece un passo verso di lei. "Oh, e un'altra cosa. Giusto per intenderci. Questa è casa mia, e io sono qui per restare. Quindi stai sbagliando di brutto a credere di dover rispondere solo a Brad. Tu lavori per me e quindi *rispondi* a me. Se dovessi avere qualche problema con te, farò in modo che tu venga buttata fuori di qui così in fretta che non avrai neanche il tempo di fare le valigie." Il pavimento sembrò fondersi sotto i suoi piedi e il cuore le si strinse così forte che pensò le sarebbe esploso fuori dal petto. Quella donna salì le scale e sbatté la porta di Brad. Poi, si sentirono solo il pianto angoscioso di Katy e le urla di Trevor.

Capitolo Ventisei

Nei giorni a seguire, la tensione in casa divenne insostenibile. Brad cominciò a non farsi vedere. All'inizio, Emily pensò che fosse solo occupato, poi divenne certa che fosse per evitare Crystal. Ma non solo. Evitava il contatto visivo con Emily e sgattaiolava fuori dalla porta ogni volta che entrava nella sua stessa stanza.

Emily mangiava con i bambini un'ora prima dei pasti. Cercava di stare più lontana possibile da Crystal, ma era difficile vivere in una casa talmente piena di tensione che sembrava una polveriera sul punto di scoppiare. I bambini diventarono irritabili e ansiosi. Trevor regredì, e ora evitava ogni contatto visivo e iniziava a mangiare buste, carta ed etichette ogni volta che ne aveva modo. E quando Crystal lasciò la sua penna placcata d'oro sul tavolo della cucina, Trevor decorò la parete del soggiorno con linee blu, cerchi e ghirigori. Emily era in cucina a preparare la cena, mentre Katy e Trevor avrebbero dovuto essere impegnati a guardare *Arthur* in TV. L'urlo acuto di Crystal le fece gettare il coperchio della pentola a terra e corse in soggiorno.

Si fermò di colpo, proprio mentre Crystal strappava la penna dalle minuscole mani di Trevor. Emily si coprì la bocca con entrambe le mani; avrebbero dovuto ridipingere un muro intero.

"Come hai potuto lasciarglielo fare? Dovresti tenerlo d'occhio!" gridò Crystal, e Katy si alzò di scatto dal divano e corse a nascondersi dietro Emily. Trevor emise un lamento stridulo e si colpì la testa con la mano più e più volte.

Emily prese in braccio Katy appena iniziò a piangere. Era spaventata, certo. Crystal stava persino spaventando lei, per il modo in cui continuava.

"Stavo preparando la cena, Trevor stava guardando la TV e mi dispiace, ma a volte succedono queste cose. Ecco perché è importante assicurarsi di non lasciare in giro oggetti come le penne."

Crystal alzò le mani in aria. "Beh, dovrai pagare per questo. Il costo per far ritingere il muro da un professionista verrà fuori dalle tue tasche."

"Non è giusto. Sei stata tu ad aver lasciato in giro la penna. Era ovvio che l'avrebbe presa per scarabocchiare da qualche parte. Lui non capisce..."

"Sei stata assunta per stargli dietro. Non stai facendo un lavoro abbastanza buono, quindi non osare addossare a me la tua sbadataggine." Crystal camminò verso il televisore e lo spense.

"Questa non è una sala giochi. D'ora in poi, i bambini dovranno stare fuori dal salotto." E con ciò, quella donna salì lenta le scale.

"Guardiamo Dora, mamma." Katy guardò su verso Emily.

"No, tutti in cucina con me, tanto la cena è quasi pronta."

IL PASSARE DEI GIORNI PEGGIORÒ ANCORA LE COSE. Brad entrava, mangiava e riusciva.

Katy iniziò a lamentarsi per ogni minima cosa. Non le piaceva la bambola, il libro... Trevor la infastidiva.

Crystal trattava Emily come una serva; pretendeva in continuazione cose: farle il bucato, prepararle un tè, un caffè, pulirle il bagno, farle il letto, stirarle le camicie. E sempre quando Emily era impegnata con i bambini. Dopo il secondo giorno, Cliff e Mac avevano smesso di andare lì per cena e, la notte prima, Brad non si era presentato affatto, dunque Crystal era andata via dalla cucina dopo aver mangiato da sola.

Brad non le aveva spiegato come fosse andata la litigata con Crystal. Teneva le distanze da lei e Trevor. Come aveva potuto farsi ingannare da quell'uomo e credere che avesse una qualche integrità morale?

Le poche volte che Brad si era presentato a casa, c'era stata anche Crystal. Gli aveva passato la mano sul petto o sul braccio, sorridendo con un fare così seducente che Emily avrebbe voluto farla smettere con un ceffone. L'ultima volta, Brad le aveva afferrato il polso per spingerla via; l'aveva fissata con un tale disprezzo. Niente di tutto ciò aveva senso.

Emily non riusciva a dormire. Provava risentimento verso Brad, per averla abbandonata, per non averla difesa, per non essere stato il cavaliere dall'armatura brillante che aveva creduto fosse. Emily non poteva più sottoporre Katy a quel tipo di crudeltà.

Crystal aveva interrotto la terapia di Trevor e aveva preso per sé la stanza che avevano usato.

L'aveva fatto in modo subdolo. Emily era andata in città con i bambini. Solo quando era salita per lavorare con

Trevor, si era resa conto che non c'era più niente; tutto era stato sostituito con scatole e materiale artistico che non aveva mai visto.

Crystal era apparsa come per magia, con indosso i suoi jeans firmati e la sua camicetta di seta, come fosse uscita da una pagina di una rivista di moda. "Ti avevo detto che non ci sarebbe più stata la terapia." Aveva camminato intorno a Emily e Trevor nella stanza, alzando un sopracciglio come per accentuare il suo punto. "Ne ho già parlato con Brad."

Emily ci aveva messo più di un'ora prima di riuscire a rintracciarlo. Era stato fuori nel campo a nord. Lo vide superare il confine di alberi, in sella a Smoky. Scese da cavallo e cedette Smoky a Mac. "Togligli la sella."

Non riuscì a trattenersi, mentre teneva Trevor e Katy per mano. "Come hai potuto fermare la terapia di Trevor, togliendo i suoi giocattoli, i suoi programmi e tutto il resto. Come hai potuto trovarti d'accordo con lei?" Tremava per la rabbia, per la tensione. Era troppo.

Brad strinse i pugni, diede le spalle a Emily e si lasciò andare a un flusso di imprecazioni. La forza delle sue parole e il veleno nella sua voce la fecero sussultare. Poi si rese conto di ciò che avveniva accanto al fienile. Cliff era appoggiato alla parete a osservarli. Brad calciò il terreno mentre si precipitava verso di lui. "Cosa cazzo sai di queste stronzate e di cosa ha fatto quella cagna?" Lo afferrò per la giacca e lo spinse contro al fienile.

Emily fece un passo indietro. Aveva già avuto modo di capire che, quando Brad imprecava, era un segnale che indicava quanto fosse arrabbiato. Era un codice rosso. Cliff provò a scappare. Quando Brad lo lasciò andare, quell'uomo indietreggiò sulle sue sottili gambe lunghe, col volto pallido e il cappello in mano. I suoi capelli biondi e arruffati avevano davvero bisogno di essere tagliati.

"Ehm, è stata tua moglie a farmi spostare le cose. Le ho messe nel capanno degli attrezzi sul retro del fienile."

Emily superò Cliff a passo veloce e attraversò il granaio. Strattonò le porte in legno. Brad poggiò una mano sulla sua, sopra al telaio della porta. Quando lei lo guardò, era certa che avesse notato le pozze di lacrime che le contornavano gli occhi. Le mise una mano sulla spalla per fermarla, poi spalancò le porte. Lì, appena dietro la soglia, impilati contro alla parete, c'erano i libri, i giocattoli, il materiale delle lezioni, il tavolo e le sedie da bambino.

"Mi dispiace, Em, non posso credere che l'abbia fatto, prepareremo una stanza nella baracca. Ce n'è una vuota lì dentro ed è lontana dalla casa."

Scosse la testa. "No, Brad. Trevor è tuo figlio. Hai la minima idea di quanto ci ho messo per farti capire che c'era qualcosa che non andava in lui e trovare aiuto? E tu lasci che accada questo. Non puoi lasciare che succeda una cosa del genere a Trevor, Brad." Sapere di aver perso non è una bella sensazione. Emily non ricordava di aver mai incassato una simile sconfitta. Quella non era la sua battaglia e lei non poteva farsene carico. Brad sussultò, pienamente consapevole che avesse ragione. Emily tenne stretti entrambi i bambini e si allontanò a grandi passi e a testa alta.

Non si voltò quando le porte in legno si chiusero con un colpo, seguite dal tintinnio della serratura che murava gli strumenti di terapia di Trevor. Continuò a camminare verso casa, con Brad sulla sua scia. Sfiorò lei e i bambini mentre posavano i cappotti, salendo due scalini alla volta e percorrendo con passo pesante il corridoio, verso il santuario reclamato da Crystal, dove lei era rintanata con il suo cavalletto, i dipinti e i blocchi. La porta si chiuse di scatto e un litigio impazzò per venti minuti, prima che

Brad si precipitasse fuori, senza interpellare né guardare Emily.

~

DA PARTE SUA, Emily si basò sui fatti lampanti. Crystal era tornata a casa. Era la moglie di Brad. Lui aveva fatto la sua scelta, ed Emily doveva accettarla e andare avanti, non importava quanto facesse male.

Uscì nella veranda buia, infilandosi il maglione di lana marrone. Al piano superiore, i bambini stavano dormendo e Crystal si era ritirata nella stanza di Brad.

Si appoggiò al portico e chiuse gli occhi, assorbendo la musica di un coro di rane. Si tolse il fermaglio dai capelli e si passò le dita tra le lunghe ciocche di seta. Fece un sospiro stanco e camminò verso la poltrona di vimini; ci si accasciò, appoggiandosi allo schienale e lasciò andare le lacrime. Chiuse gli occhi e pregò di avere un aiuto per uscire da quella situazione infernale. Pregò che qualcuno la guidasse, che le facesse venire in mente una qualche risposta, che le dicesse cosa fare.

"Volevo scusarmi con te. So che non è stato facile."

Emily guizzò in avanti e abbassò la testa, asciugando le lacrime. Non l'aveva sentito avvicinarsi.

Si frugò nella tasca in cerca di un fazzoletto di carta e si soffiò il naso.

Il volto di Brad era nascosto in penombra, ma la sua voce non mentiva. Era un uomo di poche parole. Che cosa sapeva davvero di lui? Del suo passato? Non molto, a essere sincera con se stessa. Alzò lo sguardo e vide la luna entrare e uscire dalle nubi sparse.

Non riusciva a parlare, e non voleva rendergli le cose facili. Era stato lui a sbagliare, non lei. Ma allora perché era lei a subire?

"Hai gestito male le cose, Brad." Fece un respiro profondo, per calmare la voce. "Non posso restare; mi dispiace, ma tutto questo non è giusto. Non sei stato corretto con me e Katy, e neanche con Trevor."

Anche se era buio, poteva quasi sentire il calore del suo viso arrossato. Lui abbassò la testa e distolse lo sguardo. Fece un respiro secco e si lasciò cadere sulla poltrona accanto alla sua. Questa volta si chinò in avanti e la guardò sincero. Teneva il cappello da cowboy ciondoloni tra le dita. Le scintille, l'attrazione... sarebbero mai scomparse? Persino dopo ciò che aveva fatto?

"Dove andrai?"

Questa volta non cercò di nascondere le lacrime. Era infuriata con se stessa per essersi fatta fregare dal primo uomo che le aveva detto tutto ciò che voleva sentirsi dire. Capì perché le facesse così male, anche dopo quei pochi giorni d'inferno: aveva continuato a sperare che Brad si sarebbe reso conto di quanto stesse sbagliando, che avrebbe preso una posizione e che le avrebbe detto che non l'avrebbe lasciata andare, che era stato uno stupido e che lei era importante per lui. E che avrebbe mandato via Crystal. Ma lui non disse niente di tutto ciò. Era una realtà che aveva frantumato ciò che restava di quel piedistallo su cui l'aveva messo. *Che idiota.* L'eroe forte, sicuro di sé e onesto che pensava fosse, le si era dissolto davanti agli occhi. Sarebbe stato più semplice odiarlo.

"Chiamerò Gina per sentire se possiamo stare da lei, finché non troverò un altro lavoro e un posto dove vivere. Mi dispiace per Trevor. Spero che..." le tremò la voce. Aveva il volto inzuppato di lacrime, che le scendevano giù per le guance, in caduta libera. Nonostante avesse già sperimentato un abbandono emotivo con Bob, che non c'era stato per lei e non si era dimostrato l'uomo che voleva ma un ragazzino; con Brad faceva molto più male. Forse perché aveva pensato fosse diverso. Era stato il primo uomo per il quale aveva nutrito ammirazione e da cui dipendeva, in un modo che non aveva mai creduto possibile. Aveva valori e punti di vista molto forti sul ruolo dell'uomo e della donna. Il modo in cui amava e teneva a suo figlio... era un uomo affidabile che poteva gestire qualsiasi problema, aggiustare qualsiasi cosa... o almeno così aveva creduto. Ma era stata ingannata. Come poteva essersi sbagliata in quel modo? Lui non aveva mai affrontato ciò che era quasi accaduto fra loro, quell' intimità, ciò che avevano condiviso. Era così facile per un uomo cancellare tutto dalla mente?

La semplice realtà dei fatti era che aveva permesso a una donna piena di rancore, cattiva e spietata di tornare a casa sua e trattare lei, Katy e Trevor in modo orribile. Non riusciva a vedere che Crystal stava facendo del male anche al loro stesso figlio?

"Speri cosa, Em?" Brad allungò una mano e afferrò la sua, stringendola forte. Emily si asciugò le lacrime e, prima che lui distogliesse lo sguardo, notò il velo lucido che gli copriva gli occhi.

"Chiamerò Gina domani mattina. Per vedere se possiamo fare il trasloco subito."

Brad non disse nulla. Annuì e sembrò un uomo perso, che lottava per restare a galla. Nonostante i capelli scompigliati e una barba che sembrava non venire rasata da due giorni, era così incredibilmente bello. E non sarebbe mai stato suo. Beh, che andasse al diavolo.

"Mi assicurerò che tu venga pagata fino alla fine del mese."

Il suo dannato orgoglio la stava quasi facendo rifiutare. Ma si morse la lingua. *No, me lo deve.* Quando non disse nulla, Brad le strinse la mano, poi si tirò indietro. Si alzò e la sedia emise un cigolio. Emily sollevò lo sguardo. Brad guardò fissò nell'oscurità, toccandosi la falda del cappello. Poi se lo mise in testa e si allontanò, giù per le scale, risucchiato dal buio. La ghiaia scricchiolò sotto ai suoi stivali, allargandole a ogni passo il buco che aveva nel cuore.

Il groppo doloroso che aveva in gola si gonfiò, mandando in frantumi ogni speranza che aveva di non andare in mille pezzi. Le si scosse il corpo, il petto, mentre il singhiozzo rumoroso esplodeva all'esterno. Le lacrime correvano, e seppellì il volto nelle mani, coprendosi la bocca mentre si abbandonava al pianto sul portico; non c'era nessuno a confortarla, solo i suoni di un'anima distrutta che riecheggiavano nella notte.

Capitolo Ventisette

Brad si stava mangiando il fegato, mentre si allontanava. Ascoltare quella donna, tanto dolce e sensibile, che piangeva in modo così pietoso. Era colpa sua se stava male. Lei era una donna meravigliosa, la cosa migliore che fosse mai capitata a lui e a Trevor, e non si meritava tutto questo. Ma andare via era la cosa migliore per lei. Quella non era la sua battaglia e non poteva diventare lei il bersaglio, una persona innocente che non avrebbe potuto proteggere.

Quel casino del cazzo, talmente contorto, lo stava uccidendo. Avrebbe dovuto prendere delle precauzioni anni prima. Avrebbe dovuto chiedere il divorzio e farsi dare la custodia legale di Trevor dal tribunale. Sai, giusto per assicurarsi di aver messo tutti i puntini sulle "i". Era stato superficiale da parte sua, cosa che non era da lui. Era accorto e attento al dettaglio, e non dava mai niente per scontato, in ogni altro campo; quindi, perché nella sfera privata non l'aveva fatto? Il suo ranch da cinquecento ettari era di proprietà della sua famiglia da due generazioni. Negli affari, era scaltro e aveva fatto di quel ranch un'attività di successo, quale era al momento. Nonostante suo padre ci avesse saputo fare parecchio, lui aveva sfruttato ogni opportunità, si era allargato e aveva portato a termine i contratti con i caseifici della zona. Era il più grande produttore di carne bovina e fieno della penisola. Aveva occhio per le opportunità e sapeva coglierle.

Quindi, come aveva fatto a permettere a una donna come Crystal di farlo fesso? Di usare suo figlio, la sua unica debolezza, contro di lui? E a quale scopo? Da quando era tornata, non era riuscito a capire che cosa volesse davvero. Non credeva alla sua dichiarazione spassionata di voler essere sua moglie, la madre di Trevor, e che avesse cambiato idea, lo amasse e avesse bisogno di lui. *Cazzate.*

Le aveva permesso di farla franca troppe volte, dandole anche accesso al conto corrente condiviso. Ma quella era solo una di una lunga lista di prese di giro terribili; purtroppo, si era ritrovato disperato e assorbito dalla cura di suo figlio, un bambino che sapeva non fosse del tutto normale.

Quando Trevor era nato, non si era mai presa cura di lui. Durante tutta la gravidanza, aveva pensato solo al fatto che potesse rovinarle il corpo. Era bravissima a letto, ma non era mai stata davvero sua moglie.

Ora, dopo anni di assenza, evitava ancora Trevor, non lo toccava, non lo guardava, né parlava con lui. Niente. Ma allora qual era il vero motivo per cui era tornata?

Beh, di sicuro aveva in mente qualcosa. Il loro litigio accesissimo gli aveva fatto capire alcune cose. Sapeva troppo dei suoi affari, delle sue offerte pendenti per comprare altra terra, del permesso che aveva richiesto per costruire un enorme anello da mostra per i cavalli che stava allevando. Come aveva fatto a scoprirlo? Beh, una volta che Brad avesse appreso da dove venivano quelle notizie, le avrebbe fermate e avrebbe trovato il modo di liberarsi di lei.

In quanto a Emily, il solo pensiero della sua dolce innocenza e di come tutto ciò doveva farla stare gli faceva pulsare lo stomaco dalla nausea. Sapeva che lei teneva a lui e a Trevor. Era un libro aperto in materia di emozioni, e la sua passione per la vita e il suo amore per i bambini erano evidenti. Era così bella. La sua radiosità interiore si propagava, fino a sfiorare chiunque le stesse intorno. Brad si appoggiò al cedro consumato al lato del fienile. Strinse i pugni e si sbatté il cappello sulla gamba. Voleva colpire qualcosa. Emily, Katy e Trevor meritavano di meglio. Fece scorrere la porta del fienile per aprirla e salì la scala fino al soppalco. Si fece scivolare contro il muro, nel buio totale.

Non si sarebbe mai aspettato che Crystal tornasse. Quando se n'era andata la prima volta, l'aveva rintracciata alle Hawaii. Era saltato sul primo aereo e, una volta raggiunto il resort all-inclusive dove lei aveva affittato una suite, aveva convinto il direttore a lasciarlo entrare in quella stanza e aveva aspettato due ore prima che arrivasse. Il tempo aveva guarito alcune ferite, ma non quella. Aveva visto sua moglie irrompere nella sua stanza d'albergo ridacchiando, con indosso un microscopico bikini verde e accanto un giovane surfista biondo e muscoloso che le sbavava addosso. Quel coglione arrogante se n'era andato dopo che Brad lo aveva minacciato di prenderlo a calci nel sedere se avesse toccato sua moglie e, nonostante ciò, gli aveva dovuto dare un paio di spintoni prima che si ritirasse. Crystal lo aveva guardato fissa, come una stronza senza cuore. Si era versata un bicchiere di vino rosso. Quando Brad aveva tirato fuori la valigia dall'armadio e aveva iniziato a metterci dentro i vestiti, lei gli aveva graffiato le braccia e il volto, e aveva minacciato di chiamare la sicurezza se non se ne fosse andato. Aveva pianto e gridato di non aver mai voluto essere una madre, e che lui non era più divertente.

Fino ad allora, Brad non si era ancora reso conto di quale fosse la sua vera natura. Ma era riuscita a strappargli via il prosciutto dagli occhi. Se ne era andato, aveva dormito su una sedia in aeroporto ed era salito sul primo aereo per tornare a casa. Non l'aveva cercata mai più. Crystal si era tenuta ben lontana. Mai una telefonata. Brad non aveva fatto altro che prendersi cura di suo figlio e lottare per affrontare ogni giornata. E quello era stato l'errore che adesso stavano pagando Emily e i bambini.

Era stato sciocco, una volta, ma non lo sarebbe stato mai più. Che repentino cambiamento di idea: Crystal adesso voleva fare la moglie. Voleva persino che Brad tornasse in camera da letto e fingeva una preoccupazione frenetica per un bambino che non conosceva neanche… che cosa voleva?

Una volta, Brad avrebbe fatto qualsiasi cosa per averla e tenerla con sé. Quando era un giovane giocatore di football arrogante, era stato ossessionato dall'averla. Adesso, gli unici sentimenti che poteva evocare erano il disprezzo e una paura che gli gelava le ossa, quando aveva minacciato di portargli via Trevor, il primo giorno, durante il primo dei loro innumerevoli litigi.

Emily occupava i suoi sogni di notte. Era il tipo di donna che, tempo prima, non avrebbe mai guardato due volte. Ma adesso, il suo piccolo fondoschiena rotondo, il suo seno prosperoso e i suoi dolci occhi innocenti riempivano e occupavano ogni suo risveglio. Sognava di passarle le dita fra le lunghe ciocche ricce e castane, che le rimbalzavano sulle spalle in morbide onde. Ogni volta che chiudeva gli occhi, immaginava il suo corpo di seta, nudo e caldo, sotto di lui, con i suoi occhi castani che brillavano di desiderio: un amore sincero dato senza aspettative.

Quando era salito nella sua stanza, il pomeriggio che Crystal era arrivata a casa, era stato travolto dalla sua arroganza rude e audace. Quella donna aveva appeso tutti i suoi vestiti nel suo armadio, come se non fosse mai andata via. Gli era corsa incontro, gli aveva gettato le braccia al collo e gli aveva spinto addosso i suoi seni pieni: "Non sei felice di vedermi?"

Brad non riusciva a credere a quanto fosse bella... anche se aveva scostato le sue braccia da sé. Il sorriso di Crystal si era fatto acido, aveva incrociato le braccia al petto e la freddezza era scesa sui suoi occhi azzurro pallido. Lo aveva accusato di aver fatto sesso con Emily e aveva detto che era una puttana che lui pagava. Aveva distorto i suoi sentimenti, la bontà che Emily aveva portato in quella casa e li aveva contaminati con il suo stesso veleno.

Crystal sapeva che Brad stava cercando di ottenere una diagnosi di autismo per Trevor e che Emily gli stava facendo fare terapia.

Ricordava ancora il modo in cui aveva afferrato le sue costose valigie, che ora erano nascoste in fondo all'armadio, e gliele aveva aperte sul letto. Non le aveva detto niente; si era limitato a prendere i vestiti appesi con cura e a infilarceli dentro. Ma lei aveva giocato sporco; gli aveva piantato le unghie nel braccio e aveva avuto la sfacciataggine di dirgli: "So che stai cercando di rubare la proprietà di Mary Haske. Proprio da sotto al suo naso."

Qualcuno aveva parlato, ma non aveva detto la verità. Brad non avrebbe mai fatto una cosa del genere a Mary, ma sarebbe stato il primo a comprare la sua proprietà quando l'avesse messa sul mercato. Dal sorriso stampato sul volto di Crystal, sapeva anche che avrebbe ferito Mary con le sue bugie, distorcendo la storia a suo piacimento. Perché Brad non era stato del tutto onesto con Mary, non le aveva mai detto che stava comprando tutte le proprietà circostanti la sua, che voleva anche quella e che il suo agente immobiliare stava tenendo d'occhio la situazione, in attesa che lei la mettesse in vendita.

"Voglio il divorzio. E ti voglio fuori da casa mia." Brad aveva stretto i pugni e aveva dovuto ricordarsi, suo malgrado, che qualsiasi cosa fosse successa non poteva colpirla. Doveva tenere giù le mani.

Crystal aveva fatto una profonda e seducente risata gutturale e aveva alzato i palmi come per mostrargli qualcosa. "Se ti azzardi a divorziare da me o a buttarmi fuori di casa, il mio avvocato procederà con l'azione legale per portarti via Trevor e darmi il pieno affidamento del bambino. Mi spetterà metà del ranch, che è della tua famiglia da due generazioni."

Crystal, a quel punto, gli aveva camminato intorno; aveva un piano.

"Poi dividerò questa proprietà e la venderò pezzo per pezzo."

Brad si chiese se i dolori che stava sentendo al petto fossero solo un avvertimento o un infarto. Perché sapeva che quella donna aveva ragione. Aveva fatto bene i suoi conti. Sapeva anche che Brad le avrebbe dato dei soldi per andarsene, ma che il ranch era parte di lui e prendere la sua terra e frammentarla gli avrebbe fatto del male. Ma era stata la minaccia di sottrargli Trevor che quasi lo aveva ucciso. Quella sola, lei lo sapeva bene, sarebbe bastata a farlo rigare dritto.

Crystal aveva aperto il cassetto del comodino e aveva tirato fuori la sua borsa nera di Chanel. Ci aveva rovistato dentro e gli aveva fatto vedere una lettera del suo avvocato.

Brad aveva esitato e poi si era infilato le mani in tasca. Gli si era stretto il petto e aveva lottato per trovare fiato, ma si era arreso e le aveva strappato la lettera di mano. Mentre leggeva quel foglio in legalese, il sudore gli si era ghiacciato lungo la spina dorsale. Aveva messo Trevor nella lista di attesa di un istituto per bambini autistici in California. Il suo avvocato era già partito con le scartoffie, anche se Trevor non aveva ancora ricevuto una diagnosi, prendendo come scusa il fatto che c'era tanta gente che aspettava.

Brad avrebbe giurato che la stanza avesse iniziato a vorticare lenta in una spirale e che il pavimento si stesse sciogliendo sotto di lui. Aveva digrignato i denti con forza e aveva ruggito. Aveva gettato in aria le braccia, costretto Crystal in un angolo e sferrato un pugno contro il muro sopra alla sua testa. Crystal aveva urlato e si era abbassata. Brad era indietreggiato e i documenti erano caduti a terra. Aveva le nocche graffiate e sanguinanti. Aveva fissato il suo collo scarno e immaginato di avvolgerci attorno le mani e strizzare via la vita da quella spregevole stronza senza cuore. Lei aveva gridato e, di certo, aveva intravisto la minaccia di omicidio nei suoi occhi. Aveva sbattuto le palpebre e afferrato la lettera accartocciata ai suoi piedi, poi si era precipitata giù per le scale. Brad aveva aperto il cellulare e aveva digitato il numero del suo vecchio amico avvocato, Keith Rainer, mentre montava sul suo furgone.

"Devo parlare con Keith, sono Brad Friessen."

"Mi dispiace, signor Friessen, Keith è a casa malato oggi. Desidera lasciare un messaggio?"

"No, lo chiamerò lì." Buttò giù alla segretaria di Keith e compose il suo numero privato. Brad era cresciuto con Keith. Erano andati insieme a scuola, dietro alle ragazze e, come ogni adolescente, ne avevano fatte di tutti colori, combinando mille marachelle tipiche dei ragazzi di quell'età.

Il telefono aveva squillato sei volte prima che quel poveretto rispondesse. Riusciva a malapena a parlare e sembrava completamente congestionato. Aveva tossito così forte che Brad avrebbe giurato avesse sputato un polmone. Quando gli aveva detto cos'era successo, Keith aveva insistito perché passasse da lui, a casa. Grazie a Dio viveva lì vicino; aveva un piccolo terreno non lontano dalla proprietà di Brad.

Il suo amico aveva un aspetto terribile. I suoi capelli scuri erano ammassati in ciuffi appiccicosi, aveva una barba di un paio di giorni ed era pallido, con il naso di un rosso brillante. Jenny, bassa e grassoccia, il suo amore dai tempi delle superiori e adesso sua moglie, aveva fatto una smorfia dalla cucina quando aveva fatto entrare Brad nell'ufficio di casa con una scatola di fazzoletti di carta infilata sottobraccio. Keith aveva tirato su la cerniera della sua felpa blu scura con il cappuccio ed era affondato sulla poltrona di pelle, avvicinandola rapido alla scrivania. Brad gli si era seduto di fronte e gli aveva dato la lettera dell'avvocato di Crystal. Keith aveva sfilato un paio di fazzoletti dal pacchetto, si era soffiato il naso e li aveva impilati umidi sul tavolo. Dopo essersi aggiustato gli occhiali dalla montatura dorata, i suoi occhi iniettati di sangue erano sembrati avvilirsi proprio davanti a quelli di Brad. "Sto male e la testa mi sta scoppiando, quindi non userò troppi giri di parole. Sei fottuto. Avresti dovuto presentare istanza di separazione legale e affidamento esclusivo di Trevor quando Crystal se ne è andata. Io te l'avevo detto."

Keith aveva agitato la lettera nell'aria mentre continuava: "Ho sentito parlare di questa persona. È viscido e subdolo. L'hanno romanzata parecchio, la vicenda. Hai buttato Crystal fuori di casa quando Trevor era piccolo, mentre lei si dimenava nel baratro della depressione postpartum." Keith aveva picchiettato la lettera con l'indice. "Questa parte è la mia preferita. Le hai nascosto il bambino e le hai impedito di vedere Trevor. Le hai detto che non ne aveva alcun diritto e che avrebbe dovuto fare tutto ciò che le dicevi, quando lo dicevi. Adesso, con la diagnosi di autismo di Trevor, il suo solo interesse è che lui venga rispettato per com'è. È nato così e dovrebbe essere lasciato così, perché è il suo modo di essere. Inoltre, non ti permetterà di fare esperimenti sul suo bambino, facendogli intraprendere una terapia crudele, abusiva e che lo isola."

"C'è qualche possibilità che lei possa vincere?"

"Assolutamente." Keith aveva buttato giù la lettera, afferrato un pacchetto di fazzoletti e si era soffiato il naso congestionato. "Cos'hai fatto alla mano?"

Brad aveva abbassato gli occhi sul sangue essiccato che aveva sulle nocche. Aveva stretto il pugno e aveva sussultato. "Ho perso il controllo e ho dato un pugno al muro, sopra alla testa di quella stronza."

Keith non si era mosso, ma i suoi occhi arrossati avevano assunto lo sguardo di un genitore severo. Quello che ottieni quando mandi a rotoli qualcosa di importante.

"So che è stato stupido ma, dannazione, guarda cosa sta facendo quella subdola stronza."

"È meglio che ti sturi bene le orecchie. Ti ci posso mettere la firma adesso che, se non ha chiamato la polizia, starà facendo le foto per il suo avvocato. E ci giocherà sopra. Stai costruendo la sua causa al suo posto."

"Ha tirato in ballo Emily. Ha detto che, se avessi avuto un comportamento inappropriato, avrebbe agito contro di me. Come diavolo fa a sapere di lei?"

Keith aveva tossito e appoggiato le spalle alla poltrona. Aveva tenuto in alto il palmo della mano. "C'è qualcosa fra te e questa donna?"

Brad era arrossito. Si era agitato sulla sedia dritta. "L'ho assunta per badare a Trevor e per cucinare, ma, devo dirtelo, è straordinaria. Lei mi ha aiutato a capire che c'era qualcosa che non andava in Trevor. Ha fatto delle ricerche sull'autismo, ha contattato un gruppo di genitori e mi ha aiutato a riconoscerne i sintomi. Mi ha messo in contatto con le persone giuste per ottenere una diagnosi e iniziare a intervenire. Mi ha aiutato a capirlo. Ha combattuto per Trevor, che non è neanche suo figlio. Mi ha insegnato a non arrendermi e come agire per aiutarlo. Mi ha fatto vedere che anche lui ha delle possibilità di avere un futuro brillante. Sa amare e la dolcezza le scorre nelle vene. Credo sia la donna più bella e altruista al mondo." Brad si era reso conto che stava quasi urlando.

"Quindi sei innamorato di lei e lei lavora per te. Un po' come la serva e il padrone. Ci vai a letto?"

Brad era quasi saltato fuori dalla sedia, ma poi aveva dato un pugno in basso, rovesciando il portamatite sulla scrivania ordinata in modo maniacale.

Keith aveva raccolto calmo il portamatite verde scuro e spostato da una parte una pila di fatture, liberando la scrivania da ogni cosa eccetto la scatola di fazzoletti. Ci aveva poggiato sopra le braccia e aveva lanciato un'occhiata alla porta aperta. Accigliato, era tornato a guardare con indifferenza Brad. "Eri un giocatore pieno di donne, alle superiori. Ti osservavo mentre correvi dietro a Crystal, con tanto prosciutto sugli occhi da non riuscire a renderti conto che ti avrebbe portato in giro come un cagnolino. Solo per avere una bella puledra da portare in giro sotto al tuo braccio. Ti importava solo dell'aspetto fisico, sceglievi sempre lo stesso tipo: una bambola bionda i cui unici interessi erano il tuo conto in banca e il suo bel culo. Che cazzo ti è preso?"

Era come se una lampadina gli si fosse accesa in testa e adesso Brad provava vergogna. Si era lasciato trasportare dai suoi sentimenti per Emily. Aveva trascurato la vocina che gli diceva di lasciarla stare. Ma la voleva, e le scintille fra i due battevano ogni record. Lei non era il classico tipo che voleva solo portarsi a letto, non era solo un'attrazione fisica, come era stato con Crystal. Con Emily, era qualcosa di più profondo. Qualcosa che non aveva mai provato, e che non credeva possibile. Con lei, voleva qualcosa di reale e, in quel momento, avvertiva che glielo stavano portando via. "Non lo so più."

"Sì, beh, lascia che ti dia un piccolo consiglio. Qualunque cosa tu stia facendo con questa ragazza, smetti subito. Hai già parecchi casini che devi risolvere, prima. Lascia che ti faccia un quadro: sei in piedi davanti a un giudice. La tua relazione con la ragazza sarà al centro dell'attenzione dopo, ovviamente, che sarai stato dipinto come un uomo violento e fuori controllo che non riesce a tenere a bada la rabbia e butta fuori di casa una donna che ha una depressione post-partum, che è terrorizzata da te e dalle tue minacce e non crede di avere alcun diritto. E sì, potrebbe anche essersi comportata male e aver usato i tuoi soldi, ma non sapeva cosa fare. E tu la tenevi lontana dal suo bambino, a cui è inoltre stato diagnosticato, come abbiamo detto, l'autismo. Non metti al corrente la madre, che quando lo scopre è devastata e trova la forza di presentarsi a casa tua. Nel frattempo, nella tua azienda agricola, hai assunto una donna per trasferirsi da te, cucinare, prendersi cura del figlio di Crystal e riscaldarti il letto di notte. Lei è lì a tua disposizione, pronta a soddisfare ogni tua esigenza. Ma non è una relazione; è una dipendente che paghi e, per non farsi mancare niente, la sua piccola bambina assiste a tutto ciò. Spero che tu riesca a seguire come tutto questo apparirà agli occhi di un giudice. Sembrerai un uomo potente, senza alcun rispetto per le donne... donne che vuole avere alle sue condizioni e a modo suo. Il quadro è abbastanza chiaro?"

"Sono tutte cazzate!" Brad aveva urlato di nuovo. Questa volta, Keith si era alzato e aveva chiuso la porta.

"Non si tratta di verità, Brad; riguarda la legge e chi

può rigirare la frittata a suo vantaggio. E tu stai facendo il gioco di Crystal e del suo avvocato."

Brad doveva difendersi e far comprendere a Keith la verità. Il quadro che aveva dipinto era brutto e non era coerente con i fatti, per niente. Ma lui era il datore di lavoro di Emily, e ci era quasi andato a letto. Se Katy non si fosse svegliata, Emily sarebbe stata nel suo letto, sotto di lui, e avrebbe fatto l'amore con lei in mille modi, per tutta la notte. Quindi, in fondo, era stata una cosa positiva che fossero stati interrotti... nessun danno, nessun rimorso. No? "E quindi adesso? Che cosa faccio?"

Keith non si era seduto. Si era avvicinato alla grande finestra e aveva osservato i cavalli nel recinto, che pascolavano sull'erba verde. "Ti comporti bene. Stai lontano da Crystal ed Emily. Niente zozzerie con la ragazza. Tieni a bada la rabbia. Dormi in un'altra stanza e, se possibile, fuori di casa. Non dare a Crystal nessun elemento da poter sfruttare. E io presenterò l'istanza di separazione legale, con una mozione di divorzio e la richiesta alla corte per la custodia esclusiva di Trevor. Chiederò al giudice di far allontanare Crystal dalla casa. Ma ci vorrà del tempo. E d'ora in poi, Brad, chiamami prima di fare qualcosa di stupido, qualche colpo di testa. Perché, se alzi di nuovo le mani su Crystal, lei può chiamare lo sceriffo e verrai allontanato dalla tua proprietà con un ordine restrittivo a tuo carico. Si terrà Trevor e la tua terra e la potrà tirare avanti per anni; se la metti in una posizione di potere, il giudice ti darà il massimo della pena."

Dunque, Brad restò da solo seduto al buio, a pensare a quel giorno terribile in cui Crystal era tornata a casa, e si sentì lo stomaco ridotto in poltiglia come se fosse passato da un tritacarne. Quella decisione era stata dolorosa; se si fosse trattato solo del ranch, avrebbe scoperto il gioco di Crystal. Ma non poteva rischiare con il futuro del suo bambino. Quel bambino innocente, che lui amava più della sua stessa vita.

Era meglio così, era meglio che Emily se ne andasse. Non poteva più restare a guardare, mentre Crystal la trascinava nel fango. Vederla in quegli ultimi giorni gli aveva spezzato il cuore. Aveva fatto del suo meglio per proteggerla. Aveva avvisato Crystal di lasciarla in pace, spingendosi così oltre da scendere a compromessi con il diavolo in persona. Sarebbe stato lontano da Emily, ma avrebbe dovuto farlo anche Crystal. Emily era lì per prendersi cura di Trevor e cucinare. Crystal ne aveva fatto un pretesto per toccarlo, accarezzarlo e lanciarglisi addosso ogni volta che lei entrava. E a Brad non passava inosservata l'espressione sempre più abbattuta di Emily, che soffocava il suo spirito energico.

Era tutta colpa sua. Si era messo nei casini. E, nell'oscurità, con le spalle contro al ruvido muro del granaio, pianse; in quel momento era infuriato con Dio, per tutte le ingiustizie della vita e perché era così duro con lui.

Capitolo Ventotto

Una sottile parete di nubi riempiva il cielo della mattina. Emily si infilò le mani nelle tasche del pesante cappotto, mentre Mac annodava una corda per assicurare i suoi oggetti personali al bagagliaio del pick-up di Brad. La gola e il petto le dolevano come se avesse inghiottito il cuore in un boccone; era furiosa per il destino contorto che le aveva fatto cedere il terreno sotto ai piedi. Non voleva altro che essere amata, in modo profondo. E le faceva male da morire rendersi conto che quel sogno era stato scaraventato nel cesso. Tirò l'orlo del suo cappotto marrone. Voleva solo sbrigarsi e uscire da quell'inferno, anche se, allo stesso tempo, aveva bisogno di vedere Brad un'ultima volta.

Si accorse che qualcuno la stava osservando. Alzò lo sguardo verso la bianca tenda velata che svolazzava dietro la finestra chiusa del piano di sopra. Poteva ancora sentire il calore dell'odio ardere.

Quella mattina, mentre Emily faceva i bagagli, Crystal aveva saltellato su per le scale fino nella sua camera da letto, dove Trevor aveva messo in fila dei cubi per poi impilarli secondo un ordine preciso e Katy giocava con la sua bambola, in terra.

"Emily, posso aiutarti in qualche modo?" La sua voce era suonata gioiosa e leggera. E, per un nanosecondo, lei aveva pensato che ci fosse un minimo di sincerità nella sua offerta. Aveva sorriso fra sé e sé; era ovvio che quell'offerta fosse sincera. Dopotutto lei, un ostacolo per Crystal, era stata fatta fuori e stava per andarsene. Com'era stata generosa a offrirsi per farla sbrigare a levarsi di torno. A quanto ne sapeva, Crystal aveva in programma di dare una festa.

"No, grazie, a breve avrò finito. Ma presto dovrai occuparti di Trevor." Crystal aveva lanciato un'occhiata al bambino e il suo sorriso era scomparso. Aveva fatto un passo indietro, poi due, e si era fermata sulla soglia.

Era difficile capirlo sotto a tutto quel trucco, ma Emily era sicura che fosse impallidita.

"Ok... certo. Credo di poterlo prendere subito, se vuoi." Crystal aveva strascicato mezzo passo, poi un altro; i suoi soliti movimenti felpati erano diventati robotici e innaturali. Le era tremata la mano mentre si era chinata in avanti. L'aveva ritratta come se immaginasse che Trevor avrebbe fatto un salto e l'avrebbe morsa. "Ciao, ragazzino, vieni qui per favore." Aveva fatto oscillare la mano adesso rigida dritto davanti a lui e poi aveva fatto schioccare le dita. "Trevor, vieni con mamma. Puoi guardare un po' di televisione. Ti va?" Si era allungata per afferrargli la mano, quella con cui teneva il cubo. Trevor aveva strillato e si era gettato a terra, rotolando sulla schiena e scalciando nell'aria. Crystal aveva fatto un salto indietro, e Trevor aveva iniziato a gridare più e più volte il suo solito motivo, "whop, whop", quello che Crystal odiava con tutta se stessa.

Crystal aveva poggiato di nuovo la schiena contro la

porta. "Smettila, adesso, Trevor. Smettila in questo istante" aveva urlato.

Trevor si era portato una mano davanti al volto e aveva iniziato a sbatacchiare i cubi con l'altra. Katy era sfrecciata sul letto. Emily aveva emesso un lungo respiro e si era accovacciata davanti a Trevor.

"Ehi, rimettiamo insieme i cubi, coraggio, siediti." Emily gliene aveva messo uno in mano, ben consapevole che avrebbe potuto farlo volare per aria da un momento all'altro.

"Crystal, lascialo stare, per ora. Lo porterò giù quando ho fatto." Far uscire Crystal era l'unico modo per calmare Trevor.

Lei aveva aperto la bocca, come a voler sfidare Emily, ma qualcosa le aveva fatto addolcire quei duri occhi insensibili quando aveva lanciato un'occhiata a suo figlio; forse si trattava di sollievo. Era qualcos'altro, qualcosa di reale, ad averla trasformata, per il più breve dei momenti, in qualcosa di umano. Poi si era voltata e se ne era andata.

Dopo che la sua ultima borsa fu chiusa, Emily si chinò e abbracciò Trevor, che stava giocando tranquillo con i suoi cubi. Le andò fra le braccia, e le scavò una voragine di dolore nel cuore quando la afferrò per la maglietta con le sue piccole mani. "Trevor, devo andare. Ti voglio bene." Emily si allontanò e lo tenne per le braccia mentre le stava di fronte, cercando di memorizzare il suo viso innocente, le sue leggere lentiggini e i capelli castani e mossi, che quel giorno non erano stati pettinati. I suoi occhi sembravano distanti, inconsapevoli, ma il volto gli arrossì. Un bambino sospeso fra due mondi, che era arrivata a considerare suo. Lui avvertiva qualcosa, lei lo sapeva. Forse aveva capito che se ne stava andando.

Tenne la sua piccola mano. "Andiamo, piccola Katy. Portiamo Trevor nella sua stanza."

Emily lo lasciò con le sue macchinine e una tovaglietta a frange sul pavimento di camera sua. Il bimbo si accovacciò e guidò le macchine, una dopo l'altra, lungo le frange; le allineò, accarezzando il tessuto e rinizì tutto da capo.

Emily trovò Crystal che aspettava in soggiorno, sfogliando una rivista. "Trevor è di sopra nella sua stanza che gioca con le macchinine. Dovresti andare a tenerlo d'occhio. Non lasciarlo incustodito." Crystal chiuse la rivista e la mise da parte, ma a Emily non sfuggì il modo in cui le sue spalle si irrigidirono. Si tirò indietro i capelli con disinvoltura, disgiunse le gambe e si alzò con tutta la grazia che Emily aveva un tempo desiderato.

"Beh, buona fortuna allora." Crystal si fermò per un secondo sul primo gradino. Forse aveva altro da dire. Ma poi guardò su verso le scale e agitò la mano con nonchalance mentre saliva, facendo ticchettare i tacchi a ogni passo.

Emily riportò i suoi pensieri al presente, si voltò verso la finestra e diede un ultimo sguardo al posto. Osservò i cavalli che pascolavano sul prato a est della casa, il bestiame che brucava in lontananza e tutti gli edifici sparsi per la proprietà. Brad aveva un'attività di successo, la sua vita, la sua terra. E tornò a punzecchiarla quella domanda rimasta inespressa: perché aveva permesso a Crystal di restare, quando poteva avere tutto ciò?

Quando Mac fece il giro del furgone, Emily stava mettendo Katy sul suo seggiolino.

"Tutto a posto. Pronta per partire?"

"Sì, andiamo."

Chiuse lo sportello di Katy e sentì la presenza di Brad, non solo dal rumore dei suoi passi pesanti che scricchiolavano sulla ghiaia. Dov'era stato tutta la mattina? Pensava di aver pianto la sua ultima lacrima, ma il peso che aveva in petto minacciava di riaprire le danze. Si rifiutò di cedere e dargli quella soddisfazione. Tutto quello la stava uccidendo e si rinunciò a rendergli le cose così facili. Ma, quando lui si avvicinò, le sembrò invecchiato di dieci anni nel giro di una notte. Linee profonde circondavano i suoi occhi rossi, occhi che sembravano non essersi mai chiusi, quella notte. Aveva le spalle curve, era un uomo sconfitto. Abbassò la tesa del suo cappello nero da cowboy, per lasciare in penombra il volto. Non disse nulla, per ciò che sembrò un'eternità. Persino Mac si scusò e sgattaiolò via. Emily lottava contro il bisogno di rendergli le cose più semplici. Forse toccargli il braccio, dirgli che andava tutto bene. Ma non andava bene affatto, quindi si morse il labbro inferiore, risucchiandolo, per tenersi a freno. *Guarda da un'altra parte; non guardarlo.* Non poteva. Lei amava il suo aspetto: le sue larghe spalle, il modo in cui riempiva i suoi Levis attillati e la saggezza che faceva sempre parte dei suoi caldi occhi castani.

Lui voltò la testa e socchiuse gli occhi quando il sole si aprì un varco fra le nuvole. Si mise una mano nella giacca e tirò fuori una busta massiccia. Si schiarì la gola. "Tieni, Em."

Questo rese tutto in un certo senso definitivo. Le tremava il labbro e le lacrime fuoriuscirono mentre prendeva la busta. Non sapeva dove guardare, né cosa fare, quando Brad fece un passo avanti e se la tirò fra le braccia, dove aveva sempre sognato di essere. Affondò la faccia nel suo petto e le tremò il corpo per i singhiozzi che non riuscì più a trattenere. Gli fece scivolare le braccia attorno alla vita, accartocciando la busta mentre Brad le massaggiava la schiena e le poggiava il mento sulla testa. Inalò il suo odore. Come poteva essere così buono? Voleva urlare all'ingiustizia che le aveva negato una vita con lui e Trevor.

Dannazione, Emily! Fattene una ragione. Sei più forte di così. Lui le asciugò le lacrime con le dita ruvide.

"Se hai bisogno di qualcosa, Em, chiamami. Ci siamo capiti? Chiamami e, giuro su Dio, ci sarò."

Voleva baciarlo, ma si trattenne quando lui si ritrasse e si allontanò. Riuscì a malapena a vederlo mentre scompariva dietro alla casa, nella marea che le inondava gli occhi.

Si asciugò. Non sapeva cosa l'avesse spinta ad alzare lo sguardo ma, quando lo fece, Crystal era lì e li stava guardando in un modo che le fece correre un brivido su per la schiena.

Era arrivato il momento di andarsene. Emily salì sul suo furgone e aprì la busta schiacciata che aveva in mano. Era piena di soldi e c'era anche un assegno. Ma era l'importo che la lasciò senza fiato: la paga di un anno, più o meno. Perché così tanto?

Non poteva pensarci adesso, quindi infilò la busta nella sua maledetta borsa. Mac fece marcia indietro con il camion, in attesa che lei gli si mettesse davanti. Emily lo superò e guidò giù per il viale lungo e ampio, salutando ogni fantastico albero che le faceva ombra. Non si guardò indietro neanche una volta, non importava quanto fosse tentata di farlo. Si lasciò scappare un potente sospiro quando imboccò la strada principale, chiedendosi quando il dolore che le lacerava l'anima si sarebbe placato... anche un minimo.

AL LATO DEL FIENILE, BRAD osservò Mac guidare quel mezzo che pesava una tonnellata, con tutti gli oggetti di Emily impilati sul retro e legati, per evitare che cadesse qualcosa. Non aveva idea di quanto fosse rimasto lì a desiderare che tornasse. Per la prima volta, si sentì affondare in un'oscurità tinta di nero. Che colpo basso gli aveva inferto il destino, facendogli rendere conto di aver trovato una donna che poteva amarlo davvero, non per il suo portafoglio ma per com'era lui. Non poteva far altro che guardarla allontanarsi, uscire dalla sua vita e portarsi dietro tutto ciò che era bello, onesto e amorevole. Era la cosa migliore che poteva accadere a lui e a suo figlio, e non c'era niente che potesse fare al riguardo.

Batté il pugno contro il muro della stalla. Inspirando secco, voltò gli occhi verso la casa. Non aveva mai odiato qualcuno quanto quella donna vile che un tempo aveva amato. In quel momento, non poteva fare altro che attendere il momento opportuno, proteggere il suo ragazzo e soffocare la rabbia infuocata che gli riempiva le viscere. Si allontanò dal fienile e camminò verso la casa. La guerra era stata dichiarata. E quella cagna che gli aveva mandato a rotoli la vita era per le battaglie senza esclusione di colpi. Sarebbe stato dannato se avesse vinto lei. "Che il gioco abbia inizio" borbottò sottovoce mentre apriva la porta. "Ehi, Crystal, dovresti preparare il pranzo. Trevor deve mangiare." Sentì un rumore, come se qualcosa fosse caduto al piano di sopra. Brad ridacchiò sottovoce. "Beh, occhio per occhio, mia cara."

Capitolo Ventinove

Gina e suo marito Fred vivevano ai confini di Hoquiam, in un bel quartiere nuovo con case spaziose, prati curati e giardini fioriti. Nonostante le tipologie di costruzione in quel posto variassero, il colore marrone chiaro dava un senso di identità mentre lo si attraversava: la gente lo amava o lo odiava. Gina era in piedi in mezzo al vialetto, con le braccia incrociate, pronta ad affrontare il diavolo in persona. Suo marito si trascinò stanco fuori casa e salutò con la sua grande mano, quando Emily parcheggiò lungo la strada di fronte alla casa. Fred, qualche centimetro più alto di Gina, si fermò in piedi dietro sua moglie; era un uomo robusto e stempiato, che aveva qualche chilo di troppo. Era buono, onesto e pacato; un vetraio che non aveva mai speso una parola brutta su nessuno. A Emily piaceva.

Lanciò un'occhiata a Katy; sembrava essersi addormentata.

"Beh, stai da schifo." Gina le andò incontro a metà strada nel vialetto.

Emily si asciugò un'altra delle infinite lacrime che

erano diventate un flusso costante in quegli ultimi giorni. Forse era il sollievo o l'ansia che aveva sopportato così a lungo. Sbuffò. "Sei brava con le parole."

Fred si fermò pochi passi dietro Gina. "Ehi, Emily." Quando sorrideva, sapevi che era sincero.

"Ciao, Fred. Grazie ancora per il vostro aiuto. Mi dispiace tanto disturbarvi, ragazzi." Mac scese dal camion, mettendo il motore in folle. "Dove posso parcheggiare?"

Fred girò intorno a Emily. "Torna nel vialetto, c'è una porta di accesso laterale per il seminterrato; metteremo tutto lì dentro."

Mac annuì e spostò il camion in retromarcia. Fred spalancò la porta d'ingresso e gridò. "Lance, Rick, venite fuori a darci una mano a scaricare le cose di Emily."

Due adolescenti allampanati, con i capelli castano chiaro un po' troppo lunghi, uscirono di casa trascinando i piedi.

Per non ostacolare la strada agli uomini, Emily e Gina calpestarono il prato tagliato con cura. "Apprezzo davvero tanto che tu e Fred ci permettiate di stare da voi, ma ti prometto che troverò una sistemazione velocemente e saremo fuori di qui in pochissimo tempo. E non vi daremo fastidio. Katy è davvero brava, lo sai."

"Lo so, lo so; vuoi smetterla di preoccuparti? Ti aiuteremo a trovare un posto. Ho già preparato la stanza degli ospiti per voi due." La bimba piagnucolò dal suo seggiolino. Gina la liberò e la portò dentro casa. "Vai a prenderti un po' di caffè, ho appena fatto una caffettiera."

Emily andò da sola nella grande cucina da sogno di Gina, una di quelle che si vedrebbero stampate in prima pagina su una rivista di ristrutturazione di interni. Ascoltò Gina parlare senza sosta con Katy, mentre le mostrava i giocattoli polverosi che aveva tirato fuori dal seminterrato per farcela giocare. Katy restò buona quando Gina tornò da lei in cucina.

"Allora, cos'ha detto Bob quando gli hai detto che avresti lasciato il ranch?"

"Bene, preparati. Ha detto che sapeva che non ce l'avrei fatta da sola. E che alcune cose dovevano cambiare prima di avere il suo via libera per tornare a casa."

Gina spalancò la bocca. "Cosa?"

"Ho fatto esplodere la sua bolla di fantasia in meno di un secondo. Non ero dell'umore giusto per stare a sentire le sue stronzate. Così, gli ho detto che stavo presentando istanza di divorzio. Non ha detto niente, a parte chiedermi di fargli sapere il nostro nuovo indirizzo e numero di telefono. Gli ho dato il tuo e non ha aggiunto altro. Ha riattaccato."

"Non posso credere che tu sia stata sposata con quell'uomo per tutti quegli anni. Gesù, Emily; è sempre stato così stronzo?"

Lei trasalì, chiedendosi in quale momento avesse permesso ai suoi valori di scendere a compromessi. Anche con Brad... doveva iniziare a chiedersi cosa diavolo avesse tatuato sulla fronte. Ci doveva essere un motivo se si ritrovava costantemente a smaniare per essere amata.

"Mi dispiace, Emily. Non rispondere..."

"Gina, dove dobbiamo mettere le valigie?" urlò Fred dalla porta sul retro.

Emily saltò in piedi.

"Siediti. Me ne occupo io. Tu rilassati, Em. Bevi il caffè."

Gina abbaiò ordini a Fred e ai ragazzi, portando Katy fuori con sé. Poco dopo, Mac avviò camion e si allontanò. Emily non si mosse. Non disse grazie, ciao, niente. Lasciò andare via quell'uomo, come stesse seppellendo l'ultimo pezzo di Brad.

~

LE SETTIMANE SUCCESSIVE tennero Emily distratta. Trovò una piccola casa vicino al centro. In realtà, era stato Fred ad aver trovato quel piccolo e vecchio appartamento da ristrutturare, di proprietà di un suo amico. Fred reclutò alcuni amici per aiutare Emily e Katy a traslocare. Bob non si era minimamente preoccupato per la sua situazione. Prendeva Katy a fine settimana alterni per la visita obbligatoria, ma Emily si chiedeva se fosse solo per ferire lei, dato che non mostrava alcun interesse per la bimba. Poi però, si offrì di tenerla nel suo weekend libero per aiutarla. Aveva smesso di tentare di comprenderlo.

Emily era carponi che scavava nel giardino sul davanti, quando Bob raggiunse il piccolo bungalow con due camere. Katy era sul sedile posteriore di una Mustang rossa brillante e nuova di zecca. Emily lasciò cadere la spatola nella polvere e si pulì le mani sui jeans blu scoloriti. Camminò a passi lunghi verso Bob, che sfilava Katy dal seggiolino. Ridendo, la sollevò in aria mentre lei ridacchiava e strillava.

Katy strappò la sua coperta blu dalla mano di suo padre e corse verso Emily, chiedendo di essere presa in braccio, atteggiamento che non aveva mai visto prima. Bob tirò su la zip della giacca a vento blu scura e indugiò per un minuto di fronte a lei. "Sembra che te la stia cavando piuttosto bene da sola."

Lei serrò le labbra e si chinò verso Bob. "Belle ruote. Sono quelle a raggi dorati? Devono esserti costate parecchi soldi."

Lui si limitò a fare spallucce. "Beh, dopotutto, sono io quello che deve fare il pendolare per prendere Katy. Mi serve un veicolo decente."

"Un'auto sportiva, che suppongo sia tutta accessoriata.

Quindi, è così che spendi tutti i soldi che dici di non avere per il pieno mantenimento della bambina?" Katy afferrò il colletto della camicia di Emily e lo stropicciò. Lei le baciò la fronte e la mise giù.

Bob indossò gli occhiali da sole, in modo che lei non potesse guardarlo negli occhi, poi alzò le spalle e si allontanò.

"Katy, vai a prendere la tua carriola davanti alla porta." La bimba sgambettò in quella direzione, lasciando cadere la coperta, e afferrò la sua carriola di plastica verde per cominciare a riempirla di terra.

"Sai Bob, io ti rendo la vita facile. Non paghi neanche il mantenimento per i figli minimo stabilito dallo stato. Non ti ho chiesto niente per me e tu esci e vai a comprarti una macchina sportiva nuova, e poi pensi di farmi bere la cazzata che è necessaria come mezzo di trasporto. Fammi indovinare; hai preso un altro finanziamento per pagare quest'affare?" Lui non si fermò, anzi accelerò il passo, fermandosi solo per aprire la porta del conducente. Deglutì a fatica, montò in macchina e fece stridere gli pneumatici andandosene.

Stronzo. Quando Emily si voltò, il suo anziano vicino di casa, Jim, le fece un cenno con la mano da dove stava annaffiando l'aiuola di fronte a lei. Le avvamparono le guance; ricambiò il gesto, abbassò la testa e si affrettò a entrare. *Bello spettacolo, Emily.*

Il telefono squillò proprio mentre chiudeva la porta. Katy accese la TV e tirò fuori le sue bambole. Emily afferrò il telefono della cucina. "Buonasera."

"Sto cercando Emily Nelson."

"Sono io." Non conosceva la voce maschile dall'altra parte della cornetta.

"Sono Taylor, della *Banters Farm & Feed*. Ha inoltrato

una candidatura per un lavoro part-time nel nostro reparto di giardinaggio?”

“Oh, sì.” Il giorno successivo al suo arrivo a casa di Gina; era stata lei ad averle suggerito di fare domanda. “Bene, se è interessata, ho un posto part-time, per due giorni alla settimana.”

Afferrò una busta e scarabocchiò sul retro i dettagli, l’orario e la retribuzione media, che era abbastanza per non mettere mano al gruzzoletto di Brad. Con la piccola somma che Bob pagava ogni mese, sarebbe stato sufficiente, se fosse stata attenta. Doveva trovare una babysitter per Katy.

Due giorni dopo, Emily iniziò il nuovo lavoro; era umile e aveva sempre le mani nella sporcizia, ma era una cosa che le piaceva. La aiutava a distogliere la mente da Brad, invece di pensarlo cento volte al giorno.

Posò un vassoio di germogli fuori dalla porta principale.

“Ehilà, Emily.”

Inciampò e quasi fece cadere il vassoio. Guardò incredula Crystal scendere da un costosissimo SUV Cadillac nuovo di zecca. Che cosa erano tutte quelle macchine nuove? La donna andò dritta verso di lei, con indosso dei jeans firmati e una giacca di jeans in pendant; le unghie rosse lucenti le sporgevano dalla punta delle scarpe aperte con il tacco. Aveva le labbra tinte di un rosso acceso e neanche un capello biondo fuori posto. Si mise la borsetta Gucci sottobraccio e agitò le dita in alto nell’aria, come se fossero parenti che non si vedevano da tanto.

Emily guardò a destra e poi a sinistra. *Nasconditi.* Ma quella donna la mise con le spalle al muro, come il gatto con il topo. “Oh, Emily, come stai? È così bello vederti.” Allungò una mano e le toccò il braccio.

Lei fece un passo indietro e urtò lo scaffale di germogli

alle sue spalle. "Sto bene." Cercò di dileguarsi girandole attorno, ma la donna avanzò, incastrandola.

"Oh, Emily, devo dirti che io e Brad stiamo andando alla grande adesso. È stata un po' dura, all'inizio, ma proprio l'altro giorno mi ha detto che è davvero felice che sia di nuovo a casa."

La gola di Emily divenne così secca che pensò si sarebbe strozzata. Crystal sorrise vivace; tutti i suoi denti bianchissimi brillavano come quelli di una ragazza da copertina. "Sai, Brad ha avuto la meravigliosa idea di rinnovare i nostri voti nuziali. Quanto è romantico? È tutto ciò che ho sempre desiderato da un marito. È così attento ai miei bisogni. Infatti, mi ha appena comprato questa Cadillac, che è l'ultima uscita. Voleva assicurarsi che fossi al sicuro e che guidassi qualcosa di decente. E tu, hai parlato con lui ultimamente?"

Che diavolo voleva? "Ah, no." Emily pigiò le mani nella tasca del suo grembiule. "Scusami. Devo davvero tornare al lavoro."

Crystal indietreggiò abbastanza, affinché Emily potesse superarla. "Oh, sì, certo. Ho finito qui, comunque. Questo negozio non offre la stessa qualità, né la varietà di sempreverdi dei negozi più affermati." Salutò rapida Emily con la mano, come se fossero amiche da anni. E, con la sua Gucci sottobraccio, tornò a grandi falcate verso l'elegante SUV.

"Come sta Trevor?" Emily si avvicinò al marciapiede.

La mano di Crystal gelò sulla maniglia dello sportello. Passarono forse due secondi prima che si girasse di nuovo verso Emily; il suo sorriso era sparito da tempo. "Chi?"

Emily incrociò le braccia nude sulla T-shirt blu. Era plausibile che quel nome non le dicesse proprio niente? "Tuo figlio, il figlio di Brad, Trevor. Come sta lui?"

"So che è mio figlio. E non ti riguarda. Sta bene, anzi più che bene, adesso." Crystal montò in macchina e sbatté lo sportello. Fece retromarcia e, se qualcuno fosse stato dietro di lei, lo avrebbe investito. Emily ricacciò indietro le lacrime, che bruciavano oltre ogni immaginazione, avendo apprezzato quanto potesse essere volubile Brad. Permettere a quella donna di rientrare nella sua vita, nel suo letto e profonderla di regali costosi... e come poteva consegnare suo figlio, che lei pensava fosse la cosa più importante della sua vita, nelle sue grinfie? Era stata ingannata, quindi, come era ovvio, metteva in dubbio tutte le sue scelte. Dopotutto, quanto poteva essere sensato il suo giudizio?

Capitolo Trenta

Erano passate tre settimane e due giorni dall'ultima volta che aveva visto Brad, da quando se ne era andata da casa sua. Quel weekend Katy toccava a Bob e, per la prima volta dopo il trasloco, Emily non aveva niente da fare, quindi pulì la casa da cima a fondo e poi andò al supermercato per prendere qualcosa per cena e noleggiare un film.

Emily camminava nel reparto del cibo spazzatura. *Scordati la cena*; aveva bisogno di merendine, patatine e salse da abbinare al film. Mise non una ma due buste di patatine grigliate salate nel suo cestino. Girò l'angolo, convinta di aver tutto il necessario per mettere insieme un buono spuntino. Guardava verso il basso nel cestino, invece che davanti, e quasi fu buttata per terra. Indietreggiò e si chiese se avesse sussultato incrociando quei dolci occhi bruni. Naturalmente, lo stomaco le iniziò a fare ogni sorta di acrobazie. Dunque, no... la sua voglia di lui non era scemata affatto. Era meraviglioso con i suoi Levis attillati, la camicia a quadri button-up e la giacca di jeans scolorita.

Indossava il cappello nero da cowboy, quello che lei amava e che lui non si toglieva in pratica mai di dosso.

Trevor, il suo bambino perduto, si aggrappò alla mano del suo papà, trangugiando i cracker dalla scatola aperta nell'altra mano di Brad.

"Ciao. Come stai?" Quanto era penosa? Non poteva fingere che non le importasse nulla, quindi abbassò gli occhi mentre le avvampavano le guance; era sicura che il suo viso fosse rosso sangue.

"Sto bene, Em. E tu?" Lei lanciò un'occhiata timida a Brad e non le sfuggì il dolore che sembrava oscurare la luce dei suoi occhi. Sembrava anche più vecchio. La sua bella faccia era profondamente segnata da linee e ombre marcate. Anche i capelli bianchi sembravano aumentati.

Emily voleva saltare su e giù. Come poteva essere eccitata e devastata allo stesso tempo? "Brad, io... io…"

Brad poggiò la scatola aperta dei cracker e la bottiglietta d'acqua sullo scaffale, liberandosi la mano. Poi, le strinse la spalla e si avvicinò. "Davvero, Em, ho bisogno di sapere come stai. Va tutto bene?"

Lui non distolse lo sguardo. In effetti, dal modo in cui la guardava, avrebbe giurato che gli importasse davvero. "Sto bene." Le tremava la voce e riprese fiato. "Ho un lavoro. Sono al negozio di giardinaggio alla periferia della città."

"Quello di Taylor Banter, giusto?"

"Sì. È un uomo molto gentile."

"Sono davvero felice di sentirlo. Allora, ti piace lavorare lì?"

Distolse lo sguardo e poi lo concentrò di nuovo su Brad. "Mi piace. E poi, adoro le piante e tutto ciò che riguarda la terra e le cose che crescono. Credevo che sapessi che ero lì, dopo che è venuta a trovarmi Crystal. Oh, e congratulazioni; mi ha detto che volete rinnovare i vostri voti nuziali." Cercò di sembrare felice per lui, e lo era davvero, anche se le faceva un male terribile; l'amarezza la fece sembrare una vecchia strega velenosa. Non avrebbe mai potuto darsi alla politica. "Scusami..." Fece un sorriso forzato che le tese il volto e poi guardò giù verso Trevor, un piccolo bambino a cui ancora pensava come se fosse suo. Lui non la guardava perché aveva finito i cracker e la scatola era fuori dalla sua portata; iniziò dunque il suo solito "whop, whop", dondolando avanti e indietro. Non era migliorato. Brad non se ne rendeva conto? Quando alzò di nuovo lo sguardo, Emily dovette indietreggiare alla turbolenza che sembrava uscirgli da ogni poro.

"Hai visto Crystal. Quando?" La sua voce era appena alta; alcuni clienti girarono la testa, si fermarono e li guardarono a bocca aperta.

"Una settimana fa, non lo sapevi?"

"No. E da dove ti è uscita l'idea che possa avere intenzione di rinnovare i voti con lei?"

"Quindi non vuoi farlo?"

Girò la testa e si lasciò scappare una serie di maledizioni sottovoce. Una signora anziana girò il carrello e cambiò direzione.

"Immagino sia stata una messa in scena solo per me" disse Emily.

Fu naturale sfiorargli il braccio. "Hai tempo per un caffè?" Si espose, sperando di non essere rifiutata.

"Certo, c'è una caffetteria qui accanto."

"Lasciami pagare questo e andiamo." Emily sollevò il suo cesto di merendine e poi accennò ai cracker aperti. "Devi pagarli?"

"Ah, sì, grazie per avermelo ricordato." Allungò la mano verso la scatola e seguì Emily alla cassa. Mise la scatola assieme alla sua spesa e pagò tutto. Lei provò a rifiutare, ma non la ascoltò e porse il denaro alla cassiera.

La cassiera sovrappeso dai capelli scuri guardò Emily e poi Brad. "Al tuo posto lo ascolterei; è più grande di te. E ascolta, tesoro, se un uomo vuole pagarti la spesa, lasciaglielo fare. Non sai quanto vorrei che qualcuno lo facesse con me."

Si intromise anche un vecchio tizio, dai capelli grigi e le spalle curve, che era in fila dietro a Brad. "Ha ragione, lascialo fare."

Emily chiuse la bocca, aggrottò la fronte e lanciò un'occhiata a Brad, che sembrava crogiolarsi in quel sostegno. Sollevò la borsa della spesa e uscì dalla porta, con Brad e Trevor che la seguivano.

Il negozio accanto era una piccola caffetteria. Brad le tenne la porta aperta. Si mise a un tavolo con le panche e posò la borsa della spesa a terra. Brad si infilò con Trevor di fronte a lei. Gli unici altri clienti, in quel negozietto con otto tavoli, erano una coppia anziana che chiacchierava a un tavolino rotondo dall'altra parte della stanza.

Una cameriera di mezz'età apparve con due menu, un libro da colorare e dei pastelli per Trevor.

"Cosa posso portarvi?"

"Vuoi un caffè, Em?"

"Senz'altro."

"Due caffè, uno con panna e zucchero, l'altro nero per Emily e un succo alla mela per il mio ragazzo. "

La cameriera aveva un brillante sorriso di denti bianchi. Usò l'indice per spostarsi indietro la frangia scura, che tendeva un po' al lungo. "Vi serve qualche altro minuto per dare un'occhiata al menu?"

"No, niente da mangiare per me. Em?"

Lei restituì il suo menù alla cameriera. "Solo il caffè, grazie."

La ragazza si accigliò ma prese entrambi i menu e si allontanò.

Brad rovistò nella sua busta della spesa, tirò fuori una manciata di cracker per Trevor e li impilò su un tovagliolo di carta. Trevor vedeva solo quelli e, uno dopo l'altro, se li mise in bocca e iniziò a masticare mentre allineava la zuccheriera e le mini-confezioni di latte, per poi impilarli, più e più volte.

Emily fece scivolare il libro da colorare e i pastelli davanti a sé, prima che Trevor decidesse di mangiarli.

Brad si appoggiò al tavolo. "Em, Crystal e io non ci siamo rimessi insieme, e non rinnoveremo i nostri voti. Non so perché ti abbia detto una cosa del genere... In realtà, non è vero. So il perché." All'improvviso, il suo sguardo si fece fisso e colmo di una tristezza che ricordava la sua.

Il suo stomaco le si contorceva annodandosi; sperava che anche lui soffrisse. Si allungò sul tavolo e gli toccò la mano. La sua tremava e la ritrasse.

"Sai, ho fatto un errore e mi prenderei a calci ogni giorno. Avrei dovuto sistemare le cose con lei quando se n'è andata, ma, invece, non ho fatto nulla. E sai a cosa mi ha portato? Alla sua parola contro la mia e, a dirla tutta, in questo momento, lei mi tiene per le palle." Brad si appoggiò allo schienale e batté la mano sul tavolo. La cameriera arrivò con i loro caffè e il succo di Trevor.

"Grazie."

Lei si limitò ad annuire mentre si allontanava.

Brad strappò la carta che confezionava la cannuccia e la infilò nel succo alla mela di Trevor.

Emily studiò quell'uomo. Di cosa stava parlando?

Lui arrossì. "Mi dispiace, Em, non volevo essere così crudo." Agitò la mano per farle dimenticare le sue parole e bevve il caffè facendo rumore. "Non hai bisogno di questa merda; hai già le tue difficoltà. Mi sento abbastanza in colpa per averteci trascinata in mezzo, alle sue cazzate, e per come ha trattato te e Katy."

Le stavano fischiando le orecchie e la stanza non le sembrava a posto. Fece un respiro profondo e poi un altro. Aprì la bocca per parlare, ma non le venne in mente niente da dire. Quindi, la chiuse. Lui allora allungò la mano, come se nei duri occhi castani gli si fosse insinuata qualcosa di simile alla preoccupazione.

Emily ritrasse la sua. "Brad, fermati. Non ti capisco. Di che diavolo stai parlando? Che significa che ti tiene per le palle? Cosa sta succedendo? Niente più giochetti. Lo giuro su Dio: mi sento come se voi due mi steste costringendo a un tirassegno di carnevale, e io fossi il bersaglio."

Sputi blu fuoriuscivano dalla bocca di Trevor. Aveva trovato un pastello e ora lo stava masticando insieme a un foglio. Emily allungò la mano dall'altra parte del tavolo. "Trevor, no! Sputa!"

Brad ficcò le dita in bocca a suo figlio e tirò fuori ciò che restava del pastello blu, poi usò un tovagliolo per asciugargli la faccia. Emily si assicurò di confiscarglieli tutti, questa volta. Trevor gemette e tese la mano verso i pastelli che, naturalmente, voleva indietro. "Brad, altri cracker." Emily pulì il tavolo rimuovendo i frammenti di cera, mentre Brad metteva un mucchietto di cracker davanti a Trevor. "Ecco, passami quelli." Emily prese i tovaglioli sporchi e li gettò nella spazzatura vicino alla porta.

Si sentiva distrutta, quando tornò a sedersi al suo posto. Trevor mangiò i suoi cracker e fece dondolare le gambe, battendo il fondo del separé, e facendo rimbombare i tonfi. Dovevano muoversi: aveva quasi finito i cracker.

Brad batté la mano sulla parte posteriore del separé. Gli si colorò il volto. "Non avrei mai dovuto lasciarla tornare. È stato un mio errore. Dal momento che non ho mai presentato istanza di separazione legale o di abbandono di Trevor, per l'affidamento esclusivo..." Gettò le mani in aria e si appoggiò allo schienale. "Diciamo che è tanto furba quanto tr..." lo stava per dire, ma si trattenne, prima che quella parola volgare gli uscisse di bocca.

Gettò uno sguardo alla cameriera che aveva alzato le sopracciglia, mentre indugiava dietro alla macchinetta del cappuccino. "Si è rivolta a un avvocato e ha messo in atto un piano, prima di ripresentarsi a casa mia. Sapeva esattamente cosa dire e fare. Ho mandato tutto a rotoli. E non posso costringerla ad andarsene. Sono io a doverlo fare, se voglio la separazione. E non posso portarmi dietro Trevor. Ha detto che l'ho minacciata, insultata e buttata fuori di casa dopo la nascita di Trevor, che soffriva di depressione e non sapeva quali fossero i suoi diritti. Ora è tornata perché Trevor è autistico. Sta minacciando di portarmelo via perché la terapia è abusiva. Crede che, se è nato così, debba vivere così. Ha bisogno di essere rispettato per quello che è. Si è spinta così oltre da metterlo in lista d'attesa per un istituto in California specializzato in bambini autistici. Lo sta usando, e non ho ancora capito con quale fine. Ma non posso e non voglio lasciarle fare tutto questo al mio piccolo bambino." Gli si riempirono gli occhi di lacrime, mentre poggiava la mano in modo protettivo sulla nuca di Trevor.

Emily avrebbe voluto balzare in piedi, precipitarsi al ranch e dirne quattro a quella donna. "Che cosa vuol dire che ha minacciato di portare via Trevor? Lei non può gestirlo. Un'istituzione, che diavolo... non può farlo!" Emily sbatté entrambe le mani sul tavolo.

Brad le afferrò le braccia e la strattonò in avanti. L'uomo e la donna dall'altra parte della stanza li guardavano e bisbigliavano coprendosi con le mani. "Calmati, Em. Non lascerò che vinca."

Emily abbassò la voce, gettando un'occhiata espressiva a Trevor. "Mi dispiace, Brad, ma cosa diavolo crede di fare? Non ha mai passato del tempo con lui. Lo evita. Il suo linguaggio corporeo urla già da sé quanto sia a disagio quando lo ha intorno. Lei non lo conosce, non sopporta di stare nella sua stessa stanza e lui se ne accorge. Non può fingere preoccupazione materna. Lui non le risponderà; lo spaventa. Non capisco perché qualcuno dovrebbe scendere così in basso. È sua madre, non vuole ciò che è meglio per lui?" Emily non poteva trattenere il veleno. Ci provava, davvero. Aveva sempre cercato di dare a tutti il beneficio del dubbio, no? Ma quello era troppo. Trevor non era suo, ma avrebbe voluto che lo fosse.

"Em, hai ragione, ma devo pensare a lui. Ho già ricevuto una bella lavata di capo dal mio avvocato. Devo fare come mi ha detto. Attenermi ai suoi consigli per vincere e levarmela di torno."

Capire cosa era accaduto davvero non rese il tutto meno doloroso. Da quanto tempo quella donna aveva pianificato di mettersi fra lei e Brad? Era strano, a pensarci. Il tempismo che aveva avuto, tornando a casa proprio quando lei e Brad si stavano avvicinando. Avevano quasi consumato la loro relazione. Trasalì mentre la sua mente viaggiava, fantasticando fra i 'se' e gli 'avrebbe potuto'. "Brad, mi dispiace così tanto. Avrei dovuto capirlo. C'è qualcosa che posso fare?"

Brad restò in silenzio e guardò altrove. Prese il portafoglio e gettò una banconota da dieci sul tavolo. "Hai finito?"

"Sì." Emily afferrò la spesa e scivolò fuori dal tavolo. Brad la seguì con Trevor. Il sole scese più in basso, ma era ancora bello caldo. Emily si fermò e si voltò verso di lui. "Grazie per il caffè e per avermi pagato la spesa." Non voleva andare via. Odiava quei momenti difficili, e fece uno di quei sorrisi imbarazzati e tesi. Poi si accovacciò davanti al bambino. "Ciao, Trevor." Lui fissava in terra. Non ebbe alcuna reazione. Almeno sapeva che era lì? "È regredito." Emily si alzò e non le sfuggì il modo in cui Brad trasalì. "Sai, mi sono tenuta dentro un sacco di cose. Ma Trevor merita di meglio che essere vittima di una madre avida ed egoista. Guardalo."

Brad arrossì e gli accarezzò la nuca. "Lo so, Em, ti prometto che riprenderò la terapia. So che hai ragione. Ma lei mi sta dando contro, adesso."

"Ha torto, Brad." Le lacrime le appannarono gli occhi, offuscando la sua figura. "Non aiutare un bambino, negargli la terapia, è crudele. Negheresti le cure a un bambino malato di cancro?"

"Non è la stessa cosa, Em. Un bambino che ha un cancro rischia la vita."

Avrebbe voluto picchiarlo. "Che tipo di vita avrà Trevor se non funziona come dovrebbe?" Brad le strinse la spalla e gli si addolcirono gli occhi.

"Ehi, ehi, Em, so quello che dici. E amo la passione che ci metti. Sei stata *tu* ad aprirmi gli occhi, ricordi? E hai fatto tutto il possibile per aiutare Trevor. Ti prometto che vincerò. Ricorda le tue parole,' 'non mollare'."

La stava ancora toccando. E quel tocco stava attentando in ogni modo alla sua risolutezza. Lo sentiva sottopelle. Riusciva a rendere ogni parte di lei fredda e calda insieme, ansiosa e felice, e desiderosa di andare sulla luna con un salto. Dopo il dolore e il male che le aveva causato, perché ancora la faceva sentire in quel modo? "Devo andare." Lasciò cadere la mano, ma nessuno dei due si voltò. Poi, alla fine, Emily guardò in basso, spostò la busta della spesa nell'altra mano e indietreggiò.

"Em." Urlò. "Sei a piedi?"

"È solo a pochi isolati." Agitò la mano e indietreggiò.

"Salta su. Ti do uno strappo." Brad accennò al suo semirimorchio blu scuro.

Lui le si avvicinò, un passo, due passi. Non le stava lasciando scelta. "D'accordo."

Brad spinse al centro il seggiolino di Trevor e ce lo legò dentro. Mise la spesa di Emily nel portabagagli. Lei si sedette accanto a Trevor e Brad chiuse il portellone e si avviò a grandi passi sul davanti del camion, salutando con un cenno un paio di passanti che gli sorrisero e gli risposero con la mano. Brad montò e non disse niente quando, mettendo il braccio sullo schienale del sedile per fare marcia indietro, le sfiorò con le dita la spalla. Il tocco la distrasse, facendola indugiare, e quindi non realizzò che Brad non le aveva chiesto dove abitasse. Ma, in realtà, sapeva dove svoltare. "Come fai a sapere dove abito?" Indicò la finestra e Brad si fermò davanti casa sua.

Lui spense il camion e le fece l'occhiolino quando alla fine la guardò. "Ho chiesto in giro. Non ci sono molti posti in affitto, Em. È stato facile trovarti."

Aprì la bocca per dire qualcosa, ma non riuscì a mettere insieme due parole sensate. Guardò fuori dal finestrino e rise, fin quando le lacrime non iniziarono a luccicare. Toccò il braccio di Trevor accanto a lei, e lui la guardò per la prima volta, quel giorno. "Perché non entrate?" Trevor scalciò avanti e indietro con le gambe, adesso si stava allungando verso di lei. "Per favore." Lui guardò fuori dal finestrino.

"Certo."

Entusiasta, avrebbe voluto saltare su e giù sul sedile e battere le mani come una bambina, ma non lo fece, e non cercò di nascondere il sorrisetto che le sollevava la bocca. Tuttavia, respinse quella vocina cinica e protettiva che faceva capolino con un' 'pessima idea'; la relegò in quel meandro nascosto, dove aveva chiuso la sua autostima e la consapevolezza del suo valore per troppi anni. *Andassero tutti all'inferno!* Voleva godersi quel momento con lui. E avrebbe sfruttato ogni minuto a sua disposizione.

Emily slacciò Trevor, mentre Brad le prendeva la spesa. Fece loro strada nel suo piccolo bungalow curato. Forzò un po' la chiave nella serratura, che spesso si bloccava, e spalancò la porta che di frequente si inceppava nei giorni più caldi. "Em, chiama il padrone di casa e digli di riparare questa porta. Deve cambiare la serratura." Brad studiò la guarnizione, facendo correre la mano su e sopra la parte interna dello stipite. Forse alcune donne lo avrebbero trovato fastidioso, ma non lei. Sarebbe stato bello avere un uomo che si occupasse di certi dettagli.

Emily guidò Trevor alla scatola dei giocattoli, nell'angolo del piccolo e accogliente salotto. Era senza dubbio una casa luminosa, una di quelle case antiche, con molte finestre, in stile anni cinquanta. Tirò fuori le auto delle Barbie di Katy, alcuni cubi e prese il centrino dal tavolo. Trevor non ebbe bisogno di sentirsi dire cosa fare. Si lasciò cadere di fianco, inziando a muovere le macchinine avanti e indietro, davanti al suo viso.

Quando Emily si alzò, Brad era sparito. Andò nella piccola cucina quadrata. Brad aveva scaricato la spesa sul tavolo tondo di legno duro, circondato da quattro piccole sedie di pino; si voltò verso di lei, tenne alta la busta di patatine grigliate e indicò la salsa, le Cheezies, la lattina di ginger ale e il cartone di latte. Alzò le sopracciglia. "Stai per dare una festa, Em?"

"Ah, ah" intervenne lei, poi afferrò il sacchetto di patatine e lo infilò nella credenza accanto al frigo, insieme al resto del cibo spazzatura. "Avevo in mente di viziarmi un po', cena e film."

Si acciglò e si guardò intorno. "Dov'è Katy?"

Sorridendo, mise il latte in frigo. "Ce l'ha Bob, questo weekend. Sua madre è in città."

Brad si appoggiò al bancone accanto a lei. Non c'era molto spazio in cucina, in realtà. Si muoveva attorno a quell'uomo alto, slanciato, scolpito e di bell'aspetto, che occupava più della porzione di spazio di un uomo medio, sfiorandogli il braccio, la schiena. Una dolce tortura; Emily dovette chiedersi se le stesse in piedi così vicino di proposito. Non riusciva a pensare e sentiva il calore scorrerle sulle guance. Quindi, afferrò il bollitore e lo riempì d'acqua. "Scusami." Lui si spostò di un passo, e dovette allungarsi alle sue spalle per attaccare la spina. Non riusciva a pensare. "Tè?"

Scosse la testa, sorridendo in modo conturbante. "No, grazie. Allora, come vanno le cose con lui?" Passò la mano sul bancone.

"Ho compilato i documenti per la separazione e ho sollecitato il mio avvocato a chiedere il divorzio non appena saranno firmati. Alla fine, ha accettato di pagare qualcosa per il mantenimento della bambina."

Sbatté le palpebre, poi socchiuse gli occhi e il suo viso assunse un'oscurità che Emily aveva visto solo poche volte.

"Mi stai dicendo che non ti ha mai dato niente? Pensavo che ti stesse mandando qualcosa."

La verità era che Emily non l'aveva mai detto a nessuno. Il suo comportamento infantile l'aveva messa in imbarazzo. "All'inizio mi mandava qualcosa, poi se n'è dimenticato."

"Dannazione, Em, perché non mi hai detto nulla? Se hai bisogno di aiuto con lui, basta che mi chiami. Farò in modo che paghi." Si allontanò dal bancone, camminò verso di lei e poi ci si riappoggiò sopra.

Avrebbe dovuto fermarsi. Ma, quando il suo cervello razionale si fece sentire, era già troppo tardi. Gli passò la mano sulla guancia, sulla barba corta. I suoi minacciosi occhi profondi la fecero fermare e ritrasse le dita, come se si fosse bruciata.

Per fortuna, il bollitore fischiò e dunque ebbe qualcosa su cui concentrarsi. Estrasse la spina dalla presa, afferrò la brocca e, non si sa come, si rovesciò un goccio di acqua bollente sulla mano. Lasciò cadere il bollitore e l'acqua rovente si riversò sul bancone, bagnandole la mano rosea e pulsante. "Merda."

Espirò forte. Brad la afferrò, la trascinò al lavandino e le mise la mano ustionata sotto al flusso d'acqua gelida. "Aspetta qui. Stai bene?"

Emily strinse i denti e scosse la testa. "Che stupida. Penserai che sono un'imbranata." Scrutò da sotto alle ciglia quell'uomo, che la stava guardando in un modo così acuto. A cosa diavolo stava pensando? Non lo sapeva proprio. Teneva le sue carte così vicino al petto.

"No, penso che tu sia un po' nervosa perché sono qui."

Quando Emily cercò di togliere la mano da sotto all'acqua gelida, Brad la strinse più forte. "Aspetta, hai una brutta ustione. Hai un asciugamano?" chiese.

"In bagno." Emily guardò fuori dalla piccola finestra dal vetro sottile sopra al lavandino. Le fitte diminuirono quando la sua mano si intorpidì. Poteva sentire la sua camminata pesante sugli assi scricchiolanti del pavimento, che percorreva il corridoio stretto verso l'unico bagno della casa. Sperava che non notasse le squallide pareti spoglie. Non aveva ancora disfatto i bagagli, tanto meno appeso foto. Quel posto era solo una soluzione provvisoria, in attesa di una casa definitiva. Il piccolo cortile sul retro era stipato con i giochi per arrampicarsi di Katy e ci avevano trovato anche una vecchia altalena. La recinzione di legno vecchio aveva delle tavole mancanti qua e là e aveva bisogno di una passata di vernice.

"Com'è?" Non l'aveva sentito tornare.

"Non fa male, finché la tengo sotto l'acqua ghiacciata." Chiuse il rubinetto.

Brad le porse un piccolo asciugamano color pesca. "Siediti" intimò e tirò fuori una delle sedie di legno. Strascicò un'altra sedia e allungò le sue lunghe gambe in avanti quando ci si sistemò sopra. "Che ne dici di un caffè?" chiese Emily. "Posso preparartene un poco."

Lui scoppiò a ridere. "Credo sia meglio saltare il caffè, per salvarti l'altra mano. E poi devo portare Trevor a casa per farlo cenare." Brad guardò dietro l'angolo. Emily poté sentire il bambino rovistare nella scatola dei giocattoli.

"Resta a cena qui, per favore."

Brad inclinò la testa e lasciò che un sorriso felino gli illuminasse il volto. "Sarebbe carino, mi è mancata la tua cucina. Sono sicuro che Trevor apprezzerebbe un pasto fatto in casa."

Emily non aspettò. Si alzò di scatto, spalancò il frigo e tirò fuori una confezione di carne macinata. Fece friggere gli hamburger, aggiungendo un poco di condimento e salsa, bollì le patate e gettò tutto insieme in una casseruola. Preparò l'insalata, mentre Brad le stava accanto a chiacchierare.

Anche durante la cena, la conversazione restò leggera e spensierata, e non le sfuggì il gemito di apprezzamento che si lasciò scappare al primo boccone. Trevor era irrequieto. Mangiò qualcosa con le mani e poi sgattaiolò via, lasciando la forchetta infilzata nel purè di patate per tornare ai giocattoli. Quando ebbero finito di mangiare, Emily lavò i piatti e Brad li asciugò. Poi perlustrò le sue credenze mentre li metteva a posto. "Mi sei mancata, Em."

Lei lasciò cadere il canovaccio nell'acqua con il sapone e incontrò il suo riflesso nella finestra oscurata di fronte a lei. L'illusione che le rivolse era piena di brama e rimpianto. Emily si voltò e il cuore le pompava in petto. Non riusciva a respirare. Guardò l'orologio appeso al muro. Non voleva che se ne andasse. La sua mente correva, facendo tutto il possibile, eccetto tirare fuori un coniglio dal cappello, per trovare il modo di tenerlo lì. "Andiamo a sederci in salotto. A meno che tu non voglia un caffè?" disse lei.

"No, sto bene."

Emily gli camminava alle spalle. Abbassò gli occhi e osservò con bramosia la sua camminata spavalda e il modo fantastico in cui riempiva i jeans. Amava il suo modo di camminare e si ricordava fin troppo bene quanto fosse sodo il suo fondoschiena, dalla volta in cui avevano quasi… Emily stava per soffocare quando si rese conto di ciò che stava facendo. E Brad la guardava, in un modo che le dava a intendere che avesse capito dove i suoi pensieri fossero andati a parare. Si schiarì la gola e si precipitò al televisore. "Lascia che metta un film per Trevor." Inserì il DVD di *Peter Pan*, abbassando un poco il volume. Trevor balzò sul divano di pelle sbiadito, che aveva visto giorni migliori. Brad affondò nel divanetto ad angolo in pendant, accanto a quello dov'era seduto il figlio. Emily lanciò uno sguardo al posto accogliente vicino a Brad, ma poi si accoccolò di fianco a Trevor. Gli avvolse la coperta afgana viola sulle gambe, quando lui appoggiò la testa sul cuscino.

"La cena era ottima, Em. Nell'ultimo periodo ho cucinato io per me e Trevor e sono forse il peggior cuoco sulla piazza. Mary viene solo due giorni alla settimana e non resta a lungo. Le ho chiesto di venire più spesso, ma ha rifiutato; mi ha detto che quei due giorni la esauriscono, perché deve essere diplomatica con Crystal."

Lo guardò. Le mancavano quei momenti che erano soliti trascorrere insieme la sera, a parlare.

"Quindi chi sta dietro a Trevor quando lavori, Brad? Voglio dire, tu hai un ranch da gestire."

"Me lo porto dietro. Inutile dire che non riesco a fare granché."

Non si rese conto che stava trattenendo il respiro, finché non le scappò in un sibilo. "Non crederai davvero che potrei lasciarlo a lei, no?"

Emily arrossì. Allungò la mano per accarezzarlo, ma lui si ritrasse. "Brad, mi dispiace. Non sapevo cosa pensare. Con tutto quello che è successo... quando le hai permesso di rimanere... Come potevo evitarlo? Non credo tu sappia quanto tengo a te. Quando è tornata, hai voltato le spalle a me, a noi. Non sapevo cosa pensare."

Lui scosse la testa e si sporse in avanti, asciugandole la lacrima che le si faceva strada giù sulla guancia. "No, Em, mi dispiace. Ti ho lasciata pensare il peggio di me. Stavo solo cercando di proteggerti. Non volevo trascinarti nel casino che avevo creato."

Spinse le spalle contro il divanetto e si passò le dita tra i capelli.

"Ho rovinato tutto, Em, in modo assoluto. Avrei dovuto presentare istanza di divorzio nel momento in cui se n'è andata. Invece, questa è l'unica area della mia vita che ho lasciato al caso. Si fosse trattato di affari, mi sarei tutelato. Invece, ho continuato a rimandare. E adesso guarda. L'altra sera ha avuto addirittura il fegato di propormi di avere un altro bambino, nello stesso momento in cui ha tirato fuori l'idea di mandare Trevor in un isti-tuto, cercando di giustificare il tutto con il fatto che potreb-bero aiutarlo. Era come se volesse sostituirlo; lontano dagli occhi, lontano dal cuore. Ho iniziato a prestarle molta attenzione: lei cambia stanza ogni volta che Trevor è lì e cerca di tenerlo alla larga per non trascorrere mai un momento con lui. Ha questo muro di ferro attorno al cuore e non lo vuole fare entrare." Si avvicinò e intrecciò le dita con quelle di lei. "Non è che non è in grado di amarlo, ma ho capito cos'è. Ha paura. Non è forte come te. Si è chiusa in se stessa per proteggersi."

"E quindi che cosa hai intenzione di fare?" chiese Emily, trattenendo appena il fiato.

"Ho presentato istanza di divorzio. Se vorrà portarmi via il ranch, che lo faccia. Appartiene alla mia famiglia da due generazioni, ma adesso c'è di mezzo Trevor. E mi batterò per lui. Mi ha già minacciato di portarmelo via se provo a lasciarla, ma l'avvocato mi ha detto che ho buone probabilità di tenerlo, soprattutto dato che è già andata via una volta." Si lasciò andare un sospiro pesante e poi guardò l'orologio nella stanza buia. Erano passate da un pezzo le nove e Trevor era crollato accanto a Emily.

Si alzò in piedi. Sapeva che stava per partire. "Non andare via. Trevor può dormire nel letto di Katy. Per favore." A cosa stava pensando? La squadrò in modo strano, prima di posarle i palmi delle mani sulle guance. Poi, abbassò lento la bocca verso la sua, prima in modo tenero, sfiorandole le labbra con un respiro leggero e stuzzicante; poi, qualcosa in lui si spezzò mentre la tirava su. Non era affatto delicato; era più una feroce voglia di possesso, che le fece capire che, ciò che sperava accadesse, quella sera sarebbe accaduto.

Capitolo Trentuno

B rad si staccò da lei, facendole vibrare il cuore. La debole musica della colonna sonora della Disney suonava in sottofondo.

Brad raccolse Trevor dal divano e lo sistemò nel letto di Katy. Emily lo coprì con il piumino rosa e andò in sala con Brad. Dal modo in cui guardava Trevor, capì che quell'uomo avrebbe mosso le montagne per suo figlio.

Quando si voltò a guardarla, lei gli tese una mano, ma le tremava, poiché aveva iniziato a chiedersi se fosse davvero ciò che voleva Brad. Lui doveva aver percepito la sua esitazione, dato che si chinò e le sussurrò le parole che aveva bisogno di sentire.

"Va tutto bene. Siamo tu ed io, in questo momento, Em." Chinò la testa e le sfiorò le labbra con le sue. La sua passione era sfrenata: un bacio sentito, profondo... uno di quelli che faceva capire a una donna di essere importante. La sollevò fra le braccia e ruppe il bacio solo per chiedere: "La camera da letto è qui?"

"Uh-uh."

Il cuore le andava a mille quando la mise sul letto e le

spinse il corpo sopra al suo, catturandole di nuovo la bocca in un bacio. Era fantastico come quell'uomo e quella forza travolgente le dicessero con un tocco, una carezza, quanto la desiderasse, quanto bisogno avesse di lei. Lei lo voleva da star male, e lui sembrava altrettanto bramoso quando si scostò e le sbottonò la camicetta e i jeans, per tenerla nuda sotto di sé. Si tolse camicia e pantaloni e gettò tutto in un mucchio sul pavimento. La luce del corridoio filtrava nella stanza, con un fascio sufficiente perché Emily dovesse deglutire a fatica nel vedere quell'uomo. *Oh, wow... è magnifico.* Con i vestiti addosso, aveva già un aspetto fantastico, ma vederlo adesso, nudo e in tutto il suo splendore, la lasciava senza fiato. Aveva una solida massa di muscoli sul torace possente. I fianchi erano snelli e non aveva la tipica pancetta da birra; il suo stomaco era tonico e senza un filo di grasso e le cosce forti e scolpite a regola d'arte. Non aveva nessun dubbio, ma solo il presentimento e la consapevolezza che quell'uomo sapeva come fare l'amore con una donna.

Si spostò con lei. E lei intrecciò le gambe con le sue; la guardò con sguardo intenso per qualche secondo, prima di abbassarsi e rendere omaggio ai suoi piccoli seni turgidi. Con la lingua, toccò e leccò il primo capezzolo, poi lo prese lento in bocca, profondendo la sua passione, mentre prestava attenzione anche all'altro, a tutto il suo corpo. Abbassò la mano, a toccarla, accarezzarla. Le stava facendo crescere dentro un dolce tormento, mentre lei gli fremeva contro, quando un tremito la travolse.

Gettò la testa avanti e indietro, non sapeva quanto avrebbe ancora potuto sopportare, e alla fine lo implorò: "Brad... per favore, adesso."

"Non ancora, abbiamo tempo. Stasera voglio sentirti gemere sotto di me, ancora e ancora." Con la mano, continuò a esplorare su, lungo la linea delle sue cosce, premendo per allargarle le gambe. Si faceva strada e la stuzzicava, fino ad accarezzare piano il morbido gioiello in cui le sue gambe si univano, e sentire quanto fosse umida e pronta per lui. Emily non riuscì a stare ferma quando le fece scivolare un dito dentro. Lui era divertito dal suo tormento mentre lo pregava di completarla.

Lo afferrò per le spalle. Cercò di tirarlo a sé, ma non si muoveva; invece, la guardò e sostenne il suo sguardo ardente. Era emozionante e insieme frustrante, il modo in cui giocava con lei, portandola sull'orlo della follia. Lei gemette, incapace di trattenersi ancora. Le coprì la bocca con la sua con un bacio così potente e profondo; le sue labbra mimavano l'antica arte dell'amore. Le allargò le gambe, guidandola per fargliele avvolgere attorno alla vita e passandole dolce le mani sulle curve. Gliele posò sulle natiche e la penetrò piano. Per il modo in cui la guardava, lei sapeva di essere del tutto alla sua mercé. Le toccò il labbro con la punta della lingua, scrutandola con occhi socchiusi. Emily si lasciò andare del tutto; fu una resa totale che la fece ansimare, volare e librarsi insieme a una musica tutta loro. Qualcosa incrinò il sottile muro che aveva intorno al cuore e lei chiuse gli occhi, inghiottita dall'antica danza che condividevano, concedendosi di lasciarsi andare. Quando riaprì gli occhi, lui la stava osservando con un sorriso felino, mentre giaceva sopra di lei, premendola contro il materasso. Non voleva che si muovesse, voleva assorbire l'intensità dei sentimenti che era riuscito a tirarle fuori da ogni cellula, nel profondo. Un paradiso che non voleva finisse. Non aveva mai sperimentato in vita sua una passione tanto intensa. Era un uomo che sapeva cosa voleva, capiva di cosa lei aveva bisogno e come farle perdere il controllo.

Brad si appoggiò sui gomiti, guardò giù verso di lei e le accarezzò i capelli, sistemandoli indietro. Vide un fuoco luccicargli negli occhi prima che si staccasse, rotolasse sulla schiena e si coprisse la fronte con un braccio. Si era pentito di quello che avevano fatto? Il cuore le sprofondò solo per un minuto. Si chinò verso di lui e gli toccò il petto con un gesto leggero, quasi temesse che potesse fuggire da un momento all'altro. "Stai bene?"

Le mise una mano sulla guancia e lei la baciò, assorbendo il suo tocco. Brad trasalì mentre la tirava a sé. La strinse fra le braccia, e lei intrecciò le gambe con le sue; le passò le labbra sulla fronte e le tracciò dei cerchi giù, lungo la schiena.

Poté avvertire qualcosa cambiare dentro di lui, come si stesse distaccando. Restò in attesa, con la guancia appoggiata sul suo petto. Si succhiò il labbro inferiore e premette i denti nella carne tenera, aspettando che la realtà parlasse, che lui dicesse le parole che si aspettava. *Sì, Em, grazie... è stato bello, ma devo portare Trevor a casa.*

Brad fece schioccare le labbra. Trattenne il respiro. *Okay, eccoci, ci siamo.* Emily strinse gli occhi a chiuderli. "Em, stai prendendo la pillola? Voglio dire, non abbiamo usato il preservativo, il che è stato davvero stupido." Lei balzò su e lo guardò dritto negli occhi, mentre lui le faceva correre le mani su e giù per la schiena e sul sedere. Batté le palpebre, cercando di comprendere ciò che aveva detto. Lui alzò un sopracciglio, in attesa di una risposta. Di nuovo, batté le palpebre. "No... non ne ho mai avuto il bisogno. Non ho, beh... come dire... diciamo che è più di un anno che... ma è il momento sbagliato del mese. Sono piuttosto brava a comprendere quando... beh, sai..." Tutto ciò era davvero imbarazzante, anche dopo quello che avevano condiviso. Non ci aveva proprio pensato.

Gli fremettero le labbra di fronte al suo pudore nello spiegare le cose. Poi, le prese il viso fra i palmi delle mani, obbligandola a guardarlo, e sollevò le sopracciglia. "Em, coraggio, ammettilo e basta; non abbiamo usato nessuna precauzione e ci sono buone probabilità che tu aspetti un bambino da me, ora."

Rabbrividì al pensiero di portare in grembo suo figlio. Wow, fino a quel momento non aveva mai pensato ad averne altri. "Dio, sarei contentissima di aspettare un bambino da te." Da dove le era uscita? Si schiaffò una mano sulla bocca, come per rimangiarsela. Era troppo presto; avrebbe potuto spaventarlo. Ma era così stanca di nascondere i suoi sentimenti, non voleva reprimerli.

Brad non disse nulla; si limitò a guardarla in modo distaccato e strano. Voleva chiedergli se desiderasse altri bambini, se fosse rimasto. Voleva sapere cosa stesse pensando. Ma non disse niente e fece scivolare la gamba accanto alla sua, per accoccolarglisi più vicina. E, per un attimo, mentre teneva chiusi gli occhi, sognò una connessione eterna.

Capitolo Trentadue

Emily appoggiò il gomito sul tavolo della cucina. Sorseggiò una tazza di caffè, cercando nel liquido caldo e nero qualche segno o una risposta. L'orologio da parete ticchettava; erano le undici passate e Bob aveva promesso di riportare Katy domenica prima di pranzo, quindi sarebbe potuto arrivare da un momento all'altro.

Brad era rimasto a dormire lì. E, restando fedele alla sua parola, aveva fatto l'amore con lei per tutta la notte, svegliandola diverse volte. Nonostante fosse stanca, erano anni che non si sentiva così energica. Aveva preparato una ricca colazione per Brad e Trevor. Si erano gingillati con qualche tazza di caffè. Nessuno dei due voleva che finisse, ma lui non aveva scelta. Aveva un ranch da gestire. Doveva andare via per forza.

Emily non aveva mai provato l'intenso piacere di stare con il ragazzo giusto, quello che ti manda il cuore e l'anima a un'altezza innaturale e che, se se ne va, li rompe in milioni di pezzi. Emily sollevò l'anulare spoglio della fede nuziale, e non provò neanche un cenno di rimorso perché, con Bob, non aveva mai sperimentato quel tipo di passione, di beatitudine. Svegliarsi fra le braccia di Brad, mentre lui la penetrava con dolcezza, era una passione di gran lunga più vivida e potente. Avrebbe giurato di essere morta e di trovarsi in paradiso, o in qualche posto simile. Persino la doccia che avevano fatto insieme all'alba era stata piena di tale passione creativa. Emily sciacquò la tazza e andò alla finestra sul davanti. Sospirò, desiderando che Brad tornasse. Ma se n'era andato dopo averla baciata a lungo e con premura, senza promesse o parole frivole... niente. Aveva un drago da uccidere, un conflitto da portare a termine. Allora, sarebbe tornato, per essere il suo tutto.

Capitolo Trentatré

Per la prima volta da quella che sembrava un'eternità, Brad sentì quel peso opprimente alzarsi dalle sue spalle. Guardare Emily andare in pezzi sotto di lui, le sue occhiate timide e il suo tocco tenero, era la forma più semplice e pura di amore. Scosse la testa. Cinque anni prima, non l'avrebbe mai guardata una seconda volta. Ma, in quel momento, voleva mettersi in ginocchio e ringraziare chiunque l'avesse messa sulla sua strada. Emily era un'anima complicata, saggia e potente, e Brad sapeva che quella bella ragazza minuta ed esuberante, dai capelli castani, avrebbe smosso mari e monti per ciò che reputava giusto. Era l'esatto opposto delle donne appariscenti e superficiali alle quali era sempre andato dietro.

Imboccò il lungo vialetto sterrato e sentì la pesantezza ricadergli sulle spalle come un sacco di patate. Come poteva odiare un posto che aveva amato così tanto?

Deglutì, al ricordo dello sciocco coglione immaturo che era stato. Era stato lui a creare tutto quel casino per il suo modo di essere. Era stato stuzzicato dall'attrazione superficiale che provava per Crystal; faceva figura a tenerla a braccetto, ed era tutto ciò che aveva sempre voluto. Qualsiasi cosa più profonda lo avrebbe fatto scappare a gambe levate. Crystal era sempre stata se stessa; era stato un errore suo esserle andato dietro.

Si grattò la testa e guardò Trevor, ripensando all'orrore che aveva provato Crystal il giorno in cui aveva scoperto di essere incinta. Brad ci aveva riso su e non le aveva dato troppa importanza; aveva creduto si trattasse di un semplice attacco isterico, dovuto al timore di diventare madre, e si era convinto che si sarebbe abituata. Solo quando si era deciso ad affrontare la verità, si era reso conto che era più di questo: Crystal non aveva mai desiderato dei bambini, perché era ancora molto infantile.

Non era in grado di prendersi cura di qualcuno che dipendeva da lei. Non era così forte, o forse era solo troppo egoista. Riflettere e accettare la verità era stato un boccone amaro da ingoiare; a quel tempo gli importava di lei, pur non essendo corrisposto.

Crystal si occupava delle cose superficiali: spendeva i suoi soldi, faceva ridipingere la casa e conduceva uno stile di vita a cui credeva di avere diritto.

Era figlia unica, e i suoi due genitori, che non erano affatto ricchi, stravedevano per lei e le avevano dato tutto quello che aveva sempre desiderato. Non le erano stati insegnati il valore dei soldi, l'impegno, il senso della misura e le responsabilità. Ma, in effetti, anche Brad aveva fatto di testa sua.

Suo padre era un brav'uomo. Lo aveva preso da parte qualche settimana prima del matrimonio, ricordandogli che era una scelta sua e che ci avrebbe convissuto solo lui. Che non gli avrebbe mai più detto un'altra parola a riguardo, ma che si aspettava che lo ascoltasse, in quel momento. Le ragazze come Crystal andavano bene per divertirsi. Era superficiale e non era il tipo di donna da sposare; non sarebbe mai stata devota a lui o a un figlio che sarebbe potuto arrivare. Brad si era infuriato, aveva urlato contro suo padre. Gli aveva detto che era solo geloso che avesse trovato una ragazza così affascinante. Suo padre lo aveva quasi schiaffeggiato. Brad adesso trasaliva mentre stringeva il volante del suo furgone. Si vergognava; desiderava che suo padre lo avesse messo al tappeto. Se lo sarebbe meritato. Brad non aveva più parlato con lui da allora e con sua madre solo di rado... ma non le aveva mai detto ciò che stava succedendo.

Come figlio maggiore, il ranch era passato a lui. Il padre e il fratello minore avevano acquistato 10.000 acri, giù nella penisola dello Yucatan, per perseguire la loro idea di piccolo ranch.

Era andato a trovare sua madre una volta, con Crystal, subito dopo che era nato Trevor. Suo padre allora si trovava a Panama; se fosse una cosa voluta o una coincidenza, non lo sapeva. Adesso avrebbe voluto un consiglio da lui, farci pace e colmare la distanza che si ampliava a ogni giorno che passava.

Quando lui e Crystal si erano sposati, si era preso cura di lei e aveva pensato a tutto. Aveva pagato le spese ed era stato generoso, dandole soldi e carte di credito. Lei non aveva la concezione del valore dei soldi e superava sempre il limite della carta.

La prima volta che ci aveva parlato, era stato schietto: "Non sono un pozzo senza fondo."

Lei era andata in panico e si era comportata come se fosse la fine del mondo. Era sbalordito da quanto spendesse solo per i vestiti. Non batteva mai ciglio quando gettava qualche migliaio di dollari su un vestito di marca. Lo shopping era il suo passatempo preferito, e lui aveva sempre ceduto, soprattutto dopo che era rimasta incinta.

Dunque, quand'era che aveva smesso di avere i paraocchi?

Dopo la nascita di Trevor, Brad aveva pensato davvero che lei lo avrebbe visto e se ne sarebbe innamorata, proprio com'era successo a lui. Che sarebbe stata a casa e sarebbe diventata una brava moglie e una madre adorabile. Era sicuro che l'innato spirito materno, che caratterizzava tutte le donne dall'inizio dei tempi, sarebbe finalmente emerso. Semplicemente dava per scontato che fosse una cosa naturale.

Ma niente era andato come previsto. Dopo aver partorito, si era rifiutata di tenere in braccio il bambino. Lui l'aveva guardata ferito, e sembrava in preda a una crisi depressiva, più preoccupata del suo aspetto e di cosa il parto e la gravidanza avevano fatto al suo prezioso corpo.

Brad aveva inventato delle scuse per il suo comportamento: era il calvario del parto, era stanca, si sarebbe ripresa prima o poi. Ma le infermiere la sapevano lunga. Brad aveva ignorato i loro sguardi d'intesa, soprattutto dopo il suo rifiuto deciso di allattare il bambino al seno, quando l'infermiera l'aveva incoraggiata a provare a farlo attaccare. La donna aveva cercato di spiegarle l'importanza del latte materno, ma lei le aveva risposto urlando che non voleva dei seni cadenti.

Brad non si era preoccupato troppo, dato che erano molte le madri che sceglievano il latte artificiale. Non era poi un gran problema.

Ma, una volta tornati a casa, le cose erano degenerate. Crystal aveva chiesto una tata per Trevor. Brad si era imposto e aveva rifiutato. Aveva perso le staffe: "Come madre di Trevor, mi aspetto che sia tu a prenderti cura di lui." Crystal si era messa a strillare come una bambina di due anni e aveva chiamato sua madre. Ovviamente, ciò che era successo dopo era stato che sua suocera si era trasferita da loro per accudire il bambino. Betty aveva problemi cardiaci. Dopo qualche settimana a occuparsi del bambino e di Crystal, le erano comparse occhiaie scure sotto agli occhi. Brad l'aveva fatta mettere a sedere. "Che diavolo stai facendo, Betty?"

Lei si era messa a piangere, tenendosi la testa con la mano. "Mi dispiace tanto, Brad; è colpa mia e di suo padre. L'amavamo troppo e abbiamo fatto fatica quando è cresciuta; non volevamo che dovesse fare a meno di niente, a differenza nostra. Mi dispiace tanto, Brad; non le abbiamo mai insegnato a responsabilizzarsi e prendere la sua strada. Le rendevamo tutto semplice."

Brad si era sentito male, di fronte al suo dolore, ma non aveva reso le cose più facili. "Pensa che tutto le sia dovuto e si aspetta sempre che tutti siano pronti a servirla e riverirla. Devi smettere. Non stai migliorando la situazione. Non crescerà mai, così."

Betty aveva stretto le labbra. "È mia figlia e le voglio bene. Come voglio bene al mio nipotino. Non posso smettere." E non l'aveva fatto; aveva riversato tutto il suo amore su Trevor finché, qualche mese dopo, una notte, non aveva avuto un ictus ed era morta in ospedale a distanza di pochi giorni. Crystal ne era uscita quasi distrutta.

Era come una bambina smarrita, che chiedeva tutto a Brad, senza sapere cosa fare. Suo padre era morto dieci anni prima. Brad aveva continuato a nutrire speranze che alla fine sarebbe riuscita a fare da madre a Trevor. Tuttavia, l'accaduto aveva rivoluzionato il suo mondo. Aveva fatto i bagagli e se ne era andata la settimana dopo, abbandonando Trevor. Mary Haske era arrivata al ranch per le pulizie poco prima di pranzo e aveva sentito il pianto pietoso di un bambino. Brad lo aveva lasciato, stupidamente, a Crystal ed era andato nel campo a nord.

Mary aveva perlustrato l'intera casa, in cerca di

Crystal. Quando Brad era arrivato a casa per pranzo sul trattore, aveva trovato una Mary scompigliata, arrabbiata e in preda al panico, con in braccio Trevor. Aveva gli occhi umidi e cerchiati di rosso e a Brad era sceso il cuore nello stomaco come piombo quando aveva sentito quelle parole strappabudella. Aveva trovato Trevor da solo, che piangeva nella sua culla, senza nessuno lì ad ascoltarlo. Mary si era infuriata e aveva voluto sapere dove fosse Crystal. Il sangue gli era scorso freddo nelle vene a quel racconto. In un primo momento, si era precipitato in casa per cercarla e aveva pensato che fosse da qualche parte addolorata. Poi però, aveva sentito il cuore uscirgli dal petto quando, correndo in camera da letto, aveva aperto l'armadio e si era reso conto che vestiti, trucchi, gioielli... era tutto sparito. La rabbia l'aveva pervaso al pensiero che avesse lasciato Trevor da solo e si era sentito scuotere per la paura. E se Mary non fosse arrivata? Era caduto al suolo dritto davanti a lei. Poi, una volta assimilato il pensiero, aveva scagliato un pugno alla parete e si era fatto sanguinare le nocche. Quel dolore fisico era stato il benvenuto. L'altro no. Le lacrime gli avevano fatto bruciare gli occhi, mentre aveva tenuto stretto il suo bambino, a lungo, prima di affidarlo alle cure di Mary Haske.

Brad aveva passato una settimana a cercare di rintracciare Crystal. Era stato grazie alle carte di credito che era riuscito a trovarla, alle Hawaii, e aveva vissuto l'incubo che ne era seguito.

Ricordava ancora l'umiliazione che aveva provato quando se n'era andato senza di lei: Crystal era rimasta laggiù. Le settimane si erano trasformate in mesi. Aveva tenuto traccia di dove si trovava. Lei aveva chiamato solo quando aveva bisogno di soldi e mai una volta aveva chiesto di Trevor.

Adesso, dopo tutto quel tempo, era tornata a casa, per

diventare improvvisamente sua madre? Sapeva che non era vero. Riusciva a malapena a sopportare di stare nella stessa stanza con lui. E, se per caso capitava, trovava sempre una ragione per andarsene. Brad non sarebbe mai più stato così imprudente. Glielo leggeva negli occhi; era preoccupata che potesse chiederle di prendersi cura di lui. No, non l'avrebbe fatto mai più. Poi, si rese conto, che a legarla a lui era la sicurezza che le dava. Era diventato il suo nido protetto, si occupava di tutte le sue cose e le permetteva di avere tutto ciò che voleva. Nonostante se ne fosse andata da oltre due anni, aveva continuato a pagarle tutto come un idiota. Ma ora basta. Aveva fatto un grosso errore. Aveva usato quel bambino, il suo prezioso bambino. E aveva costretto ad andarsene da casa sua l'unica donna a cui davvero importava di lui e di Trevor. Emily, che aveva combattuto per il futuro di suo figlio e lo aveva aiutato a capire ciò di cui aveva davvero bisogno.

"Casa dolce casa, Trevor."

Quasi non aveva ancora tirato il bimbo fuori dal furgone quando Crystal si precipitò fuori, con indosso dei jeans neri, una camicia bianca e senza un capello fuori posto, come stesse andando in città.

E, dal modo in cui si avventava su ogni passo, Brad capì che anche l'inferno sarebbe stato molto più tranquillo.

Tenne in braccio Trevor e osservò quella patetica donna avida e la sua rabbia. Come poteva averla amata, e tantomeno adorato il terreno dove camminava? Ci doveva essere qualcosa che non andava in lui.

"Dove cazzo sei stato? Ti ho aspettato sveglia per tutta la notte!" Strinse i pugni e se li piantò sui fianchi.

Brad mise giù Trevor. Sentiva che era teso, dato che iniziò a ondeggiare e dondolarsi avanti e indietro, da un piede all'altro. Gli squittii stavano diventando più pronunciati ultimamente, da un "eek, eek" a un "click, click" che faceva con la lingua. "Va bene, Trevor, andiamo a cambiarci." Brad si chinò, lo prese in braccio e se lo mise sulle spalle. Schivò Crystal, come fosse cacca di mucca nei campi.

Lei gli si mise alle calcagna, come una di quegli irritanti piccoli chihuahua che non sanno stare zitti. "Eri con lei, non è vero? Quella puttana." Quell'accusa era intrisa di tanto veleno che Brad dovette trattenersi dal voltarsi e colpirla. Trevor gli rinfrescava la mente tirandogli i capelli.

Gli finì addosso sulla porta, quasi pestandogli i piedi. Si voltò così rapido che quasi la rovesciò con la forza delle sue parole: "Togliti di mezzo, stai spaventando Trevor. Parleremo dopo che l'avrò sistemato."

Da vera furba, non li seguì.

Brad lasciò Trevor davanti alla TV e mise un film della Disney. Quando si voltò, la vide lì in piedi, appena dentro la porta, che ticchettava impaziente la punta del suo stivale di marca. Brad si mosse ad una velocità che la lasciò a bocca spalancata. L'afferrò e la trascinò con sé in cucina, liberandola con una forza tale che quasi cadde contro il tavolo. Poi, incrociò le braccia ed esaminò la stanza, con i piatti sporchi accatastati dentro al lavandino e sul bancone. Cliff e Mac erano ovviamente andati lì a mangiare. Ora basta, avevano la loro cucina, nell'annesso dove vivevano. Fino a quando le cose non sarebbero state risolte, avrebbero dovuto mangiare lì, a casa loro.

Trascinò gli occhi su di lei e poi la respinse per allontanarsi. Lei gli si mise davanti in faccia e si scostò la lunga criniera bionda dietro le spalle.

"Dove diavolo eri? Pretendo una risposta. In quanto tua moglie, ho tutto il diritto di..." Le si impallidì il volto e chiuse la bocca.

Brad aveva alzato le mani, che gli tremavano, e aveva stretto i pugni, mentre incombeva su di lei. Forse si era resa conto di quanto fosse vicino a strangolarla. "Hai il diritto di *cosa*?" Le sue parole erano basse, calme come la morte e affilate, tanto acute che le fecero fare un altro passo indietro. Crystal deglutì e spalancò gli occhi. Avrebbe dovuto essere spaventata.

Brad raggiunse altero il tavolo, trascinò fuori una sedia e la indicò. "Siediti e abbassa la voce. Non ti permetterò più di far innervosire Trevor."

Lei si gettò i lunghi capelli dietro le spalle, comportandosi come se fosse la parte lesa. Lo guardò dritto negli occhi, ma il leggero tremore del labbro inferiore la tradiva. Esitò per un secondo, poi si sedette, alzò lo sguardo e arrossì. Forse si era resa conto di aver tirato troppo la corda. Anche Brad temeva di non poter contenere la bestia selvaggia che cercava di liberarsi.

Si dimenò imbarazzata. Lui incrociò le braccia, mentre i suoi capelli gli pizzicavano la nuca come ad avvertirlo di non voltarle le spalle. Era scaltra e vendicativa e, se l'avesse sottovalutata, di certo l'avrebbe rimpianto.

"Voglio che te ne vada." Come faceva ad avere la voce così calma?

Un comprensibile cenno di indignazione le comparve sul volto. Distolse lo sguardo e si raddrizzò sulla sedia, chinando la testa in un modo che di solito lo avrebbe fatto intenerire. Quasi rise e sbatté le palpebre per lo stupore di fronte al livello a cui quella donna si sarebbe spinta; grato, al tempo stesso, per la sua ritrovata consapevolezza che i suoi trucchi non avevano più alcun effetto. Forse lei se n'era resa conto, perché era pronto a giurare di aver visto gli ingranaggi mettersi in moto nella sua mente contorta.

"No, non me ne andrò, e tu non puoi costringermi." Si guardò le dita e giocherellò con il grande anello quadrato di diamanti, per il quale aveva speso una piccola fortuna.

"Il mio avvocato ha depositato i documenti necessari

per il divorzio. Per quanto riguarda Trevor, ho richiesto l'affidamento esclusivo e la custodia legale." Comprese il suo errore non appena lei saltò fuori dalla sedia e gli graffiò la faccia.

La spinse via.

"Non me ne andrò e non otterrai la custodia di Trevor. Io sono sua madre e nessun giudice me lo porterà via." Era come un animale rabbioso che non avrebbe ceduto.

"Non te ne frega niente di Trevor; non passi mai del tempo con lui. Non l'hai mai fatto. Per l'amor del cielo, Crystal, vattene e basta. Sarò generoso con l'accordo. Non ti mancherà niente."

Lei scosse la testa con un controllo di ghiaccio. "No, Brad, sei mio marito e lei non può averti."

Quindi, non si trattava solo di soldi. I pezzi del puzzle stavano andando al loro posto. *Tieni le carte più vicine al petto. Sa delle cose che non dovrebbe. Ma come?* Camminò avanti e indietro per la cucina, dandole le spalle, e iniziò a sudare freddo. Quando si voltò e intravide il suo sorriso, capì. C'era di mezzo un traditore. Ma non sapeva chi, o sì? "Trevor riprenderà la terapia non appena mi sarò organizzato e tu non ci metterai bocca!" Fece qualche passo verso di lei. "Il mio avvocato ha redatto i documenti per l'affidamento e la richiesta di divorzio. Se continui a darmi contro, non otterrai nulla. Sono stato molto generoso con l'accordo e l'offerta di mantenimento. È un'offerta valida solo per una volta e, se fossi in te, ci penserei bene." Brad doveva andarsene, adesso. Aveva del lavoro da fare, non solo al ranch. Ma doveva anche ribaltare ogni angolo e scoprire chi fosse il traditore.

Avvolse Trevor con il suo cappotto e lo portò fuori dalla porta. Lo mise sul furgone e guidò fino al punto in cui gli uomini stavano lavorando su una recinzione crollata al confine ad ovest della proprietà. Tirò fuori il cellulare dalla tasca e digitò il numero che voleva chiamare.

"Pronto." Disse la dolce voce armonica che gli aveva sempre dato speranza. "Ciao, mamma, c'è papà? Ho davvero bisogno di parlargli."

Capitolo Trentaquattro

Il lunedì mattina portò la luce del sole nella calda aria primaverile. Mentre andava al lavoro a piedi, Emily si sentiva malinconica per il tempo speso con Brad. Fece un salto lungo un chilometro quando il suo capo, Jake, la raggiunse da dietro a grandi passi. "Ho bisogno di parlarti, Emily. Puoi venire nel mio ufficio?" Il suo tono era freddo.

Fu allora che notò Suzanne, un'altra collega, dietro la cassa, che distoglieva gli occhi imbarazzata. Emily seguì Jake nel suo ufficio.

"Chiudi la porta, per favore."

Le tremarono le mani e le sembrò di avere qualcosa che le rimbalzava nello stomaco. Si spremette le meningi. Aveva fatto qualcosa di sbagliato? Jake si sedette dall'altra parte della scrivania, con le mani incrociate strette davanti a sé. "Devo farti andar via."

Il pavimento le crollò sotto ai piedi. Se l'avesse colpita a tradimento, le avrebbe fatto meno male. Una foschia confusa le si diffuse intorno, mentre inalava un profondo respiro tremante; forse non aveva sentito bene. Fissò i suoi occhi chiusi. Lui arrossì in modo visibile, si appoggiò a disagio allo schienale della sedia, si guardò giù le mani e poi alzò gli occhi a incontrare lo sguardo di Emily. Non aveva alcun senso; l'aveva convocata nel suo ufficio proprio la settimana prima, e l'aveva lodata per il bel lavoro che stava facendo. Aveva persino aumentato di due dollari la sua paga oraria; cosa poteva essere cambiato da allora? Non riusciva davvero a capire cosa avesse potuto fare di sbagliato.

"Io... io non capisco." In qualche modo riuscì a tirar fuori quelle parole e chiedere, ma si sentiva affranta e aveva il volto arrossato dal dolore e dall'umiliazione.

Jake ora faceva fatica a guardarla. Quando, infine, ci riuscì, digrignò i denti prima di rivolgerle uno sguardo empatico. "Sono disposto a darti delle buone referenze, ma sono in un vicolo cieco." Allargò le dita davanti a sé. "Ho ricevuto una chiamata da uno dei miei più grandi clienti e mi ha minacciato di non lavorare più con me, se non ti avessi licenziata. È per un problema che hanno avuto con te." Scosse la testa e alzò la sua voce sulla difensiva quando Emily provò a controbattere. "Ho una piccola attività e, se dovessero smettere di ordinare da me, andrei in fallimento."

Emily era stupita; chi poteva volerle fare una cosa del genere? Sporgendosi in avanti, furiosa per l'ingiustizia, era determinata a trovare delle risposte a tutte le sue domande. "Chi vuole che mi licenzi?"

Non c'era modo che se ne andasse da nessuna parte finché non lo avesse scoperto e affrontato di persona. Doveva esserci un malinteso.

Il suo capo distolse lo sguardo e chiuse gli occhi. "Emily, per favore. Non voglio problemi e preferisco non dirlo. Non voglio essere trascinato in mezzo a questa situazione." Il suo imbarazzo si stava trasformando in agitazione.

"No, diavolo, non mi sta bene. Io pretendo di saperlo. Anzi, credo di avere il diritto di saperlo e, se non me lo dirai, contatterò l'ispettorato del lavoro o un avvocato, se devo, e trascinerò il tuo culo in tribunale per licenziamento senza giusta causa." Sapeva di essersi spinta troppo in là con l'ultimo punto, ma non riusciva a trattenersi. La stavano fregando.

"Okay, se vuoi saperlo te lo dirò, è stato Brad Friessen, e non posso permettermi di far incazzare uno come quello." Alzandosi in piedi, Jake era furioso quando indicò la porta. "Ora, esci." Tremando per la rabbia, le porse l'assegno e aspettò impaziente che lo prendesse. Emily, quando si alzò per afferrarlo, barcollò, lottò per trovare fiato e cercò di mettere a tacere il ronzio nelle sue orecchie. L'implicazione di un tale tradimento pesava molto. Come aveva potuto farlo? Si sforzò per non crollare mentre camminava oltre i clienti, oltre Suzanne e, pregava, nessun altro che conoscesse. Lottò per reprimere le lacrime mentre si affrettava a tornare alla casa in affitto. Per tutto il tempo, la sua mente si agitava fra le immagini di Brad. Le domande, il dolore, il modo in cui quell'uomo, in meno di quarantotto ore, era passato dal fare un amore appassionato e non protetto con lei... a questo. Non aveva alcun senso.

Lanciò tutte le maledizioni che poteva su di lui, e poi su tutti gli uomini. Voleva odiarlo. Solo che non sembrava giusto, dopo tutto quello che avevano condiviso. La sua confessione, ciò che Crystal gli aveva fatto. Quello non era un uomo a cui non importava, non era uno da fare un voltafaccia e cercare di sventrare la sua intera esistenza. No, sapeva che il Brad che conosceva non avrebbe mai fatto nulla di così spregevole. Il suo cervello la stava facendo diventare matta, con quella vocina che faceva la parte dell'avvocato del diavolo. L'aveva lasciata andare via da casa sua, ma le aveva spiegato il motivo. Poi, erano seguiti i problemi con Crystal; dopotutto, le aveva permesso di restare. Ma, in fin dei conti, era sua moglie. Anche se era scomparsa e aveva abbandonato suo figlio, e non aveva alcun interesse a essere la madre di Trevor. Si lasciò cadere la testa tra le mani, mentre furiosa cercava di dare un senso a ciò che era successo. Stava iniziando a impazzire. Le aveva confidato il motivo per cui Crystal era ancora lì e, dal punto di vista giuridico, aveva le mani legate. O forse, lo aveva detto solo per farla stare meglio? Voleva urlare per quanto era confusa; niente di tutto ciò aveva senso. Si precipitò su per il vialetto fino alla piccola casa che aveva affittato. Aprì la porta, entrò e la chiuse bene alle sue spalle. Gettò la borsetta sul divano in pelle e ci si lasciò cadere accanto. Il telo bordeaux che copriva la poltroncina era così logoro che cominciava a sfilacciarsi lungo le cuciture. Scansionò lenta la stanza con gli occhi e notò che i giocattoli erano sparpagliati vicino al contenitore di plastica verde. I pastelli e il libro da colorare coprivano il tavolino da caffè di legno scheggiato.

Si appoggiò allo schienale, sentendosi sventrata e con il respiro tremante. Non poteva reprimere le lacrime e non ci provò neanche. Era un disastro, e si lasciò andare a quel lamento. *Potrebbe mai andare peggio?* Pensava a Katy e a cosa avrebbero dovuto fare. Naturalmente, il pagamento di fine rapporto di Brad era stato molto generoso, ma Emily aveva bisogno di un lavoro o ciò che restava di quel denaro sarebbe evaporato nel giro di poco tempo.

Fece un respiro profondo, cercando di calmare il singhiozzo e la crisi di pianto. Afferrò la scatola di Kleenex e si soffiò il naso. Se avesse parlato con qualcuno, si sarebbe capito se si trattava di raffreddore o lacrime. Rimase lì seduta ad ascoltare il ticchettio dell'orologio. Poi, seppe cosa fare. I suoi movimenti erano quasi robotici mentre camminava verso la porta; si bloccò quando con la mano toccò la maniglia. Indietreggiò, entrò in cucina e afferrò il telefono. Prima di concedersi di pensare a ciò che stava facendo, digitò il numero. Squillò solo una volta, poi rispose quella dolce voce zuccherata. Emily sentì il suo stomaco affondare. *Riattacca.* Lo sentì, ma non ascoltò. "Vorrei parlare con Brad, per favore."

Ci fu una lunga pausa dall'altra parte, prima che Crystal chiedesse fredda: "Chi lo desidera?"

Stronza, pensò tra sé e sé, *sa benissimo chi è che chiama.* "Sono Emily. Vorrei parlare con Brad, per favore, adesso."

"Mio marito non è disponibile al momento. È in centro a ritirare i nostri biglietti. Stiamo per partire insieme in vacanza, per festeggiare. Gli dirò che lo hai chiamato."

Eccolo lì, un altro pugnale nella schiena. Cosa diavolo stava facendo? Aveva davvero fatto l'amore con lei tutta la notte, con suo figlio nella stanza accanto, per poi tornare a casa da lei e riconciliarsi? Una vacanza; stava forse scherzando? Guardò il telefono e le si strinse il cuore; non poteva credere che glielo avesse fatto, di nuovo. "Potresti chiedergli di chiamarmi, è importante." Cercò di reprimere il tremolio della sua voce ma fallì in modo miserevole. Prima di crollare del tutto, terminò la chiamata.

Posò la testa sul bancone e chiuse gli occhi, incapace di fermare i singhiozzi che le sgorgavano da dentro. Si sentì come se le avessero serrato d'improvviso una morsa attorno al cuore e permise al dolore di uscire. Le cedettero le ginocchia e cadde a terra, rilasciando tutto ciò che l'aveva tenuta insieme tanto a lungo. Pianse e pregò che il dolore, che le gonfiava il cuore minacciando in quel momento di distruggerla, scomparisse. Continuò a maledire se stessa per essere stata così stupida e aver permesso a quell'uomo di farle tutto quello, ancora una volta. Si sedette a terra, molto tempo dopo che le sue lacrime si furono prosciugate, e si sentì vuota, come se fosse stata lanciata a capofitto in uno spazio privo di emozioni. E fu allora che la colpì in pieno, il modo in cui si era data a lui così liberamente, aprendosi del tutto a quell'uomo, a Brad, come non aveva mai fatto prima.

Capitolo Trentacinque

Suo padre era Rodney Friessen. Era incorruttibile, testardo e rispettato da tutti. Fare il primo passo e chiamarlo significava, per Brad, ammettere di essersi sbagliato. Ma, in fin dei conti, era vero: si era sbagliato. Alla fine, si era deciso a ingoiare l'orgoglio e cercare l'aiuto di cui lui e Trevor avevano bisogno. Era stato un boccone amaro da ingoiare. Sua madre si era intromessa dopo aver origliato al telefono per mezz'ora. A merito di suo padre, non aveva detto nemmeno una sola volta: 'Te l'avevo detto' o 'avresti dovuto ascoltarmi.' Piuttosto, si era limitato ad ascoltare, senza giudicare, e poi aveva offerto il suo aiuto e alcuni ottimi consigli per un piano che risolvesse la situazione, ovvero sottrarre Trevor a un ambiente così acido. Dire ai suoi genitori che Trevor era autistico era stato straziante. Sua madre aveva pianto, mentre suo padre era rimasto in silenzio. Poi, entrambi avevano detto che avrebbero preso il prossimo aereo per Seattle.

Due giorni dopo, Brad andò a prendere i suoi genitori arrivati da Seattle con l'idrovolante che aveva noleggiato.

Non vedevano Trevor da quando era piccolo, quindi non era preparato al loro benvenuto.

"Brad, dov'è mio nipote?" Sua madre, Becky, era bassa, dai capelli grigi, paffuta e piena di vita. Lo abbracciò e poi si chinò a salutare Trevor, che si stava nascondendo dietro alla gamba di Brad. Gli prese la mano e gli parlò. Tirò fuori un regalo dalla sua borsetta e lui lo afferrò. Per la prima volta, rimase in silenzio, senza "eek" né squittii, mentre scartava due macchinine e un audio libro di Elmo.

"Regali meravigliosi, mamma." Anche Trevor sembrava pensarla così, dato che si sedette sull'erba e si mise a giocare con la prima macchinina che aveva scartato.

Suo padre era un uomo alto, dai corti capelli grigi e con linee profonde incise sul volto. Indugiava dietro sua moglie, esitante; l'imbarazzo era ancora presente. Solo quando Brad allungò la mano, Rodney si chinò e lo strinse fra le braccia. All'inizio la loro conversazione fu pungente, poi suo padre lo prese da parte per dirgli che erano disposti a restare finché fosse stato necessario.

Il piano era che Trevor tornasse a stare dai nonni, a Baja. Sarebbe rimasto con loro finché Brad non avesse risolto quella battaglia con Crystal.

Sulla strada di ritorno al ranch, sua madre gli disse di una ragazza che aveva assunto, che aveva esperienza con i bambini autistici. Dal momento in cui Becky aveva riattaccato la chiamata con Brad, si era messa a fare delle ricerche sull'autismo, sulla terapia di cui Brad le aveva parlato e su come avrebbero potuto aiutare al meglio Trevor. Restò incollata a Trevor per tutto il viaggio di ritorno e insistette di passare dal ranch prima di portarlo via.

Quando Crystal vide arrivare i suoi genitori, inciampò sulla veranda.

Becky preparò la cena. La conversazione a tavola passò dal bestiame, al contratto lattiero-caseario, a Trevor. Suo padre era magistrale, affascinante quando voleva, e spietato. Ma fu la sua Becky a suggerire di far andare Trevor da loro. Crystal era esitante, ma suo padre la mise con le spalle al muro grazie al suo carisma, privandola di qualsiasi spazio di manovra. Subito dopo cena, Rodney stese una liberatoria. Brad la firmò per primo e poi la passò a Crystal. Notò la sua riluttanza mentre lanciava un'occhiata al telefono. Ma Becky calmò le sue penne arruffate e la fece firmare, prima che potesse trovare una scusa e cambiare idea.

I genitori di Brad se ne andarono al mattino, con il consenso firmato e il loro nipotino. "Chiamami non appena fai quadrare le cose. Tua madre si occuperà di ciò di cui ha bisogno Trevor. Quindi tu concentrati solo su ciò che devi fare."

"Grazie ancora, papà. E mi dispiace; avrei dovuto ascoltarti."

"Ormai è andata così; ma chiama se hai bisogno di aiuto."

Avere quel supporto era come tornare all'ovile. Per la prima volta, sentiva di riavere indietro suo padre. I problemi con Crystal esplosero nel momento stesso in cui tornò a casa.

"Mi avete incastrata, tu e i tuoi genitori. Non avrei mai dovuto firmare quella lettera." Brad sorrise, uscendo dalla porta.

~

BRAD STAVA FINENDO un panino al prosciutto e formaggio quando Crystal irruppe in cucina, lasciò cadere il suo cappotto in pelle sulla sedia e gettò la borsetta sul tavolo. Lo baciò sulla guancia. "Sorpresa." Lasciò cadere due biglietti sul tavolo.

"Cosa sono?" Li raccolse e aprì la linguetta.

"Le Isole Cook; ho prenotato per noi un resort sulla spiaggia per dieci giorni, ci aspettano nient'altro che sole, spiaggia e benessere, io e te." Gli passò la sua lunga unghia ricoperta di smalto su per il braccio.

"Sei incredibile." Spinse via il piatto, gettò a terra i biglietti e uscì.

Era determinato a giocarsela bene e a seguire il consiglio del suo avvocato di sfuggire a ogni litigio. Era dura, soprattutto per il modo in cui lei lo punzecchiava. Chiamò di nuovo Keith e urlò: "Sbrigati a portarci in tribunale. La voglio fuori da casa mia."

Brad disattivò le carte di credito di Crystal, svuotò il conto corrente condiviso e vi tolse il nome di lei. Adesso era solo suo. Poi, lasciò istruzioni precise al direttore della banca, affinché non avesse più alcun accesso ai suoi fondi.

Lei irruppe in casa, mentre lui era nel suo ufficio. Gli tirò la borsetta, poi un libro e qualsiasi altra cosa su cui riuscisse a mettere le mani. "Sei uno stronzo, ero in centro per comprare un nuovo paio di scarpe e mi hanno rifiutato la carta. Hai idea di quanto sia stato imbarazzante? Le ho provate tutte, e sono state rifiutate. Hanno chiamato il direttore, che ha preso le carte e le ha fatte a pezzi."

Brad appoggiò indietro la testa e ululò. Rise così forte che gli uscirono le lacrime. "Avrei pagato un sacco di soldi per vederlo, tesoro."

Naturalmente, lei afferrò il suo segnalibri di giada e glielo lanciò dritto alla testa; grazie al cielo lo schivò abbassandosi, e la vetrinetta che aveva alle spalle si schiantò in mille pezzi.

Il giorno dopo, l'avvocato di Brad ricevette una chiamata molto accesa da quello di Crystal, con una richiesta di mantenimento per la sua cliente, altrimenti lo avrebbero citato in giudizio per danni. Le cose si stavano mettendo male.

"Brad, ascoltami, lei sta già cercando di ottenere l'affidamento esclusivo di Trevor. Ma, adesso, stando a quanto dice il suo avvocato, potrebbe ritirare la domanda se tu accetti di ritirare l'istanza di divorzio, ripristini le sue carte di credito e le dai pieno accesso al tuo conto corrente."

"Keith, se lo sogna. Io ho chiuso con lei. Non le darò un bel niente." Brad strinse il cellulare mentre usciva dal granaio sbattendo la porta.

"Lasciami finire. C'è di peggio. Stando al suo avvocato, Crystal sostiene che ti stai comportando in modo abusivo nei confronti di Trevor, per questa terapia ABA che hai iniziato. Sembra che possano citare, a sostegno di questa tesi, alcuni esperti che avallano le recenti controversie, per cui tale terapia non solo renderebbe questi bambini robotici, ma li sfregerebbe anche con effetti devastanti a lungo termine e una sindrome simile a quella che soffrono i veterani della guerra."

"Adesso vado in casa e la butto fuori. Trevor è con i miei genitori. Almeno potrà farmi la guerra da qualche altra parte."

Keith gridò così forte che Brad dovette spostare il telefono, lontano dall'orecchio. "Ti ho già detto di tenere a bada i nervi. Fai una mossa così imbecille e ti giuro che passerai la notte a rinfrescarti il culo in una cella di custodia. E ti lascerò lì. Poi, lei otterrà un ordine restrittivo nei tuoi confronti il mattino seguente, prima ancora che tu venga rilasciato. Cambieranno le serrature di casa tua e avrà la corsia preferenziale per la piena custodia di Trevor." Quando Brad riattaccò, acqua gelida gli scorreva nelle vene. Spalò un paio di stalle prima di calmarsi e richiamò Keith. "Ascolta, prima hai accennato il fatto che alcuni esperti sostengono che questa terapia per Trevor causi una sindrome come quella dei veterani di guerra."

Keith si lasciò sfuggire un sospiro pesante. "Brad, c'è stata una battaglia legale in Canada, qualche anno fa. Un gruppo di genitori trascinò il governo in tribunale, per ottenere le cure mediche necessarie per i loro bambini autistici. La battaglia legale arrivò alla Corte Suprema del Canada. Nel caso Auton, la Corte Suprema in British Columbia respinse le informazioni fornite da questi esperti in quanto non valide, tuttavia vennero comunque pubblicate. La tua terapia ABA Lovaas è stata riconosciuta come vantaggiosa, quindi useremo le sue argomentazioni contro di lei. Ma il giudice potrebbe essere influenzato dal suo interesse di madre affranta che non vuole la terapia, data la pericolosa disinformazione che circola là fuori. Ascolta, Brad. Voglio avvisarti di nuovo, perché lei sa quali pulsanti toccare per farti uscire di testa; tieni sotto controllo il tuo temperamento, sii intelligente, pensa prima di dire qualsiasi cosa e, soprattutto, chiamami se non sei sicuro." Quell'ultima osservazione gli aveva disteso un lieve sorriso sulle labbra. Keith lo conosceva bene... troppo bene, a volte.

"Piano B, ho assunto un investigatore privato con cui collaboravo sempre a Seattle. Ti garantisco che scaverà a fondo e troverà ogni oscuro e scomodo segreto, o scheletro, che potremo usare contro Crystal."

Brad diede un calcio a un mucchio di letame. "Keith, c'è qualcosa che mi preoccupa; Crystal che torna proprio in quel momento, che sa ciò che accade al ranch quando non avrebbe dovuto. Non lo so, è come se ci fosse qualcuno di interno che le passa le informazioni."

"Dirò a Byrd, il mio ragazzo di Seattle, di dare un'occhiata."

Brad fissò con gli occhi pieni di veleno la casa che amava. "Grazie, Keith."

Si mise il telefono in tasca e afferrò un rastrello. *Meglio pulire anche il resto di queste stalle.*

~

DUE SETTIMANE e tre giorni erano passati, da quando aveva toccato Emily l'ultima volta. Avrebbe dovuto chiamarla tempo prima, se non altro per dirle quanto teneva a lei.

Keith lo chiamò e lui si precipitò in città. Passarono delle ore a studiare la strategia. Quando Brad se ne andò, era sovrappensiero, ma non gli sfuggì la minuta morettina che restò a bocca aperta, abbassò la testa e cercò di schivarlo. "Wow, Em, che fai da queste parti?" Allungò la mano e le afferrò il braccio. Ma lei lo tirò via e, quando alzò la testa, lui restò scosso dal fuoco che le usciva dagli occhi. "Em, stai bene? So che avrei dovuto chiamarti." Beh, se le scintille che sprizzava da ogni poro erano un indizio, accidenti, era peggio di un nido di vespe infuriate.

"Beh, divertente che tu me lo chieda. Rispondimi solo a una domanda. Quali vantaggi ottieni tirandomi addosso tutta quella merda? Come hai potuto, Brad? Cosa ti ho mai fatto?"

Rimase stordito dalla sua ostilità. I suoi occhi facevano trapelare una ferita più profonda, come se ora lo odiasse. Gli si contorse lo stomaco quando le lacrime le saltarono fuori dagli occhi. "Ascolta, Em, mi dispiace di non averti chiamata, non ho scuse. Ti ho pensata quasi ogni minuto della giornata. È che proprio non sapevo cosa dirti. Ho lottato per restare a galla con il divorzio e l'affidamento di Trevor. Non volevo continuare a trascinartici in mezzo."

Con lo sguardo che gli rivolse in quel momento, Brad si chiese se gli avrebbe mai più riparlato. Abbassò gli occhi, scosse la testa e gli camminò intorno per andarsene. Poi però cambiò idea, entrò nel suo spazio, inclinò il viso verso il suo, con tutto il fuoco e la rabbia che le ardevano negli occhi. "Il tuo divorzio? Mi stai prendendo in giro? Hai di sicuro un modo divertente di affrontarlo, da quanto ho sentito. Passa una bella vacanza, Brad." Questa volta, quando fece un passo indietro, se ne stava andando.

Per puro istinto, le afferrò un braccio. "Ehi, solo un secondo. Di cosa diavolo stai parlando? Quale vacanza?"

Lei alzò gli occhi al cielo. "Non scherzare con me. Pensavo davvero che tu fossi diverso; che fossi una persona con dei valori e integra. Ciò che mi fa più male è come ti sei comportato con me. Sai quanto sto facendo fatica, e le difficoltà che ho avuto per trovare un altro lavoro."

Okay, adesso lo aveva davvero confuso e avvertiva come una sensazione di disgusto appiccicoso espanderglisi dentro, come una palla che viene pompata con l'aria. Un paio di persone curiose gironzolavano lì intorno. Stavano iniziando a parlare a voce alta. Brad la afferrò per un braccio e la portò al suo furgone, parcheggiato a qualche metro di distanza. Spalancò lo sportello. "Entra, adesso."

Capitolo Trentasei

Emily non riusciva a credere a tanta prepotenza. *Che razza di bullo*. Avrebbe dovuto urlare e chiedere aiuto. Quando alzò gli occhi, era impreparata a quel rude fare da cavernicolo. Lui stava per prenderla in braccio e metterla nel furgone. Dunque, strattonò via le braccia, gli rivolse uno sguardo furioso e indietreggiò. "No."

"Entra subito o giuro che ti ci farò entrare io, così darò a queste persone qualcosa da guardare. Non so cosa diavolo stia succedendo, ma me lo dirai te. Però non qui!" Alcune persone si fermarono lì davanti.

Una vecchia signora zoppicò verso di loro con un bastone. "Brad, caro, forse dovresti lasciar andare la signora."

Emily fece per tirarsi indietro, ma lui le fece scivolare un braccio intorno alla vita e la tirò a sé. "Non posso farlo, vede, ha appena ricevuto delle notizie sconvolgenti e non si sta comportando in modo razionale; devo assicurarmi che arrivi a casa prima che faccia o dica qualcosa da cui non possa tornare indietro."

"Oh, capisco." La signora dai capelli bianchi fece un cenno con la mano e si allontanò.

Emily rimase a bocca aperta; voleva urlare a quella donna. Dirle che Brad era un bugiardo, un imbroglione, il diavolo in persona. Ma socchiuse gli occhi e salì, allontanando con forza la sua mano quando le toccò il braccio. Non appena fu entrata, la portiera si chiuse sbattendo forte.

Brad girò attorno al furgone per raggiungere il lato del guidatore, aprì con forza lo sportello e montò. Lo chiuse facendolo sbattere, diede gas al motore e mise la retromarcia per uscire dal parcheggio. Non disse una parola, mentre andava dritto verso casa di Emily, vi parcheggiava davanti e spegneva il motore. "Katy è in casa?" Non c'era gentilezza nel suo tono.

"No." Rispose lei fredda, riluttante a cedere anche di un passo.

Brad andò dal suo lato e le aprì lo sportello. La tirò fuori dal furgone tenendola per un braccio e sbatté la porta alle sue spalle. "Andiamo."

La guidò lungo il vialetto, su per i gradini in cemento e davanti alla porta di ingresso. Lei aprì la serratura, poi la porta e la richiuse alle loro spalle, lasciò cadere la borsa sul divano e proseguì verso la cucina. Si guardò dietro; Brad la seguiva come un animale selvaggio. Doveva tenersi occupata, quindi attaccò la spina del bollitore. Quando si voltò, lui era proprio lì. Quindi, si girò dall'altra parte e si allungò per prendere una tazza nella credenza e la scatola del tè. "Lascia perdere, Em. Girati e guardami."

Oh bene, era arrabbiato quanto lei. Forse era meglio così. Avrebbe messo le carte sul tavolo e si sarebbe fatta guardare negli occhi mentre le spiegava perché l'avesse fatta licenziare. Che tipo di spinta avrebbe dato alla loro vacanza? Non vedeva l'ora di saperlo.

"Okay, Brad, come hai potuto dire a Jake di licenziarmi? Non ho ancora trovato un altro lavoro. Vado in giro a fare domande, ma nessuno mi assume." Dovette lottare per tenere a freno le lacrime, causate da tutte le umiliazioni accumulate nelle ultime settimane. Sapeva che non stava diventando paranoica; lui aveva chiamato in giro e chiesto alle persone di non assumerla? Non poté più impedire alla sua vista di offuscarsi quando la prima lacrima le cadde giù. Non riusciva a vedere molto, ma si appoggiò indietro e si coprì la bocca quando vide l'espressione di orrore e confusione sul suo volto. Le afferrò un braccio ma, questa volta, era un gesto di delicata preoccupazione, e la portò al tavolo.

"Siediti, Em. Per favore." Una sedia graffiò il pavimento. Le si sedette così vicino da dover divaricare le gambe e racchiuderla dentro. "Di che diavolo stai parlando? Perché sei stata licenziata e quando?"

"Due settimane fa, subito dopo che sei stato qui. Jake mi ha detto che sei stato tu a dirgli di sbarazzarsi di me. Hai persino minacciato di interrompere i rapporti con loro se non l'avesse fatto." Il volto le andò in fiamme rivivendo quella conversazione ostile e imbarazzante. Emily sobbalzò quando il pugno di Brad sbatté contro il tavolo, seguito da esplicite, e piuttosto vivide, imprecazioni. L'aveva già sentito imprecare, a volte, ma non in modo così velenoso.

Forse notò il modo in cui si era ritratta, perché smise e le prese le mani tra le sue. "Em, non ho mai detto a Jake di licenziarti. Non farei mai niente del genere. Non a te. Perché non mi hai chiamato?"

Questa volta la bile le stritolò il ventre, facendole girare la testa. Si toccò la fronte e chiuse gli occhi per un secondo. "Brad, io ti ho chiamato. Ha risposto Crystal e le ho chiesto di dirti di richiamarmi." Si lasciò cadere una mano in grembo. "È stato allora che mi ha detto che stavate per andare insieme in vacanza."

Brad balzò in piedi. La sua sedia cadde a terra e lui iniziò a camminare avanti e indietro nella piccola cucina, come un animale in gabbia, stringendo i pugni e passandosi le dita tra i capelli. Le si avvicinò e socchiuse gli occhi. La osservò da vicino, solo per un attimo, e poi si avvicinò ancora, forse per vedere se stesse dicendo la verità.

"Quella cagna non mi ha mai detto di chiamarti. Non sono andato in vacanza con lei, né lo farò. E non ho mai detto a nessuno di licenziarti." Era incredibile quanto bassa, e persino controllata, diventasse la sua voce quando era arrabbiato, così tanto che Emily temeva potesse far del male a qualcuno. "Perché non mi hai chiamato al cellulare?"

Perché non l'aveva fatto? Voleva, ma poi aveva aspettato e, sicura di essere stata presa in giro, non voleva parlargli. "Pensavo mi avessi presa in giro e non volevo parlarti."

Brad raccolse la sedia rovesciata. Si sedette di nuovo e si passò le mani sul viso con un sospiro. "Em, ascoltami. Non so cosa diavolo stia succedendo, ma sto iniziando a credere che Crystal ci abbia messo lo zampino in qualche modo. C'è scritto il suo nome a caratteri cubitali." Le accarezzò la testa. "Vado a parlare con Jake. Tornerò e, solo perché tu lo sappia, ti voglio, Em. Non appena avrò risolto questa merda con Crystal, tornerò da te. Nel frattempo, non preoccuparti di trovare un altro lavoro."

Non sapeva come rispondere. Voleva che quel giro sulle montagne russe, che stava facendo da quando lo aveva conosciuto, finisse. Ma era anche preoccupata di ciò che lui avrebbe fatto.

"Brad, aspetta. Se è Crystal la responsabile di tutto ciò,

devi essere furbo. Non andartene arrabbiato. Per favore, pensaci."

Entrò nel suo spazio personale e la strinse fra braccia protettive e sicure. La sua voce era roca. "Non preoccuparti, Em; non perderò il controllo." La baciò sulla fronte e le lisciò indietro i capelli.

Lei alzò a forza le mani e gliele mise sul petto. Lo spinse e uscì dal suo abbraccio. "Non ho intenzione di continuare con questi sbalzi di emozioni. Te ne vai, non ti vedo per giorni, settimane, e pretendi che io stia qui seduta ad aspettarti come una brava bambina. Non posso e non voglio farlo più. Non importa cosa abbia fatto Crystal; tu mi hai comunque ferita. Avresti dovuto chiamare. Hai fatto l'amore con me tutta la notte, e non farti sentire è stato come dirmi che non aveva significato niente, che sono stata solo un'altra tacca nel tuo libro delle conquiste. Io non sono fatta così. A me importa profondamente di te e tu mi hai ferita. Quindi, quando esci da quella porta, per sistemare qualsiasi cosa tu debba, pensando che io sarò qui ad aspettarti per quando sarai pronto per me, indovina: non ci sarò." Non lo avrebbe guardato. E non gli avrebbe permesso di toccarla mentre lo superava per raggiungere il lavandino. Gli voltò le spalle. Restò in attesa, senza sapere di cosa. Ma non poteva permettere che le calpestasse di nuovo il cuore.

A quanto pare, Brad non aveva finito e, invece di andarsene, la raggiunse da dietro. Le toccò la schiena e fece scivolare il braccio a cingerle la vita. "Non ti lascerò andare. E hai ragione, è stata colpa mia. Tornerò. Sarai ancora qui?"

"Vai e occupati di ciò che devi." Gli diede una pacca sulla mano.

Lui si allontanò. I suoi passi pesanti non si interruppero mai mentre usciva dalla porta. Ed Emily non si mosse, ascoltò il furgone, le fusa del motore e lo stridio della ghiaia sempre più in lontananza.

Il bollitore fischiò, ma Emily non aveva più bisogno di quella distrazione. Staccò la spina e si mise a sedere, sentendosi come invecchiata trent'anni dal giorno alla notte. Era nauseata da quell'altalena che oscillava fra colpa e innocenza, e dalla consapevolezza di essere stata gettata in mezzo a un campo di gioco, dove non c'erano regole da seguire, se non che il vincitore prende tutto.

Capitolo Trentasette

Brad irruppe nel negozio di Jake. Era un uomo in bilico sull'orlo della follia.

"Vieni nel tuo ufficio, adesso." Jake stava chiacchierando con un cliente e arrossì per quelle parole pesanti e irrispettose.

"Jackie, puoi venire qui, per favore. Scusami, George." Jake gestì la situazione con destrezza e lo seguì nel suo ufficio. Brad sbatté la porta non appena ebbe varcato la soglia. L'uomo, di bassa statura, si precipitò dietro alla sua scrivania e alzò il braccio, come se Brad avesse potuto colpirlo.

"Hai licenziato Emily." La sua voce era un ruggito calmo e minaccioso.

Il volto di Jake era rosso come un peperone. "Sei stato tu a dirmi di farlo. Hai minacciato di non essere più mio cliente, altrimenti. E sai quanto mi danneggerebbe perdere la tua azienda e anche solo la vendita dei mangimi per gli animali. Non volevo licenziarla, mi piaceva."

Brad sbatté il pugno contro alla porta. "Che montagna di cazzate. Non ti ho mai detto di licenziarla."

"Brad, non mi piacciono i giochi, okay. Sono un tipo

diretto. Ma quel tizio che lavora da te, Cliff, ha detto che erano i tuoi ordini. E sei stato tu a dirmi, molto tempo fa, che lui è il tuo portavoce. E lui ha detto che, se non mi fossi liberato di Emily, avresti interrotto la collaborazione. Che cosa avrei dovuto fare? Hai sempre dato carta bianca a quel ragazzo."

Brad sentì la mascella fargli male, mentre deglutiva con forza. Non poteva essere Cliff, si fidava di lui. Lavorava con lui da dieci anni, era come uno della famiglia.

"Beh, indovina? Anche io ho reagito così." Jake indicò la faccia di Brad. "Quindi ho telefonato al ranch per parlare con te, perché pensavo vi foste capiti male. E indovina un po'? Ha risposto tua moglie, Crystal, e aveva un diavolo per capello. Mi ha detto che aspettavi la mia chiamata per una conferma, mi ha chiesto come osassi mettere in discussione Cliff, dato che gestiva le tue cose da anni. Chiaro e semplice, mi ha detto che eri tu a pretendere che venisse licenziata. Si è spinta al punto di dirmi che aveva provato a dissuaderti ma, dopotutto, 'conosci il suo carattere.' Che una volta che ti metti una cosa in testa, si hanno più probabilità di ragionare e trovare un accordo con un animale selvatico. Ha detto che avevi sorpreso Emily a rubare dei soldi dal portafoglio lasciato incustodito nella vostra camera. Ha anche detto che avete ispezionato la sua stanza e avete trovato alcuni dei gioielli di Crystal, e che l'unica ragione per cui non le avete fatto causa è sua figlia. E queste sono parole di tua moglie, non mie: 'Ci si rifiuta di fare affari con qualcuno che assume un ladro; un ladro che ha rubato in casa tua.'"

Jake fece una pausa prima di continuare. "Sai cos'è che mi ha convinto?"

Brad si appoggiò alla porta e tutta quella rabbia fuori controllo che aveva mutò in attenzione.

"Ha detto che sarebbe stato meglio non farti arrabbiare più di così. Che il solo sentire il nome di Emily ti avrebbe mandato fuori di testa. Devi ammetterlo, Brad, ti conosco da parecchi anni e mi piaci ma, a volte, sei una testa calda. E, quando decidi di tagliare fuori qualcuno dalla tua vita, sai essere crudele.”

Ritrovarsi messo davanti a uno specchio, che rifletteva tutti i suoi difetti e tutte le cose stupide che aveva fatto, fu peggio di essere colpito in testa da una lastra di ghiaccio.

“Mi dispiace, Jake. Non ti ho trattato bene quando sono venuto qui. Pensavo che avessi fregato Emily e non potrei sopportare che qualcuno a cui tengo venga trattato in quel modo.”

Jake incrociò le braccia, sentendosi in parte sollevato e in qualche modo indignato. “Brad, hai un bel caratterino e, quando sei arrabbiato, non sono molte le persone, quanto meno quelle con un cervello in testa, che vorrebbero starti intorno.”

“Jake, io non vado in giro a cercare rogne. Ma, se qualcuna viene a bussarmi alla porta, stai pur certo che ne esco vincitore.”

Jake non si mosse. “Non sono io a seminare rogne, Brad, quindi perché sei qui?”

Quella era una buona domanda.

“Crystal ha mentito, Jake. Emily non è una ladra; restituiscile il lavoro, oggi.”

“Non posso! Ho già assunto Jackie. Quanto sarebbe corretto licenziarla a causa della tua...” si interruppe, e la sua faccia tonda si tinse di un’intensa sfumatura rosa. “Merda, Brad, che diavolo sta succedendo? Non puoi mandare a puttane le vite delle persone in questo modo. Sono stati il tuo uomo e la tua donna, e sono affari tuoi. Occupati di loro e tienimi fuori.” Jake abbassò gli occhi e iniziò a frugare fra i fogli sulla sua scrivania.

“Guarda, hai ragione, ma fino a un certo punto, perché

avresti dovuto comunque parlare con me."

Lo guardò assumere un'espressione indignata e rispondergli secco per difendersi. "Beh, come diavolo facevo a saperlo? Quella è tua moglie!"

Brad fece una smorfia e alzò la mano in aria. "Jake, cerchiamo di mettere le cose in chiaro; questo è un mero tecnicismo, che verrà presto risolto. E, a scanso di equivoci, d'ora in poi, a meno che tu non le senta direttamente da me, non sono vere."

Brad spalancò la porta e uscì a grandi passi, senza badare agli occhi brucianti che lo seguivano. Si portò il cellulare all'orecchio mentre usciva dal negozio e si affrettava verso il suo furgone. "È successa una cosa... hai tempo per me, Keith?"

"Certo, se vieni adesso; il mio prossimo appuntamento è tra un'ora."

Fu lì in dieci minuti. La segretaria non c'era quel giorno, quindi entrò direttamente. Keith non alzò mai lo sguardo. "Due volte in un giorno, che succede?"

Notò che il suo amico aveva bisogno di un taglio di capelli. I suoi spessi riccioli scuri erano cresciuti oltre le orecchie e toccavano adesso il bordo degli occhiali.

Aggiornò Keith su ciò che era successo e anche dell'inaspettato ruolo di Cliff.

"Ecco quale potrebbe essere la fuga di notizie; chiamerò Byrd e gli chiederò di scoprire tutto ciò che può su Cliff. Lo sapremo presto. Sono certo di sembrare un disco rotto, ma devo ricordarti, ancora una volta, di tenere a bada la tua irascibilità. E, quando parlerai con Cliff, perché so che lo farai, fallo con un po' di tatto e trattieniti. Se riesci a farlo stare dalla nostra parte, forse potremo scoprire cosa sta tramando Crystal. Abbiamo una traccia su dove è stata negli ultimi anni. Devo chiedertelo, Brad: sei sicuro di volerlo sapere?"

"Devi davvero tagliarti i capelli e non tralasciare nulla."

Keith scrollò le spalle e lanciò la penna, ridacchiando sottovoce. "D'accordo, va bene, allora. Ha avuto diversi fidanzati, o amanti, come vuoi vederli; abbiamo nomi, dichiarazioni… Useremo tutto contro di lei."

"Le mie condoglianze a tutti loro" disse Brad.

Keith scosse la testa. "Sono felice di vedere, che non ti infastidisce. Ciò che mi preoccupa adesso è questo ultimo incidente con Emily. Sono abbastanza sicuro che non si tratti di una cosa isolata. C'è di più, e dobbiamo sfruttare tutto ciò che possiamo per dimostrare quanto Crystal sia inadeguata. E, diciamocelo, è raro che un giudice prenda in considerazione una tresca se si è separati, a meno che non si dimostri che questa potrebbe mettere in pericolo Trevor. Sarebbe solo la prova di una scarsa capacità di giudizio da parte sua e poi i giudici tendono a essere indulgenti con i genitori. Non siamo perfetti."

Keith concesse a Brad di rimuginare per un minuto. Poi, l'avvocato prese il telefono e compose il numero. "Cosa fai?" chiese Brad.

"Vado dietro a una sensazione... assecondami." Keith gli fece l'occhiolino e premette la schiena contro la sedia, con la sua voce alta che rimbombava. "Ehi, Fred, come sta tua moglie? Che ne dici di una partita di golf sabato? Sì, sì, lo so. Rivincita?" Brad restò lì in attesa, ascoltando una conversazione a senso unico, non solo una volta, ma tre. Tre diverse imprese locali; a quanto pare le voci si erano diffuse in città, alimentate da alcuni commenti casuali fatti da Crystal. Aveva accennato al fioraio che Emily era stata licenziata da Jake dopo esser stata sorpresa a rubare dei soldi dalla cassa. Al negozio di ferramenta, Crystal aveva detto che Emily aveva cercato di sedurre Brad mentre lei era al piano di sotto a occuparsi di Trevor. Gli si era gettata addosso e poi, per vendetta, aveva rovistato fra i gioielli di Crystal e si era appropriata dell'anello di smeraldo di sua nonna e degli orecchini di diamanti che Brad le aveva regalato per il loro anniversario. A quanto diceva, Brad l'aveva buttata fuori di casa per il suo comportamento immorale, ma era troppo imbarazzato per sporgere denuncia. All'ufficio postale, l'alveare dei pettegolezzi della città, Crystal aveva raccontato che Emily era in cerca di un uomo che la mantenesse, che la facesse vivere da lui, e che gli avrebbe preso tutto ciò che aveva. Ci aveva provato con Brad, ma lui si era riconciliato con Crystal. Adesso, Emily era una donna disprezzata, citata in storielle su Crystal e Brad. E Crystal aveva detto di averla sorpresa a rovistare fra i documenti privati di Brad, i rapporti aziendali e gli estratti conto, quando invece avrebbe dovuto stare dietro a Trevor, che lasciava sempre solo. Non era affidabile. Era una calcolatrice.

Keith appoggiò la guancia sul palmo della mano, quando alla fine riattaccò il telefono.

"Beh, Emily potrà fare una bella causa per calunnia e diffamazione. Ma da dove si inizia a riparare il danno volontario che qualcuno ha fatto al tuo nome? Useremo tutto ciò nella nostra causa contro Crystal ma, Brad, devi sapere una cosa. Mi occupo di questo da tanti anni. Ho visto davvero tante persone cattive, bugiarde, contafrottole e manipolatrici. Questo tipo di danno premeditato, al nome di qualcuno, non va mai via del tutto. Vorrei solo che la gente desse uno sguardo alle motivazioni di una persona, quando questa getta fango sulla reputazione di un'altra. Ma tutti vivono per i pettegolezzi e li alimentano. Vivono per i drammi e se ne sbattono di come sia in realtà il povero malcapitato."

"Keith, a qualsiasi costo, *seppelliamo* Crystal. Emily non se lo merita. E non voglio che lei lo sappia."

Capitolo Trentotto

Due ore dopo, Emily sentì il suo furgone fermarsi davanti a casa sua, ma non riusciva a crederci. Era tornato.

Rimase in piedi, accanto alla finestra, incapace di muoversi.

Brad doveva averla vista. Indugiò un attimo e poi si affrettò verso la sua porta. Non bussò, ma entrò e si chiuse la porta alle spalle.

Non esitò, si diresse verso di lei, la sollevò tra le braccia, come se non pesasse più di una piuma, la portò sul divano e se la mise sulle ginocchia.

"Che cosa è successo?" Aveva un aspetto cupo e meditabondo; avvertiva che c'era un enorme mucchio di merda che non voleva sapere.

"È stata Crystal a farti licenziare."

"Beh, ci ero già arrivata da sola. Quindi, che cosa vuole da me? Perché io? Cosa le ho mai fatto?" Era infuriata mentre diceva quelle parole, ma lo sapeva già: Brad. Si trattava sempre di Brad.

"Me ne occuperò io, non preoccuparti. Mi assicurerò che non lo faccia più."

Emily scattò e cercò di liberarsi, ma lui non l'avrebbe lasciata andare. "Non è qualcosa che puoi promettermi. Non hai più controllo su ciò che fa di quanto tu ne abbia sulla direzione in cui soffia il vento."

La guardò e, ci avrebbe giurato, poteva vedere le rotelle girargli nella testa.

"Mi assicurerò che tu sia tutelata e protetta da qualsiasi altro attacco ingiustificato. Ti sto chiedendo di fidarti di me per questo." Non la lasciò rispondere, la tirò a sé e prese ciò che, credeva, fosse suo. Era così da lui credere che il sole, la luna e le stelle gli ruotassero attorno. Emily voleva colpirlo, fargli del male, ma il suo bacio profondo e possessivo sciolse il suo dolore amaro, spargendo il caos fra le sue argomentazioni razionali. Affondò in esso. Era un bacio che sussurrava promesse tacite di un futuro e il fatto che fosse suo... e poi il dannatissimo bollitore fischiò. Si staccò da lui e saltò giù dal suo grembo. Doveva smettere di attaccare quella spina, o forse doveva ringraziarla, dato che quei pochi secondi di libertà le erano serviti per riacquistare la sanità mentale. Forse Brad sapeva ciò che stava facendo, perché era proprio dietro di lei: il suo calore, la mano che copriva la sua mentre tirava via la spina dalla presa. Il sangue iniziò a pulsarle più forte, più veloce, nelle vene. Il cuore le pompava più feroce, come un nativo indiano che suona il suo sacro tamburo. Le spinse la mano distesa contro il sedere, facendola scivolare poi verso il basso, sulle sue forme rotonde racchiuse nel suo paio preferito di jeans, quelli a vita bassa. Spostò la mano su di lei, dolce, e poi passò a toccarla, possessivo e meticoloso. Lei era rivolta verso il lavandino; le si spinse contro e fece scivolare il braccio attorno alla sua vita. Sentiva quanto la voleva. Mosse il sedere contro di lui, mentre lui afferrava un pugno dei suoi spessi capelli che le scendevano in morbide onde sulla schiena. Li sollevo e le sfiorò con le labbra la nuca, le spalle, facendosi strada verso il basso.

Scivolò con la mano sotto alla sua camicia, sul suo stomaco, sul petto, percorrendo le sue curve, un po' brusco, poi dolce, ma sempre meticoloso. Le coprì i seni e la tenne contro di sé come un uomo che reclama il suo possesso. Emily inclinò la testa indietro, poggiandogliela sulla spalla, facendo fatica a respirare. Gemette quando le slacciò il reggiseno e le diede l'attenzione che meritava. Brad mosse le mani più veloce, a mano a mano che esplorava ogni sua parte morbida, e i suoi pantaloni si allentarono. Si sentiva erotica in modo oltraggioso mentre gli si premeva contro, e poi uscì dai suoi pantaloni, buttandoseli giù, sotto alle ginocchia, e ammucchiandoseli alle caviglie. La sua forza vacillò quando lo sentì aprirle le cosce con la mano. Le si fermò il respiro quando avvertì il tintinnio della fibbia della sua cintura e la cerniera dei pantaloni che si apriva. "Reggiti al bancone." Scivolò dentro di lei, inclinandole i fianchi e tenendola, come se l'avessero fatto centinaia di volte. Le sfuggì un sussurro acuto. Era indecente in modo scioccante: fissare fuori da una finestra aperta, mentre il suo uomo le copriva la mano con la sua, intrecciando le dita, e le si muoveva dentro; e lei gli tremava contro, dato che aveva scoperto un nuovo punto per darle piacere. Non c'era dolcezza; era piacere che incontrava altro piacere mentre lei gli si contraeva attorno. Sbatté le palpebre e ruotò la testa verso di lui; gemette ma lui continuò, senza sosta. Poi, le immerse il volto nel collo, gridò con fare selvaggio e si lasciò andare.

Capitolo Trentanove

Le tremavano le gambe. Aveva bisogno di un minuto, o forse di un'ora, prima di potersi muovere di nuovo. Lui le era sempre dentro, e lei era ancora sconvolta per il modo in cui l'aveva presa. Se non avesse avuto il suo braccio avvolto attorno alla vita, sarebbe scivolata a terra.

Le strofinò il naso contro il collo, i capelli. "Adoro l'odore dei tuoi capelli." Emise un basso ringhio nella parte posteriore della gola e la fece voltare.

Non le dispiacque per niente il modo compiaciuto in cui le labbra di lui si incurvarono mentre si arricciava una ciocca di capelli attorno al dito, prima di immergersi in un bacio che lei pensava sarebbe stato fugace e leggero. Ma lui ci sprofondò.

Quando si ritrasse di qualche centimetro, e poi di un altro po', i suoi occhi erano socchiusi in una sottile fessura che lasciava intravedere il brillante color whisky dietro alle lunghe ciglia nere, che nessun uomo aveva il diritto di avere. Dio, quanto lo amava. Le parole si impigliarono da qualche parte fra il suo cuore e la sua testa. Doveva essersi irrigidita, perché lui le passò un dito sulla guancia.

"Smettila di pensare così tanto, Em."

La sollevò, con le braccia di lei attorno al collo.

"E cosa mi dici delle tue priorità, delle cose di cui devi occuparti?"

"Me ne sto occupando adesso." Non si fermò; continuò a camminare e la adagiò sul letto.

Le si stava annebbiando la mente. Gli avvolse le braccia attorno al collo e disse: "E il ranch, gli animali?"

"Tu vieni per prima, loro dopo."

E fu molto dopo, infatti. Brad portò Emily dalla baby-sitter per prendere Katy, ma non la scaricò e andò via. Restò con loro, giocò con Katy, stuzzicando Emily e, prima di andare, la baciò in modo profondo e meticoloso, come ogni donna dovrebbe essere baciata.

Che il gioco abbia inizio. Tranne che, questa volta, era Brad a decidere le regole. Il sole era ormai tramontato quando parcheggiò di fronte casa sua. Non si mosse, ma si fece tintinnare le chiavi in mano e fissò quella dimora, la casa della sua famiglia, immaginando la vipera in attesa dietro la porta. Comprendeva il dolore di Emily, la sua angoscia. Non era stata lei a chiedere che tutto ciò accadesse. L'aveva quasi persa, e avrebbe potuto ancora succedere.

Scivolò fuori dal furgone, chiuse lo sportello e si fermò sul gradino più basso. Aveva uno scopo, ma si diresse verso il granaio, dove Cliff era accovacciato sopra alcune travi che avevano bisogno di riparazioni.

"Ehi, capo. Crystal era venuta qui fuori a cercarti."

Brad stava mettendo tutto in ogni passo. Forse era la rabbia che aveva in volto che indusse Cliff a deglutire forte e indietreggiare.

Brad strinse i pugni, mentre la furia si impadroniva di lui. Non voleva altro che pestarlo. Invece, distolse lo sguardo, fece un respiro e poi un altro. "Cosa diavolo credevi di fare, dicendo a Jake di licenziare Emily?"

Cliff impallidì. Spostò il peso da un piede all'altro. "Non volevo farlo, capo, ma è stata Crystal a dirmi che volevi licenziarla. Mi ha detto che volevi che passassi di lì per recapitargli il messaggio. Stavo male, perché mi piace Emily, ma lei mi ha detto che era meglio farlo di persona e che tu volevi che me ne occupassi per te."

"Mi stai prendendo in giro? Porca puttana, Cliff, è la cosa più stupida che abbia mai sentito uscire dalla tua bocca. Prova di nuovo; è impossibile che tu abbia creduto che avrei fatto passare un messaggio del genere attraverso Crystal. E perché cazzo non hai avuto le palle di venire da me per capire cosa diavolo stava succedendo?" Brad sapeva che Cliff non era così stupido. Le sue sensazioni gli punzecchiavano il retro del collo. Quelle erano mezze verità e lui odiava tali cazzate.

"Prima di cacciare via il tuo misero culo da questo ranch, voglio sapere una cosa. Sei stato tu a spifferare a Crystal tutto ciò che succedeva qui?" Le guance di Cliff assunsero all'improvviso un'accesa tonalità rosa. *Colpevole!* Brad rilasciò un forte destro dritto contro il labbro di Cliff, colpendolo alla mascella e facendolo cadere a terra.

Cliff si asciugò il sangue che gli colava dalla bocca, poi si toccò il dente che gli si era allentato.

Brad si chinò e afferrò la parte anteriore del cappotto di Cliff, lo tirò su da terra e lo trascinò fuori dal fienile, dandogli una forte spinta verso l'annesso retrostante, per i dipendenti. "Hai ventiquattro ore per fare le valigie e andartene dalla mia proprietà, o giuro su Dio che ti ammazzo con le mie stesse mani e faccio in modo che il tuo cadavere non venga mai trovato."

Brad si costrinse a rimanere dov'era, mentre Cliff

barcollava verso la piccola casa dalla struttura bianca che condivideva con Mac.

Capitolo Quaranta

Brad diede da mangiare al bestiame. Era compito di Cliff, ma avrebbe ridistribuito il carico di lavoro non appena avesse trovato qualcuno per sostituirlo.

Le nuvole erano fitte quella sera; non ne filtrava neanche una scheggia di luna. Da anni, i suoi occhi si erano abituati al buio. Controllò porte e cancelli e si assicurò che tutto fosse chiuso a chiave. La luce della veranda illuminava due figure sotto al portico. Avvicinandosi, vide che si trattava di Cliff, impegnato in un'accesa discussione con Crystal. Lei si fermò e indietreggiò quando lo vide. Cliff fece un passo verso di lei, un uomo arrabbiato che alzò le braccia in segno di sconfitta e si precipitò via, superando Brad, per saltare nel suo camioncino Chevrolet marrone che fece schizzare via la ghiaia mentre si allontanava.

Brad quasi scavava il terreno a ogni passo. Rallentò e si fermò sul gradino più basso; Crystal inciampò contro la porta. Fece un altro passo avanti. Un debole rossore le tinse le guance e la fronte, prima che tornasse a un bagliore gelido. "Come ai vecchi tempi, Crystal; per un attimo ho pensato che ti fosse venuta un po' di coscienza."

Strattonò la zanzariera e rientrò a grandi passi in casa.

Brad seguì la donna, con neanche un barlume di interesse per il modo in cui lei camminava con disinvoltura verso la cucina. Avrebbe voluto ridere, ma optò per silenzio, calma e controllo. Crystal sollevò il coperchio dalla pentola sul fuoco, mescolò rapida e gli sorrise. Brad la sapeva lunga, però: c'era stata Mary nel pomeriggio e lei metteva sempre la cena sul fuoco per lui. Era tentato di chiedere a Crystal cosa vi fosse dentro. Di certo non lo sapeva, e sarebbe stato divertente vederla impappinarsi.

"Allora, cos'è successo?" Brad non vedeva l'ora di sentire la sua versione. Era una bugiarda patentata e, per lei, inventarsi menzogne su due piedi era facile come bere un bicchiere d'acqua. Aveva mai detto la verità, anche quella più minima? La studiava come si trattasse di un esperimento scientifico. Cosa diavolo aveva in testa?

"Mi ha detto che l'hai licenziato. Voleva che parlassi con te per riavere indietro il suo lavoro. Mi ha detto di Emily, ma gli ho detto che ero d'accordo con te. Voglio dire, quanto può arrivare in basso? Ha persino minacciato di dirti che sono stata io a dirgli di farlo." Alzò gli occhi al cielo, in un gesto di finta incredulità. Era davvero brava.

"Hmm." Annuì.

Non poteva fare a meno di chiedersi se Cliff fosse consapevole che l'aveva usato come capro espiatorio. Il giorno seguente si sarebbe assicurato che il detective lo rintracciasse. No, forse conveniva farlo quella sera stessa.

"È meglio che tu lo spenga, prima che si bruci." Non disse nient'altro e uscì di casa.

Capitolo Quarantuno

Il detective trovò Cliff al primo bar in cui si fermò, uno squallido locale all'uscita dell'autostrada. Era seduto al bancone e vi batteva sopra, chiedendo un altro drink. Il barista guardò Byrd, un ex poliziotto del dipartimento di polizia di New York, che si era trasferito lì dopo essere andato in pensione per godere di ritmi più tranquilli. Byrd si aprì la zip della giacca marrone all'altezza della pancia, che era un poco pronunciata ma sempre nella media per un uomo di sessant'anni, poi prese lo sgabello vicino a Cliff e fece un cenno al barista: "Il prossimo lo offro io."

"Il tuo funerale." Il robusto barista barbuto, con uno sguardo che aveva visto tutto, riempì due boccali dalla spina e li fece scivolare davanti a Byrd e Cliff.

"Grazie, amico." Cliff biascicò le parole.

"Un uomo seduto da solo in un bar, con quel tipo di sguardo, mi ricorda ciò che ho passato con la mia ex, dopo che mi ha lasciato e buttato fuori di casa, in mezzo alla strada." Byrd guardò dritto davanti a sé, fissando lo specchio sopra al bancone.

Cliff barcollò e ingurgitò un bel sorso di birra. Barcollò

di nuovo, appoggiato al bancone, fissando Byrd; si stava chiedendo chi fosse quell'ubriacone in cerca di guai.

"Non sto cercando una discussione con te, figliolo. Ma, a volte aiuta condividere i propri problemi con uno sconosciuto." Byrd prese un altro sorso della bevanda a buon mercato che facevano passare per birra.

"Cosa diavolo vorresti saperne di essere truffato da un bel faccino, mentre ti tiene in sospeso per anni con promesse, perché sei talmente innamorato di quella bomba sexy che ti getteresti nel fuoco per lei." Adesso stava davvero barcollando.

"Oh, penso che ci siamo passati tutti, a un certo punto della vita, fratello. Alcuni non ammetteranno mai che si sono approfittate di loro, perché ti fa sentire meno uomo. Ma non è così."

Cliff trangugiò l'ultimo sorso della sua birra e agitò il bicchiere in aria. "Ehi, ragazzo, riempila. E continua a portarne." Gridò e sbatté il boccale sul bancone graffiato.

"Basta, amico; ti chiamo un taxi." Il barista alzò una mano di fronte a Byrd. "Basta per il tuo amico."

Byrd si alzò in piedi, tirò fuori qualche banconota e le gettò sul bancone. "Ho capito; lo porto io a casa." Il barista alzò il palmo della mano e si allontanò. Ma Cliff non aveva intenzione di andare da nessuna parte.

"Cosa? Non se ne parla! Non ho bevuto abbastanza. E ho intenzione di sbronzarmi un sacco di più."

Byrd gli diede una pacca sulla spalla, "Dai amico, ti sei scolato una bottiglia intera di whisky."

"Già."

Quella attirò la sua attenzione. Ma barcollò quando si alzò in piedi, quindi Byrd lo aiutò a uscire dal bar verso la macchina e sperò con tutto se stesso che non si sentisse male.

BRAD ERA IN RITARDO il mattino seguente, ma era comprensibile, dato che, senza Cliff, era a corto di manodopera. Keith stava parlando con un uomo stempiato un po' più vecchio di loro che gli presentò con il nome di Byrd, quando Brad irruppe nel suo ufficio.

"Allora, cos'hai?"

Keith fece un cenno all'ex poliziotto. "Byrd, metti Brad al corrente."

"Beh, il tuo amico era piuttosto ubriaco quando l'ho trovato. L'ho accompagnato a un motel economico accanto all'oceano; a proposito, ha vomitato nella mia auto. Mi devi dei soldi per la pulizia."

"Okay, okay." Brad scrollò le spalle. "Cos'altro?"

"Quel ragazzo era stato così abbindolato da tua moglie, che in un certo senso mi è dispiaciuto per lui. Ha iniziato a lavorare per te dieci anni fa; a quanto pare, lui e Crystal erano già amici da prima di allora. Lei gli ha trovato il posto di lavoro da te." Byrd aveva i denti più storti che Brad avesse mai visto.

"Immagino sia giusto. Penso che le abbia fatto da cagnolino per tutto il periodo del liceo."

"Si, beh, a quanto pare, mentre lavorava per te, Crystal lo ha usato come spia. Ogni volta che aveva bisogno che qualcuno supportasse la sua versione della storia, andava da lui. Lui l'amava da anni e fantasticava che un giorno avrebbe lasciato te per stare con lui. Dopo essersene andata, ha continuato a chiamarlo ogni mese o giù di lì per parlare. È stato lui ad avvisarla che Emily era venuta a stare da te. Mi ha detto che, poi, Crystal ha iniziato a chiamarlo tutti i giorni. Ed è stato allora che ha detto a Cliff che tu l'avevi buttata fuori di casa, ma che si era vergognata troppo per dirglielo prima. Gli ha detto di essere terrorizzata da te e dal tuo temperamento, che non le avevi lasciato scelta e che, a quel tempo, non pensava di aver alcun diritto da un punto di vista legale. Crystal gli ha anche confessato di essere molto preoccupata per il suo bambino. Cliff ha quindi detto che avrebbe voluto affrontarti, ma lei ha giocato la carta della donna terrorizzata e indifesa, dicendo che tu le avresti fatto del male per vendicarti. Lui le credeva, il fesso. Così ha perquisito il tuo ufficio mentre tu ed Emily eravate in città. Ha chiamato Crystal da lì, e lei gli ha detto quali documenti avrebbe dovuto cercare: i documenti aziendali, le proposte per i terreni, i permessi di sviluppo, i dati bancari e il tipo di fatturato che stavi dichiarando. Quando Cliff ti ha poi visto con Emily tra le braccia, una notte sotto al portico, che vi baciavate, ha chiamato Crystal per riportarglielo. È allora che Crystal è tornata a casa."

BRAD ATTRAVERSÒ la città, andò giù per l'autostrada e arrivò al Motel Oceanview. Diede un centinaio di dollari all'addetto alla reception perché gli rivelasse il numero di camera di Cliff. Certo, era segnato a nome di Byrd. Bussò alla squallida porta blu. "Cliff, sono Brad. Devo parlarti; apri."

Bottiglie e frammenti di vetro sbatacchiarono e tintinnarono dall'altro lato della porta, che si aprì di quanto bastava perché Brad sussultasse per il pungente odore riprovevole di sbronza del giorno prima, che sprizza da tutti i pori di un ubriaco. Cliff tornò a rintanarsi nel letto e tenne la testa fra le mani. "A quanto pare hai preso una sbronza terribile."

Lui sussurrò brusco: "Senti, Brad, ho chiuso. Vattene e lasciami in pace."

"Prima, voglio scusarmi."

Cliff scappò in bagno. Brad chiuse la porta di accesso e restò a sentire i putridi conati di vomito e i suoni gutturali che il povero ragazzo riversava nella tazza. L'odore penetrò nella stanza quando Cliff riapparve; l'alcol stantio e l'aspro bruciabudella erano impressi nel sudore che ricopriva la maglietta e il volto umidi di Cliff. Si strascicò fino al letto, come un uomo anziano. Brad socchiuse la finestra.

"Notte dura?"

"Sì." Non si preoccupò di alzare lo sguardo. Si limitò a sorreggersi la testa, seduto curvo sul letto.

"Vuoi indietro il tuo lavoro?"

Lui alzò gli occhi e fece una smorfia per lo sforzo. "Cosa? E adesso perché dovresti volermi restituire il lavoro, dopo quello che ho fatto?"

"Senti, Cliff. Lascia che ti chieda una cosa e rispondi sincero. Ti ha ancora in pugno?"

Lui socchiuse gli occhi iniettati di sangue. "È subdola, e mi ha gettato in pasto ai lupi. Lascia che ti faccia una domanda, l'hai buttata fuori di casa dopo che avete avuto il bambino?"

"Cliff, eri lì. Davvero hai bisogno di chiedermelo? È scomparsa. Non ricordi quel giorno in cui arrivò Mary e Crystal aveva lasciato Trevor da solo per ore? Se n'era andata e basta."

Cliff strinse le mani davanti a sé mentre guardava Brad. Aveva la testa penzoloni. "Credo di sì."

"Ti ha mentito, no?"

"Sì, l'ha fatto. Più di quanto tu possa immaginare."

È difficile dire quale cosa avesse dato più godimento a Brad, ascoltare quelle parole o, un'ora dopo, osservare Crystal in preda a un impeto di rabbia alla vista del camioncino di Cliff che entrava.

Cliff aveva smaltito la sbornia prima di cena e

inciampò dietro Mac entrando in casa. Crystal si irrigidì e impallidì. Dopo che Cliff e Mac se ne furono andati, Crystal mise Brad all'angolo sulla porta sul retro.

"Che diavolo ci fa quell'uomo di nuovo qui?"

"Ho deciso di riassumerlo. A dire la verità, adesso è il mio caposquadra."

"E tu lo avresti ripreso dopo quello che ha fatto? Ti deruberà; ha saccheggiato i tuoi archivi personali, per l'amor del cielo."

"Come fai a sapere che ha rovistato fra i miei archivi?" chiese Brad. Lei distolse lo sguardo.

Crystal stava iniziando a fare scivoloni, con troppe bugie da tenere in mente. "Beh, mi pare che sia stato tu a dirmelo, o forse è stato lui."

"Mmm, mmm, io non te l'ho mai detto. E, Crystal, non pensare di andare da lui e cominciare a creare problemi. Stagli lontana."

Si gettò la lunga chioma dietro alla spalla, con l'unghia tinta di smalto spostò indietro una ciocca che le era sfuggita e rapida attraversò la cucina.

Brad si allacciò gli stivali e sentì la porta d'ingresso sbattere e il suo SUV sfrecciare nel vialetto. Rise: "Beccata."

Capitolo Quarantadue

Brad era alla sua seconda tazza di caffè quando il telefono squillò. "Pronto?"

"Ehi, sono Keith. La data dell'udienza è fissata a martedì prossimo. Il giudice ha finalmente accettato di accelerare i tempi per il bene di Trevor. Oh, e ho ricevuto una telefonata molto cordiale dall'avvocato di Crystal, non appena sono entrato in ufficio questa mattina. È furioso e ha presentato una mozione per ritardare l'udienza."

"Potrebbe ottenerla?" Brad uscì di casa per assicurarsi che Crystal non potesse sentirlo.

"Farò del mio meglio per impedirlo. E volevo anche dirti che ho diverse deposizioni scritte giurate su Crystal e sui commenti diffamatori che ha sparso in giro per la città sul conto di Emily. Insieme alla deposizione di Cliff, e grazie per avermela fatta avere, la sua storia sta cominciando ad apparire traballante."

"Bene, sei il migliore. Ecco perché ti ho assunto." Sentì pigiare i tasti in sottofondo.

"Brad, potresti venire in ufficio adesso?" Il tono di Keith assunse una serietà che Brad riconobbe subito.

"Cosa succede? Ho il bestiame da sfamare e un ranch da gestire." Ma gli si strinse lo stomaco quando lo sentì sospirare dall'altro capo.

"Fallo fare ai tuoi uomini. Devi venire subito. Questo non può aspettare."

Brad alzò lo sguardo su verso la casa, mentre camminava nell'aria gelida per arrivare sul davanti. "Sarò lì tra venti minuti."

~

BRAD VENNE SUBITO FATTO ENTRARE nell'ufficio di Keith. La segretaria chiuse la porta alle sue spalle. Keith sorrise, ma non con espressione fiduciosa. Era il suo modo di sorridere quando aveva qualcosa da dire a qualcuno, che non avrebbe voluto dire.

"Sputa il rospo, Keith. Mi stai facendo innervosire con tutto questo girarci intorno."

"L'avvocato di Crystal ha tirato fuori un asso dalla manica."

Brad fece un respiro profondo e si appoggiò allo schienale della semplice sedia marrone. "E quale sarebbe?"

Keith si sporse in avanti e strinse le mani sulla scrivania, di fronte a lui. Gli si offuscarono gli occhi. "Crystal sostiene che Trevor non sia tuo. Il padre è un ragazzo che ha conosciuto a Miami." La stanza si restrinse e Keith sembrò stesse parlando al rallentatore. Un ronzio gli comparve nelle orecchie, intenso e continuato, mentre il dolore gli faceva gonfiare il cuore, fino a quando non avrebbe giurato che gli si sarebbe frantumato in un milione di piccoli pezzi. Si lanciò fuori dalla sedia: "Io l'ammazzo. Lo giuro su Dio, è morta!" Keith saltò fuori dalla sedia a sua volta e immobilizzò Brad contro la parete.

"Stai zitto, e ascoltami." Se Keith non si fosse tenuto

così in forma, non ci sarebbe stata alcuna speranza per lui di riuscire a tenere Brad in quella stanza. Tuttavia, Keith stava sudando per costringerlo a rimettersi a sedere.

"Brad, calmati." Era in piedi davanti a Brad e respirava a fatica, con le braccia morbide lungo i fianchi, ovviamente pronto ad afferrarlo se fosse scappato di nuovo.

"Ordineremo un test di paternità oggi. Ho voluto metterti in guardia perché, se si scopre che non è tuo, la battaglia per l'affidamento sarà un po' più difficile. Ma non impossibile, non dimenticare che, sul certificato di nascita, lei ha dichiarato che il padre fossi tu. Lo vorresti anche se non è tuo?"

Brad spinse Keith saltando su dalla sedia. "Porca miseria, è mio figlio. Non mi interessa il risultato; lui è il mio bambino. Mi ascolti?" Il dolore che lo consumava ispessì le sue parole.

Keith allungò una mano e gli strinse la spalla. "Ehi, sono dalla tua parte. Prenderò accordi per confermare la paternità, ma stammi bene a sentire: finché tutto questo non sarà finito, cambia casa. A meno che tu non possa garantire di riuscire a tenere a bada la rabbia senza fare nulla di sciocco, stai lontano da lei. Fai le valigie e trasloca. Vai in uno di quei cottage nella tua proprietà e assicurati di non restare mai solo con lei. Non mi interessa come, ma trova un modo. Ci siamo troppo vicini; questo è il duello finale, amico mio, non mandare tutto all'aria."

Brad lo ascoltò, ma voleva che lei se ne andasse, qualunque cosa servisse. Crystal sapeva esattamente che pulsanti premere.

Più Keith continuava a parlare, meno riusciva a sentire. "Non posso restare qui. Devo schiarirmi le idee."

"Promettimelo, Brad, che, prima di uscire da quella porta, ti ricomponi ed eviti di fare cazzate."

Sapeva cosa Keith stesse dicendo ma non era sicuro di

poterlo fare. "Ci proverò, è tutto ciò che posso prometterti." E se ne andò, sentendosi intorpidito.

Non sapeva da quanto tempo fosse seduto nel suo furgone, né come fosse arrivato lì, ma scese e vide Emily, davanti a lui, con le mani nella sporcizia e Katy al suo fianco.

Capitolo Quarantatré

Emily gelò: la sola vista di quanta tristezza gravasse su Brad, appoggiato al suo furgone, la fece andare da lui. Gli prese la mano. Lo guidò dentro casa. "Katy, è ora di tornare dentro."

Lasciò andare la mano di Brad e lo osservò entrare in cucina, con l'aspetto di un uomo che aveva perso tutto; si fermò davanti al lavandino e fissò fuori dalla piccola finestra quadrata.

Emily mise un film per Katy e la avvolse nella sua coperta sul divano; poi, afferrò il telefono.

Gina rispose al primo squillo. "Ehi, zuccherino, cosa bolle in pentola?"

"Gina, è successa una cosa. Mi servirebbe un favore enorme. Puoi venire a prendere Katy?"

"Puoi parlarmene?"

"Non adesso. Mi rendo conto che ti sto dando poco preavviso... e ti prometto che ti racconterò tutto più tardi."

"Arrivo subito, Em."

Riattaccò il telefono, raggiunse Brad da dietro e gli mise un braccio attorno alla vita. "Gina sta venendo a prendere Katy. Brad, mi stai spaventando. Cos'è successo?"

Lui si voltò e la guardò con il volto marmoreo. Non la toccò e afflosciò le braccia lungo i fianchi, fissando adesso il pavimento, con gli occhi pieni di lacrime. Le toccò il viso, e subito la sua mascella tremò.

Gli asciugò la lacrima che cadde non appena una macchina si fermò. "Ecco Gina. Metto qualcosa in una borsa per Katy, in modo che sia a posto per la notte. Torno subito."

Emily fece una rapida chiacchierata con Gina, preparò la borsa di Katy e le fece uscire dalla porta in meno di cinque minuti. Quando entrò in cucina, Brad aveva messo su una caffettiera. La sua giacca era gettata sullo schienale della sua economica sedia di legno. Aveva riacquistato la sua dignità.

Lo prese per mano e lo trascinò in salotto, sedendoglisi accanto sul divano. "Che è successo?"

Distolse lo sguardo per un momento. "Crystal ha detto che Trevor non è figlio mio."

Emily sentì il fuoco bruciarle dentro e, per la prima volta in assoluto, rifletté su come un coniuge potesse ucciderne un altro e lo capì.

"Emily, non l'ho detto a Keith, ma Crystal se n'era andata varie volte quell'anno, prima di scoprire di essere incinta. Li chiamava viaggi di shopping."

Emily era furiosa e non riuscì a trattenere le parole che sputò: "Che puttana. Oh, Brad, come ha potuto fare questo a te e a quel tesoro di bambino?"

Lui la tirò a sé. L'avvolse fra le braccia per confortarla. "Lo sai quanto ti vedo bella, soprattutto quando sei arrabbiata?"

Le baciò la nuca e lei appoggiò la guancia contro la sua camicia blu scuro. "Cosa dobbiamo fare, Brad?"

Il solo fatto che lei, in automatico, pensasse che fossero in due in tutto ciò, gli fece diminuire un poco il dolore.

Parlarono per ore, cercando di trovare un piano di attacco fattibile. Erano passate le nove e nessuno dei due aveva mangiato. Si staccò da lei e si alzò. "Devo andare, Em."

"Per favore resta."

"Non posso; non stasera. Devo schiarirmi le idee e non posso farlo qui." L'espressione di lei doveva aver tradito il suo dolore.

"Em, non fare così. Sei la mia roccia e provo delle cose per te che non ho mai provato per nessuna donna, non così profonde. Ma devo sbrigare delle cose."

Era riluttante a lasciarlo andare, ma lui era fermo nella decisione. "Ti prometto che tornerò domani mattina." Le sfiorò la guancia e lei la appoggiò sulla sua mano. Poi se ne andò, prima che potesse proporgli ancora di restare. Dal suo furgone in penombra, la guardò. Emily premette la mano contro la finestra, mentre lui si allontanava.

Capitolo Quarantaquattro

Dal furgone chiamò suo padre. Lui rispose al primo squillo e, com'era ovvio, sembrava intontito, perché stavano dormendo. Brad gli spiegò l'ultima trovata di Crystal e si organizzò per il test di paternità. Suo padre gli offrì tutte le sue risorse e i suoi avvocati, per assicurarsi che tutto finisse bene. Alla fine, Brad accettò e diede a suo padre il permesso di procedere e mettersi in contatto con Keith, per fornirgli tutte le risorse pertinenti.

Mantenne la sua parola con Emily. Il mattino seguente, dopo aver dato da mangiare al bestiame e aver organizzato gli uomini, andò a farle visita. Forse per rassicurarla che non aveva intenzione di fare niente di stupido.

Nei giorni successivi, Brad fece del suo meglio per evitare Crystal, anche se lei rendeva le cose difficili, mettendosi di mezzo a ogni buona occasione. Lo provocava e, due giorni dopo aver mandato il test di paternità, lo seguì in città e cercò di metterlo all'angolo fuori dallo studio del suo avvocato.

"Togliti di mezzo."

"Voglio parlare con te, per favore, Brad".

Si sforzò per sopprimere il suo temperamento focoso e la superò girandole intorno. Entrò dritto nell'ufficio di Keith e si sedette. "Mi ha seguito in città, mi ha messo all'angolo qui davanti."

Keith si alzò e guardò fuori dalla finestra. "Quella donna ha davvero un bel coraggio, o è semplicemente stupida. Non la vedo; deve essersene andata."

"Allora, quali sono le novità?"

Keith gli lanciò la busta con i risultati. Brad allungò la mano e la afferrò. Per la prima volta nella sua vita, avrebbe voluto fuggire e non affrontare le cose. Come poteva un pezzo di carta avere il potere di cambiare la sua vita per sempre? Chiuse gli occhi, gli si formò un nodo in gola e sentì i tentacoli stritolargli il cuore. Si costrinse ad aprirla e tirare fuori il foglio di carta bianco. Aprì gli occhi, guardò i risultati e non poté trattenere le lacrime. Gli tremava il labbro mentre alzava gli occhi a guardare il suo amico di una vita che, per la prima volta da quando tutto quello era iniziato, aveva gli occhi pieni di lacrime. Brad chiuse i suoi e pianse.

Capitolo Quarantacinque

B RAD ASPETTÒ IN CUCINA FINCHÉ NON FU PRONTO.
Poi, si diresse verso le scale e gridò: "Crystal, vieni
giù." La osservò iniziare a scendere i gradini. I suoi tacchi
schioccavano a ogni passo. Lui tornò lento in cucina e si
appoggiò alla stufa. Quando lei entrò nella stanza, si alzò
come un generale che guida le sue truppe.

"Siediti, adesso." La sua voce era abbastanza controllata, considerando le circostanze. Crystal sembrò valutare
le opzioni che aveva, dato che guardò la porta e poi lui.

Dopodiché, scuotendo i lunghi capelli biondi e facendo
oscillare un po' i fianchi, si avvicinò alla sedia scostata dal
tavolo e si sedette.

Brad si sentiva male fisicamente, per gli anni sprecati a
inseguirla. Si mise dietro di lei e lei fremette nella sedia,
accavallando e dividendo le gambe, poi fece per alzarsi.

"Rimetti il culo su quella sedia." Camminò davanti a
lei e si chinò davanti al suo volto mentre lo diceva.

Indicò la busta di fronte a lei sul tavolo. "Quello è per
te ed è la mia ultima offerta. O lo firmi adesso e porti via il

culo da casa mia, o non ti darò niente." Camminò verso il bancone.

Lei guardò la busta marrone chiaro.

"Aprila." Le sue parole erano prive di qualsiasi emozione, inflessibili e dure, il che le fece tremolare sul volto un'ombra di terrore e confusione. Le tremava la mano quando la prese e la aprì con le unghie curatissime.

La guardò mentre leggeva; vide la gamma di emozioni che le tremolavano sul viso e la scintilla di rabbia che le si insinuava nei freddi occhi azzurri mentre gettava il foglio da una parte, scuotendo la testa. "Non ho intenzione di firmarla e non se ne parla che Trevor..."

La interruppe e aprì le braccia per afferrare il bordo del bancone, nel tentativo di placare la sua furia crescente. "Non provare a dire *una parola* su Trevor."

La bocca di Crystal si chiuse di scatto e, per la prima volta in assoluto, lui scorse la paura sul suo viso.

"Il mio avvocato sta preparando, proprio ora, in questo momento, una mozione da presentare, che pone fine a tutti i tuoi diritti di genitore. Ed è ovvio che è un azzardo, ma ha ottime possibilità di essere accolta, soprattutto dopo lo stratagemma che hai appena studiato. Questa mozione non prevede un solo centesimo per te e questo, mia cara, è molto probabile. Vedi, dopo la tua meravigliosa recita, immagina la nostra sorpresa a vederti, ancora una volta, tessere un'altra rete delle tue bugie. Ci hanno restituito il risultato del test di paternità. Sarai felice di sapere che Trevor è mio. Ma, in fondo, lo sapevi già, no?"

Non la lasciò rispondere. Invece, camminò verso di lei stringendo le mani dietro la schiena e irrigidendosi. Poi, cominciò ad andare avanti e indietro, mentre il viso di lei impallidiva. "Quindi, hai due opzioni. La prima è che prendi la penna e firmi l'accordo in questo preciso istante, dandomi l'affidamento e la custodia esclusivi di Trevor, senza contestare la sentenza di divorzio, che sta avendo luogo di fronte a un giudice proprio in questo momento, e così potrai tenerti la generosa offerta che ti sto facendo. Come vedi, di fronte a te, nero su bianco, ci sono un sacco di soldi. Poi, voglio che lasci questa casa e che non ti fai più vedere qui, mai più. Se invece scegli di opporti, alzarti e andartene senza firmare, otterrò un'ordinanza restrittiva per farti uscire dai locali adesso e non beccherai un centesimo. Ti ho già tagliato tutte le finanze. Tutte le fatture che riceverò a tuo nome torneranno indietro senza essere pagate. Non sono più responsabile per te. Dovrai trovare un lavoro e mantenerti da sola, soprattutto una volta che il giudice avrà visto tutte le prove contro di te. L'abbandono di Trevor quando l'hai lasciato solo, la calunnia nei confronti di Emily, per cui abbiamo deposizioni e persone disposte a testimoniare contro di te, e, l'ultimo pezzo, aver mentito sulla paternità di Trevor, ah, ah." Brad scosse la testa, sentendosi in pieno controllo di sé, mentre la guardava esitare e mordersi il lato del labbro. "Per quanto riguarda Trevor, non aggiungere alla lista delle tue follie dei danni nei confronti di un bambino innocente." Per la prima volta in assoluto, lei davvero arrossì per l'imbarazzo. "Dovresti anche sapere, Crystal, che Emily ti potrebbe fare causa per calunnia e diffamazione, con ottime basi. Sapevi che i tribunali in questo periodo impongono accordi per cifre enormi, per questo tipo di cose?" Lei teneva le mani in grembo, ma sapeva che stava tremando dentro. "Firma, Crystal. Vattene oggi. Come puoi vedere, la mia offerta è estremamente generosa. Emily non sporgerà denuncia e nessuna azione verrà intrapresa contro di te, ma solo se firmi. Sono sicuro che il tuo avvocato saprebbe dirti le probabilità che hai di vincere una causa per calunnia e diffamazione di questo calibro. Sta a te decidere. Ora. Non ti conviene avermi come nemico. Nemmeno *tu* puoi essere così stupida." Notò la sua esitazione, la sua incertezza.

Crystal prese la penna che le aveva messo proprio accanto alla busta. Le tremava la mano mentre si concentrava sui punti segnati in modo chiaro dove doveva apporre la firma. Dopo aver firmato e messo le iniziali su ogni pagina, gettò la penna e si alzò dalla sedia.

"Fai le valigie e vattene da casa mia, ora. Il denaro sarà sul tuo conto non appena questo documento verrà depositato." Senza dire una parola, Crystal corse di sopra.

Capitolo Quarantasei

Brad era seduto fuori, sul portico davanti alla casa, inspirava l'aria fresca di quella serata di primavera insolitamente calda e sorrideva tra sé per come erano andate le cose. Il giorno in cui aveva ricevuto la notizia nell'ufficio di Keith, era stato travolto da un dolce sollievo. Essersi liberato di Crystal una volta per tutte era come vedere dissipata una nuvola nera e piena di tensione. Anche il sole sembrava brillare più luminoso attorno a loro. Crystal aveva lasciato la città subito dopo aver firmato i documenti, e aveva lasciato istruzioni affinché il resto dei suoi beni personali venisse inviato a un appartamento a Seattle.

Keith aveva depositato i documenti quel giorno. Aveva fatto poi qualche telefonata perché un giudice firmasse la sentenza di divorzio qualche giorno dopo. Trentuno giorni e Brad sarebbe stato un uomo libero.

Per la prima volta nella sua vita, si sentiva come se stesse vivendo con gli occhi spalancati. "Sai, papà, sono contento che tu e la mamma vi tratterrete per un po'."

Il padre di Brad fece tintinnare il bicchiere contro il

suo. "A una brava donna, a tuo figlio e ad averla finalmente risolta." Ingoiò lo scotch single malt e si voltò quando la zanzariera scricchiolò.

"I bambini dormono?" chiese Brad.

Emily annuì e gli appoggiò la mano sulla spalla.

Quando alzò lo sguardo e vide la passione che le brillava negli occhi scintillanti, un nodo gli si formò in profondità nella gola. Lei gli toglieva il respiro.

"Vi lascio soli, voi due piccioncini." Rodney si fermò e posò la mano con affetto sulla spalla di Emily, guardandola come farebbe un padre con sua figlia.

"Grazie, papà." Brad si allungò e sollevò Emily sulle sue ginocchia.

"Mmm, sì, dormono tutti della grossa."

Brad abbassò la testa e le baciò la punta del naso. Non riusciva ancora a credere che l'avesse fatto: arrivare, ordinare ai suoi uomini di mettere in valigia tutte le loro cose e portarle di nuovo al ranch. Esitò, solo per un momento, e le disse che l'amava. E, non appena i loro divorzi sarebbero stati definitivi, aveva in progetto di sposarla.

Dal modo in cui la guardava, con un desiderio, un'amicizia e un amore così infiniti, Emily seppe che le aveva appena consegnato il suo cuore. Per lui, era un raro dono di fiducia.

Seduta adesso sul suo grembo, con le dita intrecciate alle sue, Emily sapeva che avevano un futuro pieno di possibilità.

"Non mi hai mai risposto, Em."

Si voltò. seduta sulle sue gambe, e gli avvolse le braccia attorno al collo. "Risposto a cosa?"

"Credo di averti chiesto di sposarmi. E tu mi hai lasciato in sospeso."

Gli accarezzò il viso con il dorso delle dita, incapace di ricordare di aver mai avuto il cuore così pieno. "Se non ricordo male, mi hai informato che ci saremmo sposati. E la risposta è sì."

Gli si rannicchiò un po' più vicina; non vedeva l'ora di condividere la notizia con lui. Gli prese la mano e se la mise sullo stomaco, mentre un leggero rossore le colorava le guance. Il dottore aveva detto che il bambino sarebbe nato a novembre.

La storia continua in... Un bambino e un
matrimonio

La storia continua in... Un bambino e un matrimonio

Non ne hai mai abbastanza dei Friessen? Quella della
famiglia Friessen è una lunga serie romance che è diventata
una delle preferite dai fan e che adesso abbraccia tre serie.
La famiglia Friessen è stata introdotta per la prima volta
dal bestseller IL BAMBINO DIMENTICATO, per proseguire in UN BAMBINO E UN MATRIMONIO e,
ancora, in altri volumi.

"Un bambino e un matrimonio" è il seguito della
commovente storia de "Il bambino dimenticato" -

Eddy Allen

"Stai bene, Emily?"

"Brad, hai cambiato idea? Non vuoi più sposarmi?" La sua

voce suonava distaccata, in modo insolito, come fosse una piccola bambina smarrita. Le faceva male la gola, mentre lottava per respingere le lacrime, e sentiva che il suo sogno di vivere una favola le veniva strappato dalle mani.

Sposarsi e avere un bambino; per Emily e Brad è tutto perfetto, o almeno così pensano, fino a quando una sorpresa inaspettata non mette a repentaglio la loro giornata di gioia.

"Un bambino e un matrimonio": bellissimo!
      - *Per essere un romanzo breve, è stato difficile metterlo giù.*

Debra Wheat

- *Una bella storia d'amore, e qualche ostacolo sul cammino dei protagonisti che rende loro difficile sposarsi...*

Luv2Read

- *Questa serie è semplicemente fantastica. Temevo che qualcosa andasse storto a Emily e non riuscivo a smettere di leggere.*

Insegnante 1

Un bambino e un matrimonio

L'EREDITÀ DEI FRIESSEN

Capitolo Uno

Emily aggrottò le sopracciglia e si appoggiò contro la colonna bianca di legno arrotondato del portico, mentre fissava l'arrugginito furgone Ford degli anni '70, una vecchia Ford Escort e un carro una volta trainato da una squadra di cavalli, tutti parcheggiati di fronte alla dimora vittoriana su due livelli che adesso era casa sua. Brad era nel campo a nord con il veterinario, che stava controllando la mandria di bestiame, sverminando gli animali e prelevando loro campioni di sangue, come tutte le estati.

Emily aveva intenzione di parlare con Brad dei trabiccoli parcheggiati davanti alla loro casa, dato che non erano lì da poco, ma giacevano in quel punto esatto dal primo giorno in cui aveva messo piede lì, quando aveva fatto il colloquio per diventare la babysitter di Trevor.

Nessuno di quei veicoli era mai stato mosso e, se ricordava bene quanto aveva detto Brad, non sarebbe mai successo. Il furgone non era stato avviato da almeno cinque anni, Emily ne era sicura, e il rottame di auto, che era di Cliff, uno dei braccianti assoldati da Brad, era un altro pugno in un occhio. Apparentemente, il carro era rimasto parcheggiato lì da quando Brad aveva preso in gestione il ranch da suo padre, Rodney.

Emily si massaggiò il pancione, che stava crescendo più rapido di quanto si aspettasse, dato che era solo al quinto mese di gravidanza. Di norma i veicoli non la infastidivano, ma con il matrimonio a pochi giorni di distanza, voleva che la casa e l'ambiente circostante fossero perfetti. Eppure, Brad non sembrava minimamente infastidito da quei catorci di metallo arrugginito. Le davano fastidio alla vista, ma lui aveva proposto di gettarvi sopra un telo e le aveva ricordato che essere incinta la rendeva "più schizzinosa del solito". Quelle erano state le sue testuali parole, la sera prima, quando lei si era seduta sulle sue ginocchia, appoggiata al suo ampio torace confortevole e circondata dalle sue braccia forti, dopo che aveva messo a letto Katy e Trevor.

Di norma, loro due si comportavano come adolescenti, si tenevano per mano e si sfioravano ogni volta che si trovavano insieme nella stessa stanza. Emily non ne aveva mai abbastanza di toccarlo ma, dopo che le aveva dato della schizzinosa, si era irrigidita e aveva cercato di scivolare via. Lui, naturalmente, l'aveva tenuta stretta e non l'aveva lasciata andare; le aveva infilato una mano sotto alla maglietta rosa, su per il ventre rotondo e ancora più in alto, per accarezzarle il contorno del reggiseno di pizzo e stuzzicarle i capezzoli sensibili, finché non era tornata ad appoggiarglisi contro.

Brad sapeva esattamente come toccarla per farla sciogliere su di lui. Le aveva sollevato i lunghi capelli scuri, scoprendole il morbido collo pallido, e l'aveva baciata fino a raggiungerle con le labbra il lobo dell'orecchio, che aveva pizzicato dolce mentre con l'altra mano le aveva allargato le gambe per esplorare la zona con le dita...

"Cosa fai?"

Emily sussultò. Spalancò gli occhi verso il suo futuro marito, che posò uno stivale sul gradino più basso del portico e la osservò come se avesse ben capito cosa stava pensando. Le si scaldò il volto e si coprì le guance con i palmi delle mani.

Ridacchiando, Brad salì i gradini fino a incombere su di lei. Le sollevò il mento, in modo che non potesse nascondergli il viso. Emily si avvicinò, finché le sue dure cosce muscolose non le spinsero contro. Gli fece correre le mani sulle larghe spalle forti, fino a unirle dietro al collo, e si alzò in punta di piedi, inebriata dalla stazza e dal bell'aspetto di quell'uomo, che amava così tanto. I suoi occhi color whisky luccicavano di malizia, mentre le faceva scivolare entrambe le mani verso il basso e attorno al didietro, poggiandole su entrambe le natiche e stringendola a sé.

Tirò la testa di Brad verso il basso per baciarlo, ma lui non aveva intenzione di lasciarla così facilmente. "Uh, uh," disse, "prima voglio sapere il motivo di quel tuo sguardo lontano e sognante sul viso, che ti ha fatto arrossire poco fa."

Pensò che guardarlo le toglieva il fiato, anche quando la prendeva in giro; la mascella affilata e compatta, i lineamenti marcati e gli occhi segnati dalle intemperie. Era comunque l'uomo più bello che avesse mai visto. Ma era anche pungente, nel modo in cui scherzava e giocava con lei, sia dentro che fuori dal letto.

La passione tra loro ardeva al punto che chiunque si aggirasse nel raggio di ottanta chilometri ne sentiva le scintille, come aveva sottolineato Cliff, il caposquadra di Brad, che in più di un'occasione aveva confessato quanto la coppia facesse sentire dannatamente in imbarazzo chiunque si trovasse da solo con loro nella stessa stanza. Ed era per questo che lui si dileguava sempre.

Ma Emily non poteva farci niente. Brad le faceva contorcere le viscere con un tale desiderio che tutto il resto diventava secondario quando era con lui, a parte i bambini, naturalmente. Anche i piccoli erano ormai parte della gioia e dell'amore che riempivano quella casa. Dopotutto, non era passato molto tempo da quando Crystal se n'era andata, portandosi dietro tutte le sue bugie e i suoi sotterfugi. L'intera fattoria aveva tirato un sospiro di sollievo, quel giorno.

"Tu" sussurrò Emily, rispondendo alla domanda di Brad. Si sentì risucchiare dallo scintillio malizioso che gli accendeva gli occhi.

"Io, cosa in particolare?" chiese.

Adesso non c'erano dubbi che la stesse stuzzicando. Senza che potesse farci niente, le avvampò il volto. Era davvero tremendo, per il modo in cui si sentiva a suo agio a parlare della loro intimità. Doveva sforzarsi di non essere troppo riservata, e lui invece gongolava nel farla sentire sfacciata, più di quanto lei volesse.

"Quello che mi hai fatto ieri, qui sotto al portico. È stato quello ad avermi... beh sai..." Non riusciva a dirlo.

Brad doveva averlo capito, e le fece scivolare entrambe le mani su per la schiena, fino alle spalle. Poi, gliele spinse sulle guance e le tirò su il viso verso di lui, in modo che potesse assaggiare le sue labbra, come se lei fosse la cosa più preziosa al mondo. Si chinò in avanti, con le labbra che gli si modellavano perfettamente contro le sue, mentre apriva la bocca per lui. Santo cielo, come sapeva baciare quell'uomo! Bastò quello a farle cedere le ginocchia.

Il gradino della veranda scricchiolò e un pesante tonfo la fece tremare. Un uomo ridacchiò e lei fece un salto in aria, cercando di allontanarsi da Brad, che non rinunciò però alla sua presa. Si voltò e sbatté le palpebre verso il cowboy molto alto e dall'aspetto rude che era in piedi sul gradino più basso. Sul portico imbiancato c'era una borsa di tela.

"Odio avervi dovuto interrompere, ma stava diventando piuttosto imbarazzante da guardare" disse l'uomo.

Quell'estraneo indossava un logoro cappello da cowboy marrone che gli metteva in ombra gli occhi, ma il sorriso storto che mostrava era identico a quello di Brad. Emily era sicura di avere la bocca aperta. L'uomo si spostò indietro il cappello e la guardò con occhi castano chiaro che le fecero capire che non era uno con cui scherzare. Aveva la mascella quadrata e il volto duro e inciso da linee minuscole, segni evidenti del fatto che lavorava all'aperto. Ma era chiaro, pensò Emily chinandosi verso Brad, che quel cowboy che la stava scrutando era un uomo straordinariamente bello.

"Jed, vorrei presentarti Emily. Emily questo è il mio fratellino, Jed."

Brad non la liberò dalla sua presa. Piuttosto, le strinse entrambe le braccia attorno alla vita, mentre lei si voltava verso suo fratello. La tirò a sé e oscillò dolcemente avanti e indietro.

"Jed, sono contentissima di conoscerti" disse lei. "Ti andrebbe un caffè, o forse potrei farti un panino? Stavo per iniziare a preparare qualcosa comunque."

Brad le strinse la vita e lei smise di parlare, perché lo stava facendo a raffica. Lui sapeva che le succedeva quando si sentiva nervosa, nervosa per essere stata beccata da suo fratello a pomiciare con lui. A differenza sua, Emily non riusciva semplicemente a scrollarsi tutto di dosso. Lui la conosceva così bene, quasi meglio di quanto lei conoscesse se stessa, e questo a volte la terrorizzava.

Jed doveva aver capito, perché sogghignò di nuovo e abbassò lo sguardo dalle sue guance ardenti. "Emily, se non è troppo disturbo, ho fame. Non ho mangiato. Ho guidato dritto fino a qui; ti sarei molto grato se potessi avere un panino e una tazza di caffè."

"N-nessun problema" rispose lei.

Si allontanò da Brad, che finalmente liberò la presa, forse perché aveva visto il sollievo che lei sapeva doveva esserle comparso sul viso, e le permise di sfuggirgli e ricomporsi.

"Em, arriviamo subito."

Quanto amava il suono della sua profonda voce da baritono. Mentre entrava in casa incespicando sulla soglia, Emily rilasciò un respiro che non si era neppure resa conto di avere trattenuto. Arrivando in cucina a grandi passi, fece mente locale perché, nei giorni successivi, la casa sarebbe stata popolata dalla famiglia di Brad per il loro matrimonio, sabato. Lei era la sposa e, per quanto fosse agitata, doveva fare il punto della situazione e riprendersi velocemente, rafforzando la sua sicurezza in se stessa, se non voleva risultare un'imbranata maldestra quando fosse arrivato il gran giorno.

Il telefono squillò e le viscere di Emily tremarono. Afferrò l'apparecchio prima che squillasse ancora e svegliasse Katy, che era di sopra a fare un sonnellino. "Pronto."

"Pronto, sono Dean."

Emily gelò, con la caffettiera ancora vuota in mano. La sua immaginazione corse subito a pensieri preoccupanti, dato che Dean, il preside della nuova scuola a cui avevano iscritto Trevor, non l'aveva mai chiamata a casa fino ad allora.

"Va tutto bene?" chiese con voce tremante. Il suo cuore sembrò battere così forte che, per un secondo, non riuscì a sentire altro che il sangue che le ruggiva nelle vene.

"Oh, scusa, non volevo farti preoccupare" rispose lui. "Mi stavo chiedendo se potessimo incontrarci, oggi. C'è una questione di cui vorrei parlarti, ma preferirei non farlo per telefono."

Emily si sentì subito contrita, consapevole di quanto le sue reazioni fossero esagerate ultimamente, per qualsiasi minima cosa. Aveva bisogno di un bagno caldo e di un libro, o forse solo di una passeggiata all'aria aperta; magari così si sarebbe sentita più se stessa, invece che una donna incinta che avrebbe dovuto sposarsi due giorni dopo.

"Sì, certo. Posso venire subito, se per te può andare." Guardò l'orologio. "Potrei essere lì tra mezz'ora."

"Va bene. A tra poco, allora."

Lasciò cadere sul bancone il cordless, che aveva convinto Brad a comprare. Lui aveva detto che un telefono cellulare gli bastava; quindi Emily lo aveva implorato. Alla fine era riuscita a dimostrargli che quell'idea non era poi così male, anche se ultimamente continuava a perderlo, ma forse era per gli ormoni della gravidanza che era diventata smemorata.

Senza perdere ulteriore tempo, e dimenticato sia il pranzo che il caffè per Jed, Emily afferrò la borsetta e le chiavi del furgone di Brad. Uscendo a corsa dalla porta e girando l'angolo, urtò contro Jed.

"Ferma lì, signorina" disse lui, con la stessa voce profonda di Brad. Le afferrò le spalle con mani ruvide e callose, poi indietreggiò, lasciando cadere le braccia lungo i fianchi.

Lo sguardo scherzoso di Brad cambiò immediatamente, quando arrivò davanti a suo fratello e vide Emily. Dall'espressione degli occhi, era preoccupato perché sembrava agitata. "Em, cosa sta succedendo?"

Lei passò con lo sguardo tra i due fratelli, entrambi che la osservavano come si aspettassero che potesse dare di matto da un momento all'altro.

"Dean Banks mi ha telefonato dalla scuola di Trevor. Mi ha chiesto di andare da lui subito."

Brad le strappò le chiavi di mano. "Perché?"

"Non lo so. Ha detto che era qualcosa che non poteva dirmi al telefono."

"Wow, aspetta un secondo, c'è qualche problema?" chiese.

Brad riusciva a innervosirsi più velocemente di un nido di calabroni arrabbiati, ed Emily si rese conto che gli stava dando un'impressione sbagliata. Jed la stava osservando in un modo che non riusciva a leggere affatto.

"No, ha detto che non è niente di cui preoccuparsi" rispose. "Solo che non voleva dirmelo per telefono."

Emily voleva andarci davvero, perché la infastidiva non sapere cosa la aspettasse. La sua mente avrebbe evocato una mezza dozzina di problemi, ancora prima di arrivare a scuola.

"Beh, per prima cosa non ci andrai e, per seconda cosa, non avrebbe dovuto chiamarti chiedendoti di andare lì." Brad camminò verso la porta principale, dove aveva gettato il suo cappello da cowboy marrone, e se lo spinse sulla testa.

Emily si sentì stringere lo stomaco per il dolore. "Per quale motivo? Forse perché non sono la madre di Trevor?"

Brad gelò, poi si voltò lento ad affrontarla.

Jed lanciò un'occhiata a suo fratello e disse: "Se volete scusarmi, credo che andrò a dare un'occhiata ai cavalli." Si fermò proprio di fronte a Brad e scosse la testa, poi proseguì verso la porta.

Emily incrociò le braccia e aggrottò le sopracciglia, al che Brad alzò gli occhi al cielo. Stava battendo forte le palpebre, perché le bruciavano gli occhi, incredula per ciò che le aveva detto. Si era presa cura di Trevor e lo amava più di quanto avrebbe potuto fare una qualsiasi madre. Si era battuta per far aiutare il piccolo, a cui era stato diagnosticato l'autismo.

"Jed, aspetta un secondo!" gridò Brad a suo fratello, che aveva un piede fuori dalla porta principale.

Emily gli diede le spalle, incapace di impedire alle lacrime di scorrere. Cominciò a camminare verso le scale sul retro, che l'avrebbero portata di sopra nella loro stanza, ma una mano decisa le strinse la spalla e la fece girare.

"Emily, per l'amor di Dio, smettila" disse Brad. "Non è quello che intendevo. E, così almeno lo sai, tu sei la madre di Trevor. Ma, guardati; sei incinta di cinque mesi, stanca e reagisci in modo esagerato a tutto, ultimamente. Ci sposeremo tra due giorni. Non voglio che guidi, questo intendevo. E voglio parlarci io con Dean, per alleggerirti un po'. Guardati, eri pronta a fuggire via da casa senza dire una parola, e che mi dici di Katy?"

Emily si asciugò le lacrime che le restavano, prima che ricominciassero a scorrere. "Mi dispiace. Non so cosa c'è che non va in me, ma ho intenzione di andarci, Brad. Sveglierò Katy e la porterò con me."

"No, non se ne parla! Jed, che ne pensi di restare qui e tenere d'occhio Katy? È nella tua vecchia stanza di quando eri bambino."

Brad non si girò mentre parlava, ma guardò Emily passarsi le dita tra i lunghi capelli castani e gettarseli dietro la spalla.

"Credo di potercela fare" rispose Jed con voce strascicata, mentre si appoggiava alla porta con le braccia incrociate, osservandoli come se gli avessero appena dato un modo per passare la giornata.

Emily afferrò la borsetta. Brad le prese la mano e la condusse fuori casa, ma lei si fermò quando la zanzariera a scomparsa si chiuse alle loro spalle. "Oh, quasi dimenticavo" disse, iniziando a tornare indietro. "Jed, mi dispiace così tanto. Avevo detto che ti avrei preparato il pranzo e il caffè..." Non riuscì a dire altro, prima che Brad la sollevasse e la portasse giù per i gradini fino al furgone.

Jed scosse la testa e restò a osservare suo fratello che portava in braccio quella bellissima donna dai capelli castani, che sarebbe presto diventata sua moglie, mentre le parlava con voce acuta e irritata.

"Starà bene. Jed è grande e grosso e può nutrirsi da solo" disse Brad, mentre la sistemava nel suo nuovo furgone nero e chiudeva il portellone.

Scuotendo di nuovo la testa, Jed sobbalzò quando sentì un gemito alle sue spalle.

"Mamma."

C'era una piccola bambina bionda dai capelli ricci e grandi occhi blu, che lo fissava. Cosa doveva fare?

Capitolo Due

Trevor aveva cominciato l'asilo a inizio anno; andava al Forward Thinking, una scuola nuova appena fuori Hoquiam. Le lezioni erano quattro giorni a settimana, con altri dieci studenti. Quando Emily aveva fatto delle ricerche sulle scuole con il loro consulente per l'autismo, che Brad aveva assunto per stabilire un programma per Trevor, il preside, Dean Banks, li aveva incontrati entrambi con il loro consulente e aveva spiegato loro quanto un programma personalizzato per Trevor, basato sulle sue esigenze, fosse in linea con il nuovo modello educativo del 21° secolo, attorno al quale il Forward Thinking era stato progettato.

Dato che la scuola aveva aperto quell'anno ed era privata, era piccola e aveva iscritti solo un centinaio di bambini. Il suo carattere distintivo erano i "percorsi di apprendimento personali", che venivano creati mediante una collaborazione fra insegnante e bambino, e sostituiti ai corsi prestabiliti. Per un bambino affetto da autismo, era l'ideale.

Brad accompagnò Emily nella piccola scuola di paese,

che lui e i suoi braccianti avevano contribuito a ristrutturare donando tempo, denaro e manodopera. Vagarono verso la piccola presidenza e Brad batté le nocche sulla porta aperta di Dean. L'uomo era curvo sulla sua scrivania.

"C'è qualche problema?" gli chiese.

L'uomo balzò in piedi. "Oh, santo cielo, no. Volevo che vedeste i passi da gigante che ha fatto Trevor. Il suo assistente educativo, John, ha lavorato con il tuo consulente su un programma sociale, per fargli creare dei legami con gli altri bambini. Non volevo rovinarvi la sorpresa, ma Trevor e una bambina di nome Sylvia sono stati messi in coppia e hanno lavorato insieme; la scorsa settimana, Trevor ha espresso interesse per Sylvia, al di là del gioco parallelo, e sta comunicando a parole sue."

Dean si alzò e girò intorno alla sua scrivania. Alto e allampanato, l'uomo aveva sulla testa delle chiazze stempiate che dovevano averlo spinto a rasarsela. Brad pensava che fosse uno di quegli uomini che fanno provare sollievo anche solo avendoli vicino.

"Coraggio, seguitemi. Voglio mostrarvelo" disse, conducendo la coppia fuori dal suo ufficio e lungo l'ampio corridoio fino alla prima aula sulla destra.

Emily prese la mano di Brad, lui gliela strinse con dolcezza e si scambiarono uno sguardo d'intesa.

La porta della stanza era aperta e, attraverso la parete di vetro, poterono vedere l'intera aula dell'asilo. John era un uomo più giovane, con lunghi capelli castani che raccoglieva all'indietro in una coda di cavallo. Era in piedi in fondo alla classe e, insieme all'insegnante, stava osservando Trevor a una discreta distanza dal suo spazio personale.

Trevor era sul pavimento con altri due bambini e stava costruendo una casa di Lego. Una era una femmina e l'altro un maschio, che Emily sapeva essere tremendo e deciso ad avere sempre l'ultima parola con il suo insegnante. Trevor porse un mattoncino alla bambina, che sorrise e disse qualcosa. Lui la guardò e le sorrise, prima di toccarle la mano e dirle a sua volta qualcosa. Lei ridacchiò e Trevor indicò la loro creazione.

Brad guardò Emily, che si teneva la mano sul cuore.

Chinandosi, John toccò la spalla di Trevor e fece un cenno a Emily e Brad. Il bimbo alzò lo sguardo e cercò nella stanza, senza individuarli subito. Sorrideva e sembrava felice, ed Emily si rese improvvisamente conto di quanto fosse andato lontano in così poco tempo: non faceva più il suo solito rumore "whop whop", né piagnucolava da un pezzo. Usava le parole e giocava; voleva davvero stare con gli altri bambini.

"Brad, guardalo" disse lei.

Lui la tirò più vicino a sé e le diede un bacio sulla nuca. "Lo vedo tesoro, lo vedo."

Capitolo Tre

Quando Brad si fermò davanti casa, parcheggiata accanto al furgone marrone di Jed c'era una Mercedes nera con sulla targa un adesivo della compagnia di noleggio. Emily guardò Brad. Trevor era legato nel suo seggiolino sul sedile posteriore.

"Ci sono tua madre e tuo padre" disse.

Brad si allungò e le sfiorò la guancia. Lei si appoggiò alla sua mano.

"La banda è arrivata" annunciò lui. "Siete pronti?"

Emily gli afferrò il polso e chiuse gli occhi, per prendere fiato. Voleva bene ai suoi suoceri, ma quando Jed si era presentato lì, si era agitata un sacco e non era riuscita a mettere insieme un pensiero razionale. Forse era a causa del modo in cui lui li aveva sorpresi, con lei stretta tra le braccia del suo quasi marito, mentre si comportavano da adolescenti innamorati.

Brad le sistemò una ciocca dei capelli castani dietro l'orecchio. "Cosa c'è che non va?"

Lei si slacciò la cintura di sicurezza e scivolò verso di lui, che se la tirò sulle ginocchia. "Non lo so. Quando tuo fratello si è presentato, non sono riuscita a ricompormi. Cosa penserà di me? E poi io... non riesco a riprendere fiato. Sono nervosa."

Brad la strinse fra le braccia e le appoggiò il mento sulla testa. "Eri in imbarazzo perché ti stavo baciando come uno scemo sulla veranda e siamo stati beccati da mio fratello."

Emily si sedette e lo guardò. "Mi hai portata fuori dalla mia zona di comfort e, a volte, non so come gestirlo. A volte..." Si massaggiò la morbida pancia rotonda e alzò lo sguardo. "E il matrimonio... Voglio solo che sia tutto perfetto." Guardò fuori dal finestrino il mucchio di veicoli rotti. "Come quel ciarpame lì." Spinse la mano piatta verso il finestrino di Brad. "Non potresti spostarli per il matrimonio? Non voglio che le persone arrivino e li vedano. Voglio che tutto sia in ordine."

Brad aprì lo sportello, la prese e la aiutò ad alzarsi. Poi si allungò sui sedili posteriori e tirò fuori Trevor. Con un braccio intorno alla spalla di Emily, la fece voltare verso la casa. "Quindi i teli non ti piacciono come soluzione?" chiese.

Le scappò una risatina dalla bocca e se la coprì con la mano.

"Lo prenderò come un no" disse lui con un sospiro, mentre salivano gli scalini del portico. "Chiederò a Jed di aiutarmi a spostare tutto domani."

"Grazie" rispose Emily, girandosi verso di lui. Alzandosi sulle punte dei piedi, gli fece abbassare la testa e lo baciò.

Le voci si allontanarono dalla casa, facendo spuntare un sorriso malizioso sul volto di Brad. "Sai, posso mandare Trevor dentro e poi tu ed io possiamo finire quello che stavamo facendo qui fuori, quando mio fratello ci ha interrotti."

Emily spalancò la bocca e gli diede una pacca sulla spalla. "Non credo proprio."

Brad ridacchiò, con un rimbombo profondo, mentre la scortava dentro casa.

Nel salotto, Katy era seduta sul pavimento con un altro ragazzo che somigliava a Brad e Jed. Aveva i capelli più scuri ed era vestito più classico, con un maglione verde e dei blue jeans ben stirati. L'uomo sollevò Katy in aria e fece il rumore dell'aeroplano, facendola ridere ancora e ancora.

Emily si fermò. Trevor lasciò andare la mano di Brad e corse in cucina.

"Oh, c'è mio nipote. Fatti abbracciare!" La dolce voce di Becky giunse dalla cucina, seguita dal rumore delle sedie che graffiavano il pavimento e dei passi che lo facevano scricchiolare mentre tutti si riversavano nel soggiorno.

Il padre di Brad, Rodney, che era la versione anziana di suo figlio, con i capelli grigi e vecchi occhi saggi, le si avvicinò. "Emily, stai bene" disse abbracciandola e baciandola sulla guancia.

"Anch'io sono felice di vederti. Come è andato il volo?"

"Lungo, ma Neil lo ha reso divertente, flirtando con le hostess e organizzando un appuntamento con entrambe."

L'uomo vestito di tutto punto, che si era messo Katy sulle spalle, si avvicinò a grandi passi, facendo luccicare i denti bianchi e dritti in uno smagliante sorriso.

"Sapevo, dal momento in cui sei entrata, che dovevi essere Emily, meraviglia della natura. Sono Neil, il mezzano, nonché tuo futuro cognato; al tuo servizio, mia cara."

Poi, sollevò la mano di Emily e la baciò, facendola arrossire.

Brad le strinse la presa attorno alla vita. "Togli subito le mani da mia moglie e smettila di flirtare con lei" disse, spintonando il fratello sulla spalla mentre lui metteva Katy a terra.

Neil sorrise malizioso. "Ah, ma non siete ancora sposati."

Katy scelse quel momento per tirarlo per il maglione, strillando: "Su, su, zio Neil, aereo."

"Ah ah, prenderò lei" urlò, sollevò la bambina e la fece roteare, facendola ridacchiare.

Prima che Emily potesse dire qualcosa, una donna bassa dai capelli grigi, con indosso un maglione e dei pantaloni marrone chiaro, si fece largo oltre Rodney e accolse Trevor tra le braccia. Era Becky, la madre di Brad. Abbracciò forte anche Emily.

"Oh, stai così bene" le disse. Facendo un passo indietro, abbassò i dolci occhi marroni, pieni di un amore così profondo, sul suo pancione. "Posso?" chiese.

Quando Emily annuì, Becky le premette una mano sulla pancia rotonda, appena sopra al bambino. Spingendo Brad da una parte, mise un braccio attorno alla sua futura nuora e la guidò in cucina. Emily poteva sentire Brad ridere dietro di lei mentre camminavano.

Becky la portò fino a una sedia. "Siediti" le disse. "Lasciamo gli uomini a badare ai bambini."

Mentre parlava, Emily notò Jed, in piedi in silenzio sulla soglia, che faceva un cenno con la testa nella sua direzione. Per un attimo, l'imbarazzo fu palpabile, ma lui non disse niente ed entrò a grandi passi nel soggiorno.

Emily fece guizzare di nuovo i grandi occhi su Becky, che stava riempiendo una teiera. Aveva preso il controllo della cucina, ma non le dava fastidio, considerando il profumo fantastico che proveniva dal forno e quanto fosse servita e riverita. Becky le mise una tazza davanti e la riempì. "È tè bianco, ti farà molto bene. Ora dimmi cosa posso fare per aiutarti" disse.

Emily sbatté le palpebre, mentre ogni pensiero, progetto e lista che le aveva tormentato la mente, con tutte le cose che avrebbe dovuto fare nei due giorni precedenti il matrimonio, svaniva dalla sua testa. Sospirò e si appoggiò allo schienale della sedia. "Non ne ho idea."

Capitolo Quattro

Dopo aver indugiato un po' nel bagno caldo, pieno di olio di lavanda, Emily indossò la corta camicia da notte di cotone che Brad le aveva ordinato da Victoria's Secret. In effetti, ne aveva comprate una dozzina, che non avrebbe mai potuto indossare fuori dalla camera da letto, e che non erano certo fatte per tenerla al caldo la notte. Ma a pensarci, quando Brad veniva a letto, tutti quegli indumenti di seta e pizzo cadevano giù sul pavimento. Lui credeva di non fare il suo lavoro se le avesse fatto sentir freddo di notte, e questa era l'unica cosa che lei non sentiva... freddo, appunto. Brad la scaldava piacevolmente ogni notte, dopo averle dispensato tutto il suo amore, che la preparava a godersi un buon sonno, rannicchiata tra le sue braccia.

Brad era sotto alla doccia, ed Emily tirò indietro le coperte e scivolò nel letto. Era stata una serata folle. Immaginò di aver avuto gli occhi sgranati quando aveva passato lo sguardo da Brad ai suoi fratelli, a cena e poi in salotto, per il modo in cui si punzecchiavano l'un l'altro con insulti sprezzanti, per poi ridacchiare e spintonarsi a vicenda.

Inizialmente aveva pensato che stessero discutendo, ma avevano tutti uno scintillio di malizia negli occhi.

Becky doveva aver colto la sua diffidenza, perché in cucina le aveva spiegato che quello era il modo in cui i fratelli manifestavano il loro amore reciproco. A Emily sembrava più che stessero lì lì per prendersi a pugni ma, d'altra parte, non aveva mai visto tanti maschi alfa nella stessa stanza in tutta la sua vita. Una cosa era certa: ognuno cercava di imporsi sull'altro.

Jed era un vero enigma. Il modo in cui la guardava con quei misteriosi occhi marroni dava ad intendere che non si era ancora fatto un'idea su di lei. Sentiva di essere in prova. Becky le aveva spiegato che Jed faceva tutto a modo suo, compreso inquadrare le persone. Non era affatto socievole, ma si teneva tutto dentro, ancora di più dopo che aveva litigato con Brad per la sua ex moglie, Crystal, appena prima che si sposassero. Becky aveva detto che la donna aveva messo i due fratelli l'uno contro l'altro, flirtando con entrambi. Lei non sapeva come erano andate tutte le cose, ma la rottura creata da Crystal era stata lunga e profonda. Era la prima volta che Jed tornava al ranch, dopo il loro allontanamento.

La notizia aveva fatto drizzare Emily sulla sedia per squadrare Jed. Non c'era da stupirsi che la stesse studiando. Forse si aspettava che fosse come Crystal. Quella donna aveva sconvolto la vita di tutti, compresa quella di Emily, quando aveva incontrato per la prima volta Brad. Ma c'era qualcosa in Jed; ora capiva che era una ferita più profonda, che non condivideva con nessuno. Era un uomo indipendente e, come diceva Becky, era il primo Friessen a essersi allontanato da tutto ciò a cui aveva diritto. Lavorava sodo, e tutto ciò che aveva se lo era guadagnato da solo.

I Friessen erano benestanti. Il ranch, che ora era di Brad, apparteneva alla famiglia da generazioni. Rodney l'aveva tramandato al figlio maggiore; lui e Becky erano andati in pensione e, dieci anni prima, avevano comprato una proprietà nella penisola dello Yucatan. Neil si era unito a suo padre in quell'avventura, sempre connessa a ranch, bestiame, cavalli e un resort che stava negoziando con le autorità locali.

Emily non si accorse che Brad aveva finito la doccia finché non scivolò accanto a lei sotto al piumone, la tirò a sé e la liberò ancora una volta della vestaglia in pizzo, che cadde al suo solito posto sul pavimento, dove finiva ogni notte.

Il giorno delle nozze la casa si riempì di commozione e di gente che chiacchierava. La sera prima, Brad era andato a letto più tardi del solito. I suoi fratelli lo avevano trascinato nella vecchia casa, dove i braccianti del ranch erano rimasti con qualche bottiglia di whisky, e si erano goduti un addio al celibato improvvisato. Brad l'aveva svegliata quando, alle 4 del mattino, aveva inciampato su gambe un po' instabili ed era atterrato sul letto tutto vestito. Emily pensò che avrebbe potuto essere la prima volta in cui la sua camicia da notte color porpora sarebbe rimasta dov'era, su di lei, ma presto realizzò di essersi sbagliata, quando le tolse il baby doll e la fece spostare sopra di lui. Le accarezzò la pallida pelle di seta, mentre lei lo aiutava a togliersi gli stivali e i vestiti. Mentre Emily gli scivolava sopra, Brad osservava la sua sagoma contro la luce della luna, attraverso le tende trasparenti intorno a loro, e con le sue mani la amava e adorava.

Adesso, di mattina, Emily aveva permesso al parrucchiere ingaggiato da Becky di coccolarla, tirarle su i riccioli e fissarle il lungo velo scintillante alla nuca. Emily fissò il suo viso riflesso nello specchio e rimase sbalordita dalla sua bellezza; aveva combattuto tutta la vita per realizzare il suo sogno, quello di essere amata profondamente da un uomo che le togliesse il fiato e che fosse il suo primo pensiero al mattino e l'ultimo di sera. Ora, sarebbe presto diventato suo marito.

Sospirò, tremante, quando la porta si spalancò e Becky fece capolino, con un'espressione radiosa in un abito di taffetà giallo e una giacca abbinata. Dietro di lei c'era la sua grande amica, Gina.

"Oh, Emily, sei splendida." Gina si spostò dietro di lei. Indossava un abito lungo, blu scuro, a maniche corte, che esibiva una profonda scollatura. I capelli scuri, lunghi fino alle spalle, le cadevano giù in boccoli lucidi e un paio di orecchini tempestati di diamanti le luccicavano alle orecchie.

Becky sollevò l'abito da sposa di Emily dal retro della porta; il giorno prima aveva insistito che lo comprasse, quando aveva scoperto che non ne aveva uno. Emily aveva programmato di indossare un abito color pesca che Brad le aveva comprato qualche mese prima.

Fissò l'abito bianco da sera con le spalline sottili, la gonna di tulle e il lungo strascico che pendeva dalla vita. Era bellissimo, e ancora non sapeva come Becky l'avesse trovato; il giorno prima, aveva tirato fuori il cellulare e fatto qualche telefonata, e lei si era ritrovata seduta sul retro della Mercedes, con Rodney che le portava a Olympia, dove diversi abiti la stavano aspettando.

Non le era stato permesso di guardare i cartellini dei prezzi sui vestiti. Piuttosto, li aveva provati e poi era stata portata via a pranzo, con la promessa che il ricevimento e tutti i dettagli sarebbero stati organizzati al ranch. Persino Brad, fedele alla sua parola, aveva rimosso i rottami da davanti alla casa, con l'aiuto di Jed e Neil.

Ora Emily, mentre si infilava il vestito a vita alta che nascondeva bene il pancione, si sentiva come una principessa che vive la sua fiaba. Mentre girava su se stessa, Becky esclamò: "Oh, Emily, sei assolutamente bellissima, e mio figlio resterà senza parole quando ti metterà gli occhi addosso."

Un colpo alla porta le interruppe. Gina corse ad aprirla e sbirciò all'esterno. "Cosa c'è?" disse seccata.

Gina aprì ancora la porta e Brad entrò a forza, con indosso uno smoking nero e i capelli pettinati all'indietro. Sembrava un gentiluomo, ma Emily diede un'occhiata alla durezza del suo viso e le si strinse il cuore.

"Cosa c'è che non va?" chiese, senza fare caso allo stilista che sgattaiolava fuori e a un altro uomo, più basso, dai ricci bruni e con gli occhiali dalla montatura scura, accanto a Brad.

Brad le toccò la spalla e poi serrò le labbra in una sottile linea bianca. Guardò l'uomo più basso prima di rispondere: "Abbiamo un problema. Non possiamo sposarci oggi."

Gina e Becky gridarono entrambe: "Perché?"

Emily non riusciva a portare il suo cervello a formulare una parola ragionevole. Le fischiavano le orecchie e aveva le vertigini. "Ho bisogno di sedermi."

Doveva essere impallidita, perché sentiva gocce di sudore imperlarle la fronte, proprio mentre Brad la prendeva tra le braccia e la faceva sedere sul letto, appoggiandole un cuscino dietro alla schiena.

"Stai bene?"

"Brad, hai cambiato idea? Non vuoi più sposarmi?" La sua voce suonava distaccata, in modo insolito, come fosse una piccola bambina smarrita. Le faceva male la gola, mentre lottava per respingere le lacrime, e sentiva che il suo sogno di vivere una favola le veniva strappato dalle mani.

"Oh mio Dio, è questo che pensi?" chiese. "No, dannazione, voglio sposarti!"

Lo sconosciuto si fece avanti da dietro a Brad. "Emily, sono Keith, avvocato e amico di Brad. Solo perché tu lo sappia, ha già minacciato di pestarmi a sangue. Ma non puoi sposarlo oggi, perché sei ancora sposata con Bob."

Si sedette ritta. "Cosa?"

Gina imprecò in sottofondo e Becky spalancò gli occhi, ma non disse nulla.

"Non capisco. Siamo divorziati. I documenti sono stati depositati e io li ho firmati; ti sbagli, Keith."

Quando lanciò un'altra occhiata a Brad, i suoi occhi brillarono di una furia che non vedeva da molto tempo.

"A quanto pare, quel coglione ha trattenuto i fogli e poi li ha rispediti senza firma al tuo avvocato, che ha preso un mese di ferie per visitare l'Irlanda con la sua famiglia. La sua segretaria ha contattato Keith stamattina quando ha aperto la posta e ha capito cosa aveva fatto."

Brad si voltò a guardare Keith.

"Emily, finché non otterremo un appuntamento in tribunale o non lo convinceremo a firmare i documenti per il divorzio, temo che tu sia ancora sposata con lui, e questo significa che il matrimonio non può essere celebrato oggi."

Emily abbassò lo sguardo sul pancione e appoggiò la mano sopra al bambino che le si muoveva dentro. Brad le sollevò il mento con le lunghe dita, ma lei lo vedeva sfocato. Non riusciva a combattere il luccichio delle lacrime che le riempivano gli occhi e le si riversavano sulle guance incipriate, rovinandole il trucco.

"Chiamerò Bob e lo farò firmare" disse.

Non sapeva come o perché l'avesse fatto. Bob non aveva detto una parola quando era andato a prendere

Katy, il fine settimana precedente. Ma poi aveva smesso di parlare con lei e, dopo la prima volta che Brad gli aveva detto che l'avrebbe sposata appena il divorzio fosse diventato definitivo, aveva evitato anche di guardarla negli occhi. Lo aveva ignorato, pensando fosse colpa della sua permalosità e del fatto che faceva sempre la vittima.

"Non credi l'abbia fatto apposta?" chiese. "No, certo che no. Non farebbe mai una cosa del genere. Vero?"

Brad alzò il cellulare. "L'ho appena chiamato, l'ha fatto apposta."

Keith si intromise prima che Brad potesse dire un'altra parola. "Me lo lavoro io, ma sfortunatamente voi due non potete sposarvi oggi. Presto..."

Emily si limitò a fissare prima Keith e poi Brad, sentendosi come intorpidita. Brad non si mosse, ma poteva sentire quanto fosse teso. Poteva anche intuire, dall'oscurità che era scesa su di lui, che le stava nascondendo qualcosa; qualcosa di veramente brutto. Quando distolse lo sguardo, capì che non voleva dirglielo.

"Dimmi tutto," insistette. "Non pensare neanche per un momento che io non sappia che mi stai nascondendo qualcosa."

Grugnì ed espirò così forte che sembrava quasi uno dei suoi tori. "Quel coglione vuole i soldi."

"Cosa? Ha detto che vuole che lo paghi per avermi?" scattò lei.

"No, tesoro, sta facendo un gioco molto pericoloso. Ha detto che non firmerà perché vuole rinegoziare e forse gli piacerebbe condividere la custodia di Katy. Non ha detto esplicitamente di volere i soldi. Non ne ha avuto bisogno; può rallentare le cose, causare problemi e turbarti, in modo da spingermi a pagarlo per togliersi di mezzo." Brad si alzò e camminò su e giù per la stanza vuota.

Emily scivolò giù dal letto e si rese conto che tutti se

n'erano andati e che la porta era chiusa. "Bene, è meglio che mi cambi." Sentì gli ospiti chiacchierare al piano di sotto e fuori dalla casa, in quella calda giornata, in attesa di un matrimonio. Chiuse gli occhi perché non poteva sopportare di affrontarli, dire loro che non ci sarebbe stato nessun matrimonio e dover spiegare il perché.

"No, rilassati. Voglio che riposi. Mi occuperò io degli ospiti" disse Brad, aprendo la porta della camera da letto. Indugiò per un minuto e guardò dall'altra parte della stanza, in un momento privato e incerto, tutto loro, pieno di delusione. Poi se ne andò, chiudendosi la porta alle spalle. Emily pianse.

Capitolo Cinque

"Keith, per l'amor di dio, perché diavolo ci vuole così tanto tempo?" urlò Brad nel suo cellulare mentre camminava nel campo nord, lontano dalle orecchie inquisitorie di Emily.

Aveva fatto tutto il possibile per convincere Bob a firmare i documenti e, per tre mesi, l'uomo aveva rimandato. Si era rivelato una sfida inaspettata, anche considerata Crystal e tutto ciò che aveva fatto passare alla sua famiglia. Il problema era che lo aveva sottovalutato. Non aveva mai pensato che fosse infido e disonesto, con una mente calcolatrice e subdola come quella di Crystal. Se l'avesse affrontato fin dall'inizio come si fa con un serpente, le cose sarebbero già state risolte e lui ed Emily sarebbero stati felicemente sposati.

Il fatto era che pensava che Bob non fosse per natura un astuto manipolatore. Era solo capitato per caso in una posizione di potere. Quando si era rifiutato di firmare i documenti del divorzio e liberare Emily affinché potesse sposare un altro, Brad aveva subito creduto che avesse un piano per spillargli un sacco di soldi.

Ma adesso che ci pensava, e aveva avuto tutto il tempo per farlo, capì che non si trattava di quello. Bob era davvero arrabbiato e ferito perché Emily lo aveva lasciato, e quello era il suo modo di farle del male. Sospettava anche che Bob l'amasse ancora, ma l'odio che portava dentro oscurava ogni affetto. Katy era solo una pedina per lui, questo lo aveva capito. Bob non era davvero interessato a vedere sua figlia, e comunque non lo faceva di frequente; si trattava solo di fine settimana alterni, per due giorni, e il più delle volte annullava, per un motivo o per un altro.

Dopo il disastroso giorno del matrimonio andato a monte, i fratelli e i genitori di Brad si erano radunati insieme. Jed aveva suggerito di scendere a Olympia e parlare con Bob. Anche Neil era d'accordo; aveva fatto vedere i muscoli e aveva detto che non se ne sarebbero andati se non avesse firmato. Brad era pronto a partire, ma era stato Rodney a ricordare ai suoi figli dalla testa calda che mandare un uomo all'ospedale non era il modo migliore per risolvere la situazione. Ed era stata Becky a dire severa: "Calmatevi tutti, prima di finire con le chiappe in cella; allora cosa farebbe Emily?"

Becky, ovviamente, aveva ragione. E Keith, avvocato e amico di lunga data di Brad, aveva ricevuto l'incarico di sistemare quel casino, in modo che la coppia potesse sposarsi prima della nascita del loro bambino.

Ma eccoli lì, Emily aveva la pancia che le scoppiava ed era stanca in ogni momento della giornata. Brad poteva vedere lo stress inciso sulle linee della sua fronte, che prima non c'erano; la pelle grigia e traslucida le si spandeva sotto agli occhi e la tensione era lampante intorno alla sua bocca. Appena la notte precedente, l'aveva trovata seduta sul pavimento del bagno, a piangere in silenzio per non svegliare i bambini, né disturbare nessuno.

L'aveva stretta a sé, mentre tremava ed esternava le sue stesse paure: "Amo il tuo bambino, questo bambino, e sono terrorizzata dal fatto che possa nascere quando ancora sono sposata con Bob. Sono di trentasei settimane. Potrebbe arrivare in qualsiasi momento."

Ora, mentre Brad camminava avanti e indietro nel campo, aspettando che Keith tornasse in linea, temeva che Emily potesse avere ragione. Era furioso che tra il loro matrimonio civile e la pace e la felicità che Emily meritava si frapponesse solo un uomo egoista e geloso.

"Bob verrà qui oggi pomeriggio, ma non voglio che ci sia anche tu" disse Keith al telefono.

Brad pensò di presentarsi comunque all'ufficio del suo avvocato; non per dire qualcosa, ma per spaventare Bob e farlo firmare, perché se c'era una cosa di cui era consapevole, era che rendeva quell'uomo estremamente nervoso, come un gatto con il topo. Non voleva ulteriori ritardi. "Sei sicuro che firmerà stavolta?" chiese.

"Ascolta, Brad, lo spero ma, se vieni qui, ti garantisco che non lo farà. Nel caso non l'avessi notato, non si tratta di soldi, in realtà. Vuole fare del male a Emily e anche a te. Mi è successo altre volte. Vuoi che firmi, ma non puoi bullizzarlo, si impunterebbe."

"E se non firmasse? Cosa succederà? Il medico di Emily mi ha già avvertito che è stressata. La sua pressione sanguigna è un po' troppo alta e viene monitorata da vicino. Potrebbe partorire in qualsiasi momento, ormai. Voglio che diventi mia moglie prima che vada in travaglio."

Keith sospirò dall'altra parte. "Brad, farò tutto il possibile. Vai e prenditi cura di lei. Ti chiamerò questo pomeriggio dopo l'incontro, promesso."

Brad si prese il suo tempo per tornare a casa. Si infilò

le mani nelle tasche foderate del cappotto di montone. Il tempo stava diventando più freddo e la pioggia si era affievolita. Era autunno e mancava solo una settimana ad Halloween, ma sembrava di essere nel cuore dell'inverno.

Si fermò sulla porta sul retro e chiuse gli occhi, pregando fra sé perché Bob firmasse i documenti e capisse quanto male stava facendo a Emily e al loro bambino innocente. Aprendo la porta di casa, Brad si pulì il fango strofinando i logori stivaletti da cowboy sullo zerbino. Appese il cappotto e sentì scricchiolare le assi del pavimento.

Ovviamente, Emily apparve sulla soglia, con i capelli raccolti e le mani premute contro la schiena per sorreggersi il pancione, ormai enorme. Era così minuta che di certo la sua pancia non poteva crescere ancora. Per un attimo, si preoccupò che potesse avere dei problemi durante il parto.

"Hai dormito?" le chiese, andando verso di lei. Le posò le mani sulle spalle e gliele strinse dolce, notando nei suoi occhi la stanchezza che stava cercando di nascondere.

"Sai che non riesco a dormire durante il giorno" rispose lei. "E mi stanco di stare seduta tutto il tempo. Volevo fare qualcosa, ma c'era Mary, so che l'hai richiamata. Ha portato Katy di nuovo a casa sua, dicendo che l'avrebbe riportata prima di cena."

Brad le fece scivolare un braccio intorno alle spalle e la fece girare. Mentre lo faceva, sentì un odore che aleggiava dalla cucina. "Stai cucinando qualcosa?"

Gli sorrise. "Ho preparato un po' di zuppa e c'è un piatto di sandwich in frigo. Pensavo che avresti avuto fame quando saresti rientrato."

Brad si fermò al tavolo e tirò fuori una sedia. "Beh, sto morendo, quindi siediti, che preparo i piatti."

Emily esitò, ma sapeva che quando Brad prendeva una decisione, c'erano più possibilità di spostare una montagna che di fargli cambiare idea. Ovviamente, aveva deciso che lei doveva riposarsi e fare il meno possibile. Alzò gli occhi al soffitto, scosse la testa e si sedette.

"Brava ragazza."

Capitolo Sei

Ci volle un po' per convincerla, e anche che la minacciasse di portarla di sopra e legarla al letto, ma Emily accettò di sdraiarsi. Brad sapeva che non stava dormendo bene la notte, perché neanche lui lo faceva; ascoltava il respiro frustrato della sua compagna, che si girava e rigirava, mentre lui fissava il soffitto per ore, cercando di trovare un modo per convincere Bob a firmare quei maledetti documenti per il divorzio.

"Devo legarti al letto o mi prometti che starai qui?" chiese.

"Non mi legherai da nessuna parte."

Emily si sedette sul letto matrimoniale, sopra il nuovo piumone floreale che aveva ordinato di recente, coordinato con le tende nuove. Riarredare e sostituire gli articoli scelti da Crystal era l'unica cosa che potesse fare per cancellare il suo ricordo da quella casa, e Brad le aveva dato carta bianca. A differenza di Crystal, lei andava a caccia delle offerte e comprava solo a prezzi ragionevoli.

Brad aveva appena sistemato i cuscini dietro la schiena di Emily, quando il suo cellulare squillò; lo tirò fuori dalla tasca posteriore, lanciò un'occhiata allo schermo e si voltò per rispondere. "Allora, cos'è successo?" chiese.

Si diresse verso la porta ma, prima che la raggiungesse, sentì il letto cigolare. Voltandosi, vide Emily che si alzava per seguirlo. Schioccò le dita e indicò il letto, ma lei incrociò le braccia determinata, come sapesse che era Keith e che la conversazione la riguardava.

"Ha firmato" disse Keith con voce stanca.

"Stai scherzando? Grazie." Brad guardò Emily e le si avvicinò. "Ha firmato i documenti per il divorzio."

"Cosa? Oh, alleluia!" Emily ansimò, chiuse gli occhi e si sedette sul letto.

"Keith, quando possiamo sposarci?" chiese Brad.

Emily aprì gli occhi e lo guardò con sguardo pieno di speranza. Tese entrambe le mani per afferrargli la mano libera.

"Appena questo viene firmato dal commissario di corte e depositato dall'impiegato; sto andando laggiù proprio ora" rispose Keith. "Puoi sposarti il giorno dopo."

Brad voleva urlare di gioia. "Bene, allora non passare il tempo a parlare con me, muoviti! Chiamami quando è tutto firmato."

Questa volta fu Keith a ridere. "Lo farò" rispose, e riagganciò.

Brad si rimise il cellulare in tasca.

"Ha davvero firmato... non è uno scherzo?" chiese Emily. I suoi occhi erano grandi pozze blu di speranza. Lo stress che le stava pesando sulle spalle sembrava allentarsi.

Brad annuì. "Ha firmato. Keith sta andando in tribunale a prendere i documenti firmati e depositati. Una volta fatto, possiamo sposarci."

Si accasciò sul letto accanto a Emily, che gli si appoggiò addosso. Allungandosi verso di lei, le sollevò il mento, la fissò negli occhi azzurri che le brillavano e le toccò le labbra con le sue. Emily allungò una mano tremante e gli accarezzò il viso, proprio mentre una lacrima le scivolava lungo la guancia.

"Il vestito non mi starà più" disse triste.

Brad l'attirò a sé e le baciò la fronte e la punta del naso. Sollevandole il mento, fece scivolare le labbra sulle sue. Si staccò da lei per una frazione di secondo e le appoggiò la mano sul ventre gonfio.

"No, immagino proprio di no," rispose, "ma, solo perché tu lo sappia, l'unica cosa che voglio sei tu. L'abito è un accessorio."

Brad chiamò i suoi genitori e Jed, e disse loro che il matrimonio sarebbe stato celebrato quando i documenti sarebbero stati archiviati. Dato che Jed possedeva un piccolo ranch nella contea di Snohomish, pensava di andarsene subito dopo aver sistemato alcune cose. Neil e i suoi genitori non avrebbero potuto prendere un volo fino al giorno successivo.

La vicina di Brad, Mary Haske, una signora in pensione dai capelli grigi, amica di sua madre, tornò al ranch con Katy quel pomeriggio. Quando Brad le ebbe raccontato la notizia, lei abbracciò lui ed Emily e promise che sarebbe tornata il giorno dopo, per aiutarli con i preparativi del matrimonio. Questa volta sarebbe stata invitata solo la famiglia e, naturalmente, Mary.

Per cena, Emily aveva preparato l'arrosto con dei cracker, i fagiolini e l'insalata. Il pasto fu tranquillo e uno dei migliori che Brad avesse mangiato da molto tempo. "Rimani seduta e rilassati. Sistemerò tutto io, dopo aver fatto il bagno e messo a letto i bambini" le disse.

"D'accordo" disse lei, girandosi sulla dura sedia di

legno. "Sono davvero stanca e la schiena mi sta uccidendo. Vado a riposarmi in salotto."

Brad si acciglió, perché Emily non aveva mai detto, neanche una volta prima di allora, che si sarebbe riposata. "Ok..." Si fermò per un minuto e la guardò allontanarsi. "Katy, Trevor, coraggio. Andiamo di sopra, cosi vi preparo per andare a letto." Prese in braccio i due bambini, che ridacchiarono. Fermandosi un momento guardò Emily che, seduta sul divano con i piedi in alto, si appoggiò a un cuscino e chiuse gli occhi.

Brad fece affrettare Katy e Trevor in bagno, li asciugò e mise loro il pigiama. Lesse loro una sola storia nella stanza di Katy, prima di metterli a letto entrambi. Poi, accendendo la lucina da notte, si precipitò di sotto e si fermò in soggiorno, dove notò che il divano era vuoto.

Sentendo un rumore in cucina, Brad vi trovò Emily che ripuliva la cena. Era china sulla lavastoviglie e la stava caricando con i piatti.

"Cosa stai facendo?" chiese. "Ti ho detto che avrei pulito io."

Le si mise dietro, prese il piatto sporco che aveva appena sciacquato e cominciò a caricare la lavastoviglie.

"Lo so," sospirò, "ma non riesco a rilassarmi. Ho bisogno di muovermi. Penso che tutto lo stress e la preoccupazione che Bob non firmasse i documenti per il divorzio abbiano messo sottosopra il mio corpo. La schiena mi fa più male quando sto seduta. Ho solo bisogno di fare due passi." Allungò le braccia e si premette le dita sulla parte bassa della schiena.

"Vieni, ci penso io." Brad le mise un braccio davanti alle spalle per sorreggerla e la tenne stretta. Le spinse il palmo della mano sulla parte bassa della schiena e la massaggiò in modo circolare, in orizzontale e poi più giù.

Emily appoggiò la testa contro la sua spalla e gemette. "Oh, è fantastico."

Brad le diede un bacio sulla fronte. "Potrei continuare al piano di sopra, così ti sdrai sul letto e ti rilassi, e sarai come nuova per il nostro matrimonio."

Lei aprì gli occhi e lo fissò con un'espressione sognante nei teneri occhi azzurri, ora liberi dall'ombra di preoccupazione che l'aveva tormentata prima. "Va bene."

Brad le toccò una ciocca di capelli che si era arricciata fuori posto e gliela mise dietro l'orecchio, poi tracciò il contorno del suo mento con le dita. Gli occhi di lei si spalancarono e si leccò le salate labbra da baciare, mentre lui si chinava giù, riducendo la distanza tra loro e catturandola in un dolce e tenero bacio, con il calore del suo respiro sulle labbra.

Le fece scivolare la mano sul sedere e poi su, sulla schiena, accarezzandole le spalle mentre la stringeva in un abbraccio. Tracciando le sue labbra con la lingua, approfondì il bacio e la tirò più forte a sé, con il ventre gonfio che gli premeva contro. All'improvviso, sentì il bambino scalciare e si allontanò. Premendo la mano sul pancione, sussultò: "Mio Dio, lo hai sentito?"

Emily lo fissò con un desiderio che le addolciva gli occhi stanchi. "Sì. Immagino che al bambino sia piaciuto tanto quanto a me."

Facendo scorrere la mano verso l'alto, Emily provò a tirare a sé la testa di Brad, ma lui le afferrò entrambe le mani, spegnendo il fuoco che stava iniziando a ribollire. Non voleva che il bacio si facesse così rovente. Ma la questione era che le mancava. Negli ultimi mesi, l'intimità della coppia si era ridotta, a causa dello stress creato da Bob e per il modo in cui si era insinuato tra loro, come una crosta infetta che si rifiuta di staccarsi.

Brad fece scivolare le mani più giù, lungo la sua

schiena, e le afferrò il sedere, ma si ritirò con rammarico, perché sapeva che più di ogni altra cosa Emily aveva bisogno di una bella nottata di sonno. "Coraggio, tesoro" disse, girandosi verso le scale, e la aiutò a salire.

Dopo averla messa a letto, le massaggiò la parte bassa della schiena e, sentendola poi respirare piano, sgattaiolò di sotto. Controllò il suo cellulare per vedere se c'erano messaggi, ma non ce n'era neanche uno del suo avvocato. Fra sé e sé disse che la prima cosa che avrebbe fatto il giorno dopo sarebbe stato attaccarsi al telefono per tormentare Keith, se non si fosse fatto prima vivo lui.

Più di ogni altra cosa, Brad voleva che Emily divenisse la sua moglie legittima, perché, per quanto sembrasse antiquato, non riteneva giusto che suo figlio nascesse senza la tutela del suo nome. Non importava quante celebrità o coppie lo facessero, né che la società ne sminuisse l'importanza: lui ci teneva.

Capitolo Otto

Emily sentì la pancia contorcersi, come se vi venisse avvolto attorno un elastico che lentamente si stringe. Distesa su un fianco nella stanza buia, appoggiata a due cuscini, si chiese se l'avesse immaginato. Domandandosi che ore fossero, guardò l'orologio sul comodino dalla parte di Brad e si rese conto che il suo lato del letto era vuoto. Le rosse cifre luminose segnavano le 12:40. Fece scivolare una mano sul lato vuoto e si alzò seduta. Dov'era finito?

Scostò le gambe nude al lato del letto, con indosso il pigiama baby doll, e rabbrividì: avrebbe davvero dovuto procurarsi qualcosa di un poco più caldo per dormire. Cominciò a camminare, ma si fermò ai piedi del letto, perché i muscoli le si contraevano attorno al ventre, stringendolo forte. Afferrò la testata del letto e vi si appoggiò contro. Finito di espirare, si strofinò lo stomaco fino a quando la pressione non si affievolì e finalmente lasciò la presa. Fece un respiro profondo.

Si avvicinò alla porta chiusa e l'aprì, ma si fermò in cima alle scale quando sentì due voci maschili al piano di sotto. Tornando in camera da letto, si diresse verso il bagno privato e prese la vestaglia di raso rosa da dietro alla porta. Era sottile, ma almeno era più o meno decente. Se la mise e la allacciò nel punto che un tempo corrispondeva alla vita; ormai riusciva a malapena a coprirla.

Scese le scale scalza, tenendo chiuso il davanti della vestaglia con una mano. Quando i gradini scricchiolarono, sentì le sedie grattare il pavimento della cucina. Brad apparve in fondo alle scale, con Jed che gli indugiava dietro. Emily si fermò a metà strada, quando sentì i suoi muscoli contrarsi più forte, al punto da non permetterle di pensare in modo lucido, se non per concentrarsi sul dolore che le toglieva il respiro. Da qualche parte in lontananza sentì degli stivali pestare le scale di legno. Il braccio incoraggiante di Brad la cinse.

"Em, sei in travaglio?"

Emily lo sentì pronunciare le parole, ma non riusciva a parlare, non ancora. Aspettò finché il dolore rilasciò la presa e la pressione si sollevò dalla sua pancia. Poi annuì. "Mi sono appena svegliata. Ne ho avute due, non troppo distanti, e sono forti."

Brad l'aiutò a scendere i gradini che restavano e la fece mettere sulla sedia a dondolo nell'angolo del soggiorno. "Siediti."

Jed si fermò sotto all'arco, con indosso dei jeans blu sbiaditi e una camicia a quadri con le maniche rimboccate. I suoi capelli castani ondulati erano stropicciati per il cappello da cowboy che portava sempre.

Emily tenne insieme le due estremità della vestaglia che si erano aperte quando si era seduta, scoprendole le cosce nude. Jed distolse lo sguardo. Brad afferrò una coperta che era stata gettata sul divano e gliela sistemò sulle gambe. Si accovacciò di fronte a lei.

"Non penso che manchi molto" disse Emily, notando la preoccupazione negli occhi di Brad.

Lui lanciò un'occhiata a Jed, alle sue spalle. "Il tuo tempismo è perfetto. Puoi occuparti dei bambini, se dobbiamo andare?"

Il fratello di Brad non rispose subito. Emily ricordò il giorno precedente il matrimonio, che non era stato mesi prima, e come Neil avesse giocato con Katy. Jed si era invece tenuto indietro.

"Lo sai che lo farò" rispose lui, sfregandosi la mascella e guardando le scale. "I bambini staranno bene."

Emily sentì lo strattone e la fitta di un'altra contrazione, che la strinse all'improvviso, costringendola a lottare per respirare. Questa volta fu più lunga, molto più lunga. Brad le teneva la mano, ma lei non poté evitare di farsi sfuggire un gemito quando si chinò in avanti.

"Non resistere, Em" la incitò. "Coraggio, respira."

Lo sentiva, ma le pareva di annegare mentre tratteneva il fiato, finché finalmente sentì l'ondata di dolore ritrarsi. Poi fece un altro respiro mentre il dolore le pulsava giù lungo le cosce e alla fine si placava.

"Ci siamo, Em. Chiamo la dottoressa."

Emily pensò che Brad suonasse seccato quando parlava; era un uomo che aveva già deciso. Jed borbottò qualcosa, mentre Brad afferrava il cordless in cucina. Emily non riuscì a sentire, ma entrambi i fratelli si voltarono a guardarla. Brad scosse la testa, in un modo che dava ad intendere che era turbato. Si diresse verso il frigo, dove teneva il biglietto da visita della dottoressa Montgomery, con il suo numero di telefono.

Emily lo ascoltò mentre componeva il numero e parlava con qualcuno, appena prima che il dolore colpisse di nuovo. Forte e lungo, le tolse il respiro e si aggrappò al bracciolo della sedia. Poi sentì Brad parlare. Era in piedi accanto a lei e le teneva la mano.

"Sta avendo un'altra contrazione" disse lui al telefono. "L'ultima è stata circa un minuto fa. Ok, ci vediamo lì."

Quando la contrazione passò, aveva riattaccato.

"Dobbiamo andare all'ospedale, subito" disse. "La dottoressa ci aspetta lì."

"Non posso venire così" protestò Emily. "Non sono presentabile. Mi servono dei vestiti."

Brad corse verso le scale e si urlò alle spalle: "Prendo io i tuoi vestiti. Jed, vai a scaldare il furgone e portalo all'ingresso."

Emily chiuse gli occhi e premette la testa contro lo schienale della sedia. Non era così che aveva programmato la nascita. Avrebbe dovuto essere un momento di gioia. Avere un figlio da Brad era tutto ciò che aveva sognato, ma non essere sposati la lasciava con un vuoto che sembrava più una macchia nella sua anima.

Brad camminava avanti e indietro per la sala del Grays Harbor Community Hospital, controllando i messaggi sul cellulare, davanti alla sala parto di Emily, e non gli sfuggì la smorfia sul viso dell'ostetrica quando lo vide. Sulla strada per l'ospedale, aveva chiamato il suo avvocato due volte e lo aveva svegliato, solo per scoprire che non era riuscito ancora a far firmare i documenti a un giudice. Emily, ovviamente, aveva sentito, e non gli era sfuggito il dolore che le aveva velato gli occhi. Sapeva che desiderava tantissimo sposarsi.

"Emily è in travaglio; ho bisogno che quei documenti vengano firmati adesso" disse a Keith.

Keith rispose: "Brad, so quanto lo desideri. Farò il possibile. Mi farò dei nemici, ma per te sveglierò un giudice; sai che farò del mio meglio."

Brad ascoltò poi l'unico messaggio sul suo telefono, di Jed: "I bambini stanno dormendo, e mamma, papà e Neil sono su un aereo."

Telefonò ancora una volta a Keith, ma la chiamata passò alla segreteria telefonica. "Keith, Emily è quasi arrivata. È già a 6 centimetri. Per favore, dimmi che hai buone notizie..." Smise di parlare quando sentì un colpetto sulla spalla.

"Signore, spenga il cellulare o le chiederemo di andarsene" disse un'infermiera bionda grassottella. Lo fissava decisa, quindi riattaccò.

Alzò le mani in segno di resa. "Tutto spento, fatto."

La donna sembrò soddisfatta e tornò alla postazione delle infermiere, mentre Brad rientrava nella stanza di Emily. Era sola, raggomitolata sul fianco e stringeva le mani sulla sponda laterale del letto, risucchiata in una contrazione che sembrava andare avanti all'infinito. Non lo sentì raggiungerla da dietro.

"Va tutto bene, Em, respira" disse, sfregandole la schiena. "Stai andando alla grande."

Emily sembrò rilassarsi. Dal monitor a cui era collegata, vide che la contrazione scemava. Si girò. La testata del letto era sollevata, quindi era quasi seduta. Il sudore le inumidiva la fronte e la sua vestaglia da ospedale le aderiva al corpo.

Mentre Brad le asciugava la fronte con un panno, Emily gli afferrò il polso. "Brad, io..."

Si chinò e le baciò la fronte. "Lo so, Em. Va tutto bene, ci sposeremo subito dopo."

Le lacrime luccicavano negli occhi di Emily. "Non è lo stesso, lo sai."

Brad sorrise. "Metterò le cose a posto." Lo disse per lei, ma non alleviò l'ombra di disperazione sul suo viso.

La porta si spalancò e una donna bassa e di mezza età, con un taglio di capelli da maschiaccio e gli occhiali dalla montatura scura, entrò a grandi passi. Indossava pantaloni beige e una camicia bianca. "Come stai?" chiese la dottoressa Montgomery.

Emily non riuscì a rispondere. Rotolò su un fianco,

mentre un'altra contrazione la colpiva. Brad si sedette sul bordo del letto e le sfregò la parte bassa della schiena.

"Aspettiamo solo che la contrazione passi, poi voglio visitarla di nuovo" disse il medico.

Brad rimase stupito di quanto fosse durata la contrazione, prima che raggiungesse il picco e diminuisse di nuovo gradualmente.

Emily gemette e cominciò a piagnucolare. "Oh, fa male."

"Stai andando alla grande, tesoro" le disse, massaggiandole il braccio con cui stringeva la ringhiera. Si chiese per un momento se l'avesse piegata con la forza della sua presa.

Lei emise un respiro profondo. "È troppo tardi per chiedere qualche medicina?"

"Scusa, Emily, sei arrivata troppo oltre" rispose il medico. "Avevamo solo una piccola finestra per farlo, ma è passata. Puoi farcela. Okay, ora ho bisogno che ti giri sulla schiena. So che è scomodo, ma devo visitarti."

Brad la aiutò a spostarsi e poi si chinò in basso, mentre il medico abbassava la testiera del letto.

"Okay, circa sette centimetri. Non ci vorrà ancora molto." La dottoressa accarezzò la gamba nuda della sua paziente e sollevò di nuovo la testiera del letto. "So che sei stanca, ma devi davvero alzarti e camminare. Rimanere a letto è difficile e fare due passi può aiutare a velocizzare il travaglio. Brad, aiutala a respirare. Deve respirare durante la contrazione e non trattenersi. Ti stai trattenendo quando ce l'hai e così peggiori il dolore."

Emily non guardò Brad, ma lui sapeva cosa stava facendo. Stava trattenendo il bambino in attesa di un miracolo. "Brad, potresti chiamare di nuovo Keith. Forse…"

"Emily, non puoi evitare che il bambino nasca. L'ho già chiamato, tesoro. In questo momento, concentriamoci su te e il piccolo. Dai, alzati."

Le fece scivolare un braccio intorno e la aiutò a raggiungere il bordo del letto; lei fece scendere le gambe da un lato.

"Tornerò a controllarti" disse la dottoressa, scivolando fuori dalla stanza.

Emily si era appena alzata, quando la porta si spalancò e un'infermiera fece capolino dentro. "C'è un uomo qui fuori, si chiama Keith e sta insistendo per vederti. È un parente?

Emily afferrò il braccio di Brad e si piegò in due, mentre un'altra contrazione la colpiva forte.

"Sì, lo faccia entrare" gridò lui senza volerlo.

Keith doveva essere in piedi dietro all'infermiera, dato che comparve appena lei spalancò la porta. In piedi sulla soglia, fece una smorfia quando si accorse delle condizioni di Emily. Non esitò e agitò alcune carte in alto nell'aria. "Firmato, sigillato e archiviato."

In quel momento, la dottoressa riapparve sulla soglia, dietro Keith.

Emily, che sentiva passare la contrazione, chiese: "Possiamo per favore sposarci adesso?"

Brad lanciò un'occhiata all'avvocato. "Puoi trovare un giudice di pace? E come facciamo con la licenza matrimoniale?"

"Vado a chiamare il cappellano dell'ospedale. Ho la vostra licenza qui con me" rispose il suo amico, correndo fuori dalla porta.

Emily si piegò di nuovo in due, per il colpo di un'altra contrazione.

La dottoressa Montgomery sembrava preoccupata. "Potrebbe non esserci abbastanza tempo" disse. "Non penso che il bambino voglia aspettare. Rimettila a letto, in modo che possa controllarla di nuovo."

Emily gridò stringendo la mano di Brad.

"Nove centimetri" disse il medico. "Dobbiamo prepararla a spingere."

La porta si aprì e un giovane magro con i brufoli in fronte, che sembrava appena uscito dal liceo, si precipitò nella stanza, seguito da Keith. L'uomo indossava una camicia scura e il colletto bianco. Quando vide Emily in travaglio attivo, arrossì.

"Siete la coppia che vuole sposarsi ora?" chiese.

La dottoressa Montgomery aprì un pacco, tirò fuori un camice chirurgico e spinse in alto la testiera del letto. Un'infermiera entrò nella stanza e iniziò ad aiutarla a preparare il necessario.

Emily urlò mentre un'altra contrazione la lacerava; non riusciva a restare lucida.

Fu allora che il giovane prete disse: "Se lei non può rispondere, non posso sposarvi."

Capitolo Dieci

*E*mily andava avanti e indietro sulla sedia a dondolo di cuoio in soggiorno, con indosso un delizioso vestito blu scuro e con in braccio la sua bimba di due giorni. L'indumento si abbottonava sul davanti ed era scollato, tanto da far intravedere il suo seno prosperoso. Mary Haske e il parroco di famiglia sedevano sul divano di fronte a chiacchierare.

Becky era in cucina con Rodney e stava sistemando dei vassoi di cibo sul tavolo. Brad e i suoi fratelli erano fuori con i bambini. Mentre Brad e Neil portavano abiti scuri, Jed indossava un paio di blue jeans nuovi e una camicia a quadri blu. Emily si chiese, mentre li guardava attraverso la finestra davanti, se possedesse un abito elegante. Sentì le risatine di Katy e Trevor che venivano viziati dai loro zii.

La porta d'ingresso si aprì e i fratelli irruppero con i due bambini, che ridevano e saltavano in giro. Alla maggior parte delle persone avrebbe dato fastidio il rumore ma, quando Emily e Brad erano tornati a casa il giorno prima, Becky aveva detto loro che, se avessero iniziato a girare in punta di piedi intorno alla bambina e si fossero preoccupati del rumore che stavano facendo, si sarebbero fatti venire un esaurimento nervoso e la piccola non sarebbe mai riuscita a dormire. Aveva anche detto che, in generale, i bambini dormivano meglio in una casa rumorosa, se l'ambiente era sereno. Emily era d'accordo; era il padre della bambina che doveva ancora convincersene.

Brad si incamminò verso Emily, ma si fermò quando lei vide il profondo amore che bruciava nei suoi occhi marroni, per lei e la loro bambina. Le tolse il respiro, quel bell'uomo, nel suo miglior abito domenicale, un abito fatto su misura che gli stringeva la corporatura robusta. Non c'era da meravigliarsi se tutte le donne presenti in chiesa quel giorno per il battesimo della loro bambina avessero sorriso in segno di apprezzamento verso di lui. Ma era suo. Emily lanciò un'occhiata alla spessa fede d'oro, tempestata di diamanti, che brillava ogni volta che la guardava. Era un simbolo e il suo pegno; era sua moglie e apparteneva a lui: la signora Emily Friessen.

Il loro matrimonio era un po' sfocato nella sua mente, ma quello che Emily sì ricordava, mentre il travaglio tormentava di dolore il suo piccolo corpo, era Brad che afferrava la parte anteriore della camicia di quel minuto parroco, trascinandolo verso il letto. Aveva detto al giovane che aveva due scelte su come voleva lasciare la stanza dell'ospedale: o sposandoli velocemente e uscendo, oppure su una barella.

Keith aveva lanciato un avvertimento a Brad, ma era stata la dottoressa Montgomery a sorprendere tutti dicendo: "Se è intelligente, li sposerà con la cerimonia più veloce della sua vita. Passi subito al 'Lo voglio' e faccia che questi due siano sposati prima che il bambino nasca, e manca pochissimo." Poi aveva indicato il lato del letto e aveva aggiunto con voce roca: "Ministro, può mettersi lì. Inizi a parlare."

Mentre la dottoressa spingeva in alto le gambe di Emily, il sacerdote si era precipitato al lato del letto, come da istruzioni, e aveva aperto una pagina del suo libro. Keith, che aveva già tirato fuori la licenza matrimoniale, insieme a una penna, firmò come testimone e consegnò entrambi gli oggetti a Brad. Poi, mentre Emily gridava "Lo voglio," Brad tenne il foglio e le spinse la penna in mano, in modo che potesse scarabocchiare il suo nome.

Mentre Emily spingeva, Brad le sedeva accanto e le sorreggeva la schiena. Il sacerdote si affrettò e parlò veloce e, proprio appena prima che la testa del bambino uscisse, pronunciò le parole: "Io vi dichiaro marito e moglie."

Becky Ann Friessen nacque alle 9:22 del mattino, con un peso di 3.3 kg, appena dopo che suo padre aveva infilato una fede d'oro piena di diamanti al dito di sua madre.

FINE

Non ne hai mai abbastanza dei Friessen? Quella della famiglia Friessen è una lunga serie romance che è diventata una delle preferite dai fan e che adesso abbraccia tre serie. La famiglia Friessen è stata introdotta per la prima volta dal bestseller Il bambino dimenticato, per proseguire con Un bambino e un matrimonio, L'eroe perduto, **Il risveglio**

D iana scostò la tenda di pizzo color crema e fissò un cortile adornato in rosa e bianco, con nastri, fiocchi e abbastanza fiori da poter decorare l'intera contea. Il sole di mezzogiorno aveva tinto il cielo di un blu intenso e, insieme ai fiori e ai chilometri di campagna aperta, a chiunque sarebbe sembrato di essere arrivato in paradiso. Diversi tavoli lunghi erano drappeggiati di pizzo bianco ed esibivano bicchieri impilati in piramidi. Camerieri con gilet neri e camicie bianche, tutti inamidati e impeccabilmente curati, si muovevano a zig zag tra le centinaia di invitati al matrimonio, tutti con il miglior vestito delle feste. File di sedie bianche si affacciavano su un bellissimo pergolato ricoperto di rose rosa e bianche, e la gipsofila si intrecciava con una catena di fiori, in uno scenario meraviglioso. C'erano tutti: il suo sposo, la famiglia di lui e, sembrava, tutti gli abitanti di North Lakewood. Ma non ci sarebbe stata la famiglia di Diana, e nessun padre ad accompagnarla.

Lasciò cadere l'antica tenda di pizzo e si allontanò dalla finestra, quando il suo futuro marito la guardò dal cortile, con gli occhi scuri che riflettevano il suo amore profondo e non mancavano mai di rubarle il respiro, dandole l'eterna consapevolezza di essere sua. Guardandosi indietro e ricordando da dov'era venuta, avrebbe voluto darsi un pizzicotto per assicurarsi che non fosse tutto un semplice sogno, che non avrebbe mai immaginato potesse diventare realtà. Dopotutto, tornare a North Lakewood era stato rischioso, ma aveva seguito il cuore e ora stava per sposare il suo principe azzurro, dopo essere sopravvissuta alle sfide e aver affrontato i suoi demoni a testa alta. Lui l'amava per questo e la accettava per ciò che era veramente.

Il loro amore era così prezioso e il solo pensiero di essere sua moglie le faceva battere forte il cuore e tremare le mani. Ma non era la paura o il terrore a farla tremare. Era il pensiero di diventare la signora Friessen, amata in modo così profondo per ciò che era, rispettata dalla comunità e accettata solo come Diana.

Lui era disposto a comprarle il mondo. Adesso lo sapeva, e se glielo avesse permesso avrebbe combattuto tutte le sue battaglie al suo posto. Era un uomo orgoglioso, poteva essere spietato in combattimento, e lei aveva bisogno di tutta la sua arguzia per affrontarlo senza arrendersi.

Diana si guardò un'ultima volta nello specchio antico. Passandosi un dito sotto l'occhio, si asciugò una lacrima che non si era resa conto di aver versato. Aveva un trucco impeccabile, non troppo pesante, quanto bastava per sottolineare la luminosità della sua pelle. I suoi capelli rosso fuoco erano pettinati e appuntati in alto, con riccioli che scendevano a cascata, e portava un velo bianco scintillante con delle rose attaccate sulla schiena. Lisciò lo chiffon del suo vestito da sposa, sentendosi come una principessa in procinto di sposare il suo bel principe, quando un lieve bussare alla porta della camera da letto interruppe i suoi pensieri.

"Diana, sei pronta?"

Annuì al suo riflesso nello specchio e aprì la porta, accettando il delizioso mazzo di rose rosa e bianche.

"Sì" rispose.

Il bambino dimenticato: Brad Friessen non cerca un nuovo amore, ma trova una donna che capovolge il suo amaro mondo solitario e lo tocca come nessun'altra avrebbe potuto.

Un bambino e un matrimonio: Sposarsi e avere un bambino; per Emily e Brad è tutto perfetto, o almeno così pensano, fino a quando una sorpresa inaspettata non mette a repentaglio la loro giornata di gioia.

"Stai bene, Emily?"

"Brad, hai cambiato idea? Non vuoi più sposarmi?" La sua voce suonava distaccata, in modo insolito, come fosse una piccola bambina smarrita. Le faceva male la gola, mentre lottava per respingere le lacrime, e sentiva che il suo sogno di vivere una favola le veniva strappato dalle mani.

L'eroe perduto: Jed è un uomo deciso e di poche parole, che ha rinunciato alla fortuna della sua famiglia e si è dedicato anima e corpo al lavoro. Andy vive con un padre autoritario, con cui condivide il debole per le donne e la passione per la vita agiata, e che gli fa sistemare le cose quando si stanca di una delle sue amanti. Anche se hanno affrontato la vita in modo molto diverso, non avrebbero mai pensato di dover lottare per l'amore di una donna.

Diana ha un passato terribile che non riesce a lasciarsi alle spalle, con una madre drogata a cui sono state tolte lei e la sua sorellina e, ora che anche i suoi genitori adottivi sono morti, vuole tornare nella città in cui è nata e farla pagare all'uomo che ha rovinato la sua famiglia. Quello che non pensava era che avrebbe trovato l'amore.

La ricerca: Quando suo marito non torna, è costretta a chiamare l'unico uomo con cui non dovrebbe parlare.

"Andy, sono Diana..."

Si fermò d'improvviso, e in quel momento accaddero due cose. Il suo cuore sussultò, al suono di una voce che aveva la capacità di fargli contorcere le viscere e inibire la sua razionalità; ma sapeva anche di essere l'ultima persona che Diana avrebbe mai chiamato, così venne colto da un sudore freddo, presagendo qualcosa di molto brutto.

Il risveglio: Laura, una giovane madre single, arriva a stento a fine mese lavorando come cameriera nella tenuta dei Friessen, finché un giorno viene licenziata, il giorno dopo sfrattata e subito dopo privata di suo figlio.

Il facoltoso allevatore Andy Friessen può avere qualsiasi donna desideri, ma quando Laura viene licenziata da sua madre per qualcosa di cui è lui il vero responsabile, beh, la sua coscienza ha la meglio e interviene per aiutarla. Il problema è che, quando va a cercare Laura, non solo scopre che sta vivendo in auto, ma anche che lo stato le ha portato via suo figlio.

Andy le sta accanto nella sua terribile esperienza con la giustizia e devono combattere insieme per riguadagnare la custodia del piccolo.

Segreti: Jed è stato il primo uomo di cui Diana si è fidata. È stato il primo a mostrarle cosa fosse il vero amore. È il padre di suo figlio, l'unico su cui ha sempre potuto contare. Fino a un giorno di primavera, quando Jed cade dal tetto del fienile e tutto il mondo di Diana, per come lo conosce, inizia a cadere a pezzi.

Diana è costretta ad affrontare due cose: i segreti di suo marito e cosa succederebbe... se non ci fosse Jed.

L'eredità dei Friessen

L'eredità dei Friessen

Una lunga serie di romance familiare contemporaneo. Segui gli uomini forti e sexy della famiglia Friessen nella loro ricerca dell'amore e in tutte le avversità che affrontano per proteggere le loro famiglie.

Il bambino dimenticato (Brad ed Emily)
Un bambino e un matrimonio
L'eroe perduto (Andy, Jed, ed Diana)
La ricerca
Il risveglio (Andy ed Laura)
Segreti (Jed ed Diana)
Runaway (Andy and Laura)
Overdue
The Unexpected Storm (Neil and Candy)
The Wedding (Neil and Candy)
The Deadline (Andy and Laura)
The Price to Love (Neil and Candy) (A 2014 Readers' Favorite Award Winner in Romance)

A Different Kind of Love (Brad and Emily)
A Vow of Love, A Friessen Family Christmas
The Reunion
The Bloodline (Andy & Laura) (A 2016 Readers' Favorite
Award Winner in Romance)
The Promise (Diana & Jed)
The Business Plan (Neil & Candy)
The Decision (Brad & Emily)
First Love (Katy)
Family First
Leave the Light On
In the Moment
In the Family: A Friessen Family Christmas
In the Silence
In the Stars
In the Charm
Unexpected Consequences
It Was Always You
The First Time I Saw You
Welcome to My Arms
Welcome to Boston
I'll Always Love You
Ground Rules
A Reason to Breathe
You Are My Everything

Con personaggi forti e imperfetti, con i quali ci si può confrontare, l'autrice bestseller secondo USA Today e il New York Times, Lorhainne Eckhart, scrive il tipo di libri che desidera leggere. Si classifica spesso fra i migliori 100 autori di best-seller in diversi generi, e il suo secondo libro pubblicato, *Il bambino dimenticato*, non fa eccezione. Con quasi 900 recensioni su Amazon, già tradotto in francese, tedesco, spagnolo, portoghese e presto in cinese, questo libro si è rivelato un successo tale da far nascere una lunga serie sulla famiglia Friessen. Oggi, con oltre sessanta titoli e molteplici serie all'attivo, la sua grande serie di romance familiare è amata dai fan di tutto il mondo; nel 2013, 2015 e 2016 è stata la preferita dei lettori di *Suspence e Romance*. Lorhainne vive nella soleggiata costa occidentale di una delle Isole Gulf, Salt Spring Island, è madre di tre figli, di cui la più grande è affetta da autismo, e consiglia sempre di non rinunciare ai propri sogni.

Lorhainne ama ascoltare i suoi lettori! Puoi scriverle su:

facebook.com/lorhainneeckhartautriceromance